U0520522

把文学的第一把椅子留给你们

虚位以待

高建群序文集

高建群 著
刘华阳 选编

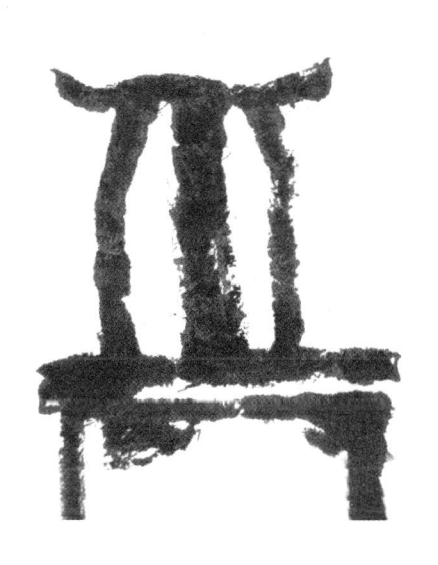

陕西师范大学出版总社

图书代号：WX21N1900

图书在版编目(CIP)数据

虚位以待：高建群序文集 / 高建群著；刘华阳选编. — 西安：陕西师范大学出版总社有限公司，2021.10
ISBN 978-7-5695-2484-0

Ⅰ.①虚… Ⅱ.①高… ②刘… Ⅲ.①序跋—作品集—中国—当代 Ⅳ.①I267

中国版本图书馆 CIP 数据核字(2021)第 193551 号

虚位以待：高建群序文集
XUWEI YIDAI:GAOJIANQUN XUWENJI
高建群 著 刘华阳 选编

责任编辑	张建明
责任校对	孙瑜鑫
封面设计	鼎新设计
出版发行	陕西师范大学出版总社
	（西安市长安南路 199 号 邮编 710062）
网　　址	http://www.snupg.com
印　　刷	西安市建明工贸有限责任公司
开　　本	720mm×1020mm 1/16
印　　张	20.25
字　　数	224 千
版　　次	2021 年 10 月第 1 版
印　　次	2021 年 10 月第 1 次印刷
书　　号	ISBN 978-7-5695-2484-0
定　　价	49.50 元

读者购书、书店添货或发现印刷装订问题，请与本公司营销部联系、调换。
电话：(029) 85307864　85303635　传真：(029) 85303879

走 近 大 师
——再读高建群先生
刘华阳

路遥曾预言说高建群是一个谜、一个很大的未知数。

我对高建群先生从认识、认知到了解，的确如此。

有些谜，离你是那么遥远，你不想解开，也不愿意去解，更无须解开，只要陶醉在那种朦胧而又梦幻迷离之中就已知足了。20世纪80年代，我在西北大学中文系上大学期间拜读高建群先生作品时就是如此。

有些谜，远在天边又近在眼前，你不得不去探个究竟，因为你有责任和必要给它一个合理的解读。当高建群带着他的《最后一个匈奴》，跃马长鞭驾着"陕军东征"的"马车"，与陈忠实、贾平凹、京夫、程海一起闹红了京城乃至于震撼整个中国文坛的时候，我已经站在大学的讲台上，几十双求知的眼睛需要作为语文老师的我解释突然爆发在文坛上的这个谜，当年的我很肤浅地人云亦云，给学生了一个至今想起来令人汗颜的答案。

机缘巧合，2013年6月我有幸认识了高建群，和他在一起工作，从此，我改变了阅读习惯，也调整了我的研究方向，我试图解开这个谜，探寻这个谜底。

这样一个和蔼、亲切、随意、毫无架子的普通人，这样一个重情重义、淡泊名利的憨智老头，难道就是那个炸响中国文坛的巨子？就是那个具有古典浪漫和大西北情怀的著名作家？就是那个在历史和现实之间从容转换、纵横捭阖的文化人？就是那个口出狂言"中国文坛要出大事了"的写作者？就是那个从没上过大学却敢说自己的肚子里装着一个图书馆的老人家？就是那个作品接连要拍成影视剧的写书人？就是那个和陕北有着不解之缘，纯粹是汉家血统可又偏偏自称"长安匈奴"的奇人？就是那个在花甲之年欣然涉足航空高等教育的勇者？就是那个在65岁高龄大胆跟随"丝绸之路国际卫视联盟"的车队，在70多天里，穿越了两万两千里路程，途经17个国家，60多座城市，手挥"大刘镰"（高建群随行所带他的同名小说），匍匐在大地上，用放大镜探寻，考察得出"东方和西方其实并不遥远，它仅仅是一条道路的距离，一个汽车轮子的距离"的冒险者？……这就是那个传说中个性张扬、神秘而带有传奇色彩的大名鼎鼎的高建群吗？是他，就是他，他就是我所认识的谜一样的中国当代著名作家高建群。

我开始搜集高建群的作品，拼命阅读这些作品，查阅相关的研究资料，也曾带着这个谜，多次组织研究考察团队，走进高建群文学作品中描绘的世界，踏上"君临天下、一统万邦"的土地，随黄沙追溯时间的流淌，让狂风吹醒民族的记忆，我仿佛已经翻开了陕北这块曾留下匈奴人深深足迹的特殊地域世纪史，眼前展现了三个家族两代人波澜壮阔的传奇人生，听见"最后一个匈奴"在吟唱一段熟悉而又陌生的历史：赫连勃勃，一个极恶非恶的英雄在马背上诞生，他的一生究竟是怎样地纠结与挣扎，我不懂；鸠摩罗什，袈裟裹满风沙，吟诵着潺潺经文走进中原，老僧经历了一路的坎坷究竟是如何的淡薄和宁静，我不明。

高建群将这些故事在他的书中娓娓道来，仿佛他亲眼所见一般，他是一个说书人却更像一个亲历者，这让他在我心中刚刚明朗的形象又成了一个更深的谜。我要虔诚地捧着他作品，在饱含感情的字里行间，在隐隐约约绘就的一幅幅藏宝图中，带着那一幅幅吹去了历史尘埃、与天斗与地斗与人斗的人类繁衍生息的动人画卷，在眼前的荒漠中，还原曾经的水草茂盛牛羊成群；在眼前的残垣断壁前，重塑传说中天堂般的楼兰；还想追问曾经不可一世的匈奴今天究竟在哪里。陕北的沟沟峁峁间，究竟流淌或埋藏着多少鲜为人知的、惊天地、泣鬼神的故事传说……

我试图把这些心中的谜团一一解开，将他作品中讲述的故事追根述源。

萦绕于心的谜团还没解开，新的谜团又一次冲击着我，缠绕着我。

在我跟高建群先生共事的时间里，打破了我对名人自以为是的认知。这样一个著作等身的大作家，本应该像高山一样令无数人仰止，让无名小辈望而却步，与他来往、拜访他的理应是位高权重者、同道好友、书画界雅士以及新闻媒体人等，这是一个著名作家该有的交往和应酬。而我认识的高建群先生却是非常低调好客，特别让我敬佩和感动甚至不可思议的是，有很多登门拜访者是那些热爱写作、痴迷文学的无名小辈，还有一直坚守文学梦的退休老工人、退伍老兵，甚至还有满手老茧的农民文学爱好者……他们小心翼翼、战战兢兢地拿出自己的作品，请高老师指导，祈求给自己的处女作题写个序……他们的一袋陕北小米、一提渭南的石头馍、一瓶自酿的米酒、一箱礼泉苹果、一盒普通的猴王香烟、一顿家乡的臊子面、一碗普通的泡馍……就是这些普通的文学爱好者对高建群先生一篇序作的回馈，高老师对这些东西格外珍惜，每次欣然接受的样子是对他们爱好文学最好的鼓励。 清楚地记得那次，当一个偏远基层的小伙子小心翼翼掏出了一盒猴王香烟递给高老师，说他不会抽烟，听人说这个烟很好就特意去买给高老师抽。 看着高老师乐呵呵连连夸好，深吸一口陶醉的样子，我明白从不抽这种烟的他这是对坚守文学精神家园青年的最好鼓励。 对于他们的请求，高老师说他的良心不允许他有丝毫的拒绝，每每热情招待，好烟好茶奉上，有时候还自掏腰包请他们吃饭。 传说中名人写序按字数收费于他而言都是笑谈，是对神圣文学的亵渎。

对于浸透着他们心血的文学作品，高老师说他不敢有丝毫的马虎大意，必须怀着敬畏之心认真阅读，然后再敢动笔写序。

在为苏世华三卷作品集写序时，高老师说道："在西安这个冬天的早晨，出于对朋友的感情，出于对陕北的感情。 我回绝了一切事情，提笔写下这些文字。"

在高鸿的小说《沉重的房子》序作中说道"我欣喜地看到文学陕军中又有了个生面孔。 我寄希望于后之来者。 我们这一代人行将老去，这场宴席将接待下一批饕食者。"

既是老战友又是高老师一辈子的老朋友刘春玉，退居二线一直不忘文学初心，"圣地"三卷系列出版，高老师说道："今天是端阳节，我把自己关在工作室，关了手机，经心地阅读这三本书，想春玉这个人。"他鼓励命运多舛的老朋友："好在有文学，它能救一个人，它能滋润一个人，它能给一个人成长的力量，忍耐的力量，逆境中向上的力量，不至于让自己沉沦的力量。"

出差考察途中，他推掉了参观名胜游览山水，躲在宾馆为"气场是正义的、热情的、真诚的，而且极富能量"的青年才俊邢小俊的文集写序。

武功一名基层干部叫何冠雄，用了二十几年写的小说《天地悠悠》，高老师说："我用两天的时间，把《天地悠悠》逐字逐句地阅读了一遍，我很认真，我做事总想把它做到、做好"。这是对一个朴素、踏实的基层业余写作者的尊敬。

陕北安塞小伙子米宏清，是坚守在家乡这块土地上的文化传承者、弘扬者，高建群特别佩服他对民间艺术的挖掘、整理、思考以及对乡土文化的贡献，欣然为他的民间艺术专著《多彩的乡情》《文化安塞》等多部作品写序。几次陕北文化活动，高建群还专门绕道安塞，看望这个生于斯长于斯劳作于斯坚守文化阵地的小伙了，给予支持和鼓励。

一个炎热的夏天，有个母亲冒着酷暑迂回打听慕名找到了高建群先生，想请高老师为她正在读高二的孩子吕奕璇写的《致我的前辈》一书题写个序。从来不会推辞的高先生有点为难了，他说："赞美和肯定一个中学生的创作，是要担风险的，谁知道命运之手，明天会把她引导到哪里去。"但他拒绝不了对一个中学生竟然如此爱好文学的好奇心，还是相当认真看了这个孩子写的东西。他被书中那思想的穿透力，文学的冲击力以及斑斓的文笔所激动："但我还是不揣冒昧，担着不揣冒昧，担着风险把我在阅读这本书时的感觉写出来。我觉得自己作为一个多吃了几年饭的人这样做是对的。我们这一代人即将老去,这场盛宴正预备接待下一批饕餮者,而食客正是她和他们呀!"他告诉孩子:"还有最重要的一本书正等待你读。这本书就是脚下的辽阔大地。大地是一本大书,远比你读过的所有的书,都重要,都要博大和深邃。潜心去读,虔诚去读,用一生的时间去读。好孩子,大踏步地一路向前走。"

饭桌上仅仅一次的相遇,敬重经历了仕途坎坷、企业起伏又回归母校的作者白矾,赞叹他对文学的热爱,为他的《卿本佳人》鼓与呼。

跟我素不相识的程立兵,一个边艰难创业边将创业经历付诸文学的青年,拿着他的小说《黑红》到学校找到我,求我帮他让高建群老师写个序。我怀着忐忑心情,小心翼翼把这小伙子的故事说给高老师时,没想到他爽快应承了,说这些小人物在都市丛林中挣扎很不容易,他有理由为他们加油呐喊,鼓励这个年轻人"不妨沉下来,像浮士德把灵魂出卖给魔鬼一样,将你的激情、你的才华、你的漫长而又短暂的一生出卖给缪斯。"

徐剑铭,一生都在为坚守严肃文学而努力,高建群惊叹"中国文学的'大厦'就靠这些人在这里支撑,这些人把自己当祭品一样,为文学牺牲"。

高建群不仅分文不收为这些人写序,有时候还主动为他们写一幅字、画一幅画、送几本书作为福利,鼓励他们。

不胜枚举……

在文学上如此张扬、狂妄、自信的高建群,一个著作等身的著名作家，为什么偏偏要放低自己，喜欢跟老百姓在一起，喜欢为底层这些文学坚守者服务？在现今名人字画炒作得沸沸扬扬的黄金时期，他为什么要慷慨地主动将字画送给这些文学爱好者？在西安航空学院高建群文学艺术馆桌上摆有一个香炉，他每天到工作室先要亲手点上三支香，他不迷信，也不是信教徒，更是衣食无忧，他说作为文化人，一定要怀有谦恭敬畏之心，敬天敬地敬先贤，他常挂在嘴边的一句口头禅就是"对我老高来说一生有三个第一，朋友第一，家人第一，文学第一"。他也曾说过：作为一个土生土长的庄稼汉，他见过许多人，他们都要比自己优秀许多，他还能在这样一个有厚重文化的长安城，凭借手中的一支笔，如此自在、富有地生活着，他必须虔诚地感谢生活，感谢先贤们留给后人取之不尽用之不竭的文化宝藏。高建群先生经常给青年文学爱好者讲"三个故事"，一个是"小鸭"成长为小天鹅的故事，一个是达尔文给儿子讲的丛林法则，一个是青年高尔基拜见文学大师托尔斯泰的故事，告诉他们"文学是一碗强人吃的饭"，必须忍受常人难以忍受的非议和嘲笑、孤独和寂寞、痛苦和艰难，懂得丛林法则、坚守坚持下去，文学的第一把交椅永远是留给你们这些人的。

我似乎读懂了高建群先生，似乎找到了解开高建群先生这个谜的钥匙，但又发现这个谜它是一个九连环，靠一把钥匙是解不开的，那索性就不要解开最好，就让它的神秘光环永远闪耀吧！

这个谜蕴藏着无穷的好奇，还是留给后人去解吧。

但我始终坚信：

每个跪烂的蒲团，

都渗透着玄机；
每个磕血的长头，
都在奔向预期；
读懂高建群先生，
还需潜心和继续；
也许解开高建群之谜的钥匙，
就隐藏在这一篇篇序文里；
陕西文学大军，
定会一代代雄起。

遍搜天下良玉美珠于一囊 ／ 001
　　——《今文观止》编选说明
《新诗观止》编选说明 ／ 005
致张思明《黄土情》 ／ 011
《六六镇》序言 ／ 013
《古道天机》序言 ／ 016
《愁容骑士》序言 ／ 018
《我在北方收割思想》序言 ／ 021
一个人一生要走多少里路 ／ 023
好人张思明 ／ 027
　　——致张思明《延安精神放光彩》
致《榆林史话》再版 ／ 029
西北边陲的一座奇异山峰 ／ 032
把小说写得更像小说 ／ 044
　　——《刺客行》序言
西安城里卧着一座大山 ／ 047
致刘尚卿《羊马年》 ／ 050
个人五十三岁时如是说 ／ 052
　　——《伊犁马》序言
这场宴席将接待下一批饕食者 ／ 056
　　——致高鸿《沉重的房子》
《胡马北风》序言 ／ 059
致白矾《卿本佳人》 ／ 060

他用真情歌颂了农民　/ 063

　　——致张思明纪实文学《黄土情怀》

江山代有才人出　/ 065

　　——致闫索平《挥霍青春》

像长安城本身一样厚重和大气　/ 069

　　——致十集电视专题片《望长安》

一个优秀的灵魂　/ 072

　　——致邢小俊《泼烦》

对秦岭山脉的恢宏礼赞　/ 075

　　——致纪录片《大秦岭》

一位从黄土高坡向我们走来的行吟歌手　/ 077

　　——致李炳智《受困的美人鱼》

何冠雄的北方感觉　/ 079

　　——致何冠雄《天地悠悠》

对一座大山的崇拜　/ 083

　　——致田党生《秦岭终南山诗词赋》

文学是一口强人吃的饭　/ 087

　　——为刘小玲的小说《榆钱谣》题写

严肃文学的守望者　/ 090

　　——致徐剑铭《死囚牢里的陪号》

致米宏清《多彩的乡情》　/ 093

感谢生活，它慷慨地给予了我这么多　/ 095

　　——《罗布泊档案》序

骊山六人行　/098
　　——《墨韵六家》序言
我把读者的认可当作最高褒奖　/100
　　——《最后一个匈奴》序言
大能之人，大善之事　/107
　　——致刘德望《三年》
谁有文化谁强大　/110
　　——致刘明华《西安高新区企业家文化风采》
向每一个陕西人致敬　/113
　　——《陕西精神：勤劳质朴的陕西人》序言
走失在历史迷宫中的背影　/116
　　——《统万城》序歌
每一条道路都引领流浪者回家　/120
　　——《大平原》序言
致白继民《红缨穗》　/127
一座城和一个朝廷命官　/128
　　——致榆林市"余子俊纪念馆"
小人物在都市丛林中挣扎　/132
　　——致程立兵《黑红》
把最高的礼赞献给安塞这块土地　/135
　　——致牛进益、米宏清《文化安塞》
致杜文涛《巴文化与岚皋》　/138

这就是将来要接替我的那个人 / 140

  ——致吕奕璇《致我的前辈》

我在两百眼泉子里汲水 / 144

  ——《我的菩提树》序言

致李思纯《归处》 / 152

丝绸之路礼赞 / 155

  ——致胡武功、刘德望《影像丝绸之路》

《最后一个匈奴》序言 / 156

我们这一代人的苦难与传奇 / 158

  ——《大平原》序言

相忘于江湖,归老于山林 / 163

  ——致子悦《居于画隐于图》

  ——试谈中国的隐逸文化

圣地人物一时新 / 165

  ——致刘春玉《圣地三星》

一个人的早晨 / 169

  ——致李巨怀《今晨心语》

长元先生的诗和远方 / 172

  ——致王长元《动心动了情》

菩提树下的欢宴 / 175

  ——《我的菩提树》序言

瞧呀,西边的天空通红一片,人们说太阳落山的地方有金子 / 177

——致《创业丰碑》

一生挣得五车书　／179

　　——《相忘于江湖》序言

天地有大美而不言　／186

　　——致张为国《生为茶人》

六十初度文化宣言　／189

　　——关于蔡元培、关于雷诺阿、关于大仲马、关于我

我从陇原走过　／191

　　——致《二十四艺》

一卷在握读懂中国，一树婆娑度你度我　／194

　　——《我的菩提树》创作缘起

《大刈镰》序言　／200

碑载文化的别一种表达　／203

　　——姚志远《汉画像石拓片精品集》序

道直一身立庙朝　／206

　　——致《大清首辅王杰》

哦，延安！　／209

　　——致延安旅游指南书《我要去延安》

东方与西方是一个汽车轮子的距离　／211

　　——2018年10月10日演讲于法兰克福

万水千山走过，归来仍然少年　／215

路遇侠客须呈剑　／220

　　——致高建成《高家将演义》

来日可期，一路向上 ／224

　　——祝贺《延安日报》创刊70周年

大先生的书永远不会过时 ／227

　　——为2020全民读书月而作

我的那朔北的兄弟 ／230

　　——致蒋仪洁《朔北的风》

我的这六年 ／233

有些故事还没讲完那就算了吧 ／235

船开不等岸边人 ／238

　　——《来自东方的船》序言

长歌可以当哭，远望可以当归 ／242

　　——致董小军《我的父亲母亲》

不要叫这些传说走失 ／244

　　——致牛文科《黄龙山匪事》

寻找人类命运共同体的文化意义 ／248

　　——高建群接受《上海文化》访谈录

从杂货店走出来的陕北女作家 ／258

　　——安小玲小说《守土》序

每一个陕北人都是一个谜 ／261

　　——致冯学起《黄牛背上的打碗碗花》

文学是碗强人饭 ／265

　　——致苏世华作品集

致李顺午散文集《与岁月握手》 / 270

飞翔吧,年轻的鹰 / 273
　　——致米宏清诗集《野山花》

王行舟写字 / 275
　　——致王行舟《王行舟书法集》

张兴源在自家窑洞打呼噜,半个世界都听到了 / 278
　　——致《张兴源选集》

丑美·狞砺的美 / 284
　　——听王炎林先生谈画

鄠邑地面温氏家族源流考 / 289
　　——致《温氏世谱》

为张春生书法专版题写序语 / 292

等风来 / 293
　　——致季风《皇帝之后》

万物都在寻找生命的出口 / 296
　　——致风信子《看不见的宫殿》

能做到的我们都做到了 / 299
　　——为陈平社《弘道养正——大学工作笔记》作序

后记 / 303

遍搜天下良玉美珠于一囊

——《今文观止》编选说明

依照史学惯例,中国现代史当自1919年的五四运动为始端。因此,本《今文观止》沿袭这一惯例,选编范围自五四运动以至今日。 此为编选说明一。

中国现代文学已历经70年的时间跨度。 在现代生活节奏加快的今天,70年是个不算太短的时间概念。 经历70年的淘汰、沉淀和距离感,我们今天已经有可能选编出一本比较系统、比较权威的珍本了。 此为编选说明二。

本书编者主要将他们的目光放在散文上。 这当然不是厚此薄彼,而是诗歌的选编,小说的选编,难度较大,出版又不易。 而散文的选编,这些年许多名篇已有定论,况且标准易于掌握,加之《古文观止》可为榜样。 许多年前,鲁迅先生曾说:"散文小品的成功,几乎在小说戏曲和诗歌之上。"以先生的博学和深刻,这话在当时自然是正确的,也足以使一切散文家荣光。 但是各样文学体裁发展和探索到今天,以小说包容万状而论,以诗歌刻意求新而论,先生的话或可商榷了。 然而,散文毕竟在现代文学史上取得了大成功,散文毕竟拥有一批广泛的读者群,散文毕竟展现了其健康的光辉的前景，这是举世公认的。 此为编选说明三。

本《今文观止》参考书目如下：人民文学出版社的《中国现代散文选》七卷本，人民文学出版社出版的《散文特写集》，上海文艺出版社出版的《中国现代散文》，山东人民出版社出版的《散文名作欣赏》，北京师范大学出版社出版的《今读文萃》，人民日报出版社出版的《晨光短笛》，中国少儿出版社出版的《六十年散文选介》，北方文艺出版社出版的《当代抒情散文赏析》，花城出版社出版的《香港作家散文选》；还有由曾敏之、袁鹰先生主编的《海天·岁月·人生》；以及近年来的《散文》月刊、《散文选刊》《散文世界》《读者文摘》《青年文摘》等。 自然，编者还参考了散文作家们的各种散文单行本。 此为编选说明四。

本书编者欲遍搜天下美文于一囊，然视野所阻，学历有限，难免有遗珠坠简之憾。 加之编者与当代散文作品距离相隔太近，又身在其中，难以观之全面，故所遗所漏在所难免，不周不到定有发生。 又加之本书篇幅有限，区区93篇文章，35万言，实难以完成此任。 这些，尚待散文家和读者们涵容和见谅了。 本文所选文章不凑一个整数，就是基于以上考虑。 倘若某散文家以为某文可入《今文观止》，某读者君以为某文可入《今文观止》，信手补足一个整数即可。 编者千里万里以外，只有默认和赞许了。 此为编选说明五。

陕西散文界名家济济，因本书篇幅原因，编者将在完成本书后，着手选编一本《三秦美文集》。 此为编选说明六。

本书中所选文章，每篇之后，附"作者介绍"和"简评"。 由于编者是些饱经创作甘苦的人，所以简评中，以心度心，更多地着眼于散文家为文时的心态，社会大背景给散文家的影响，以及由这篇佳作而生发的感觉和想象。这是较之所有别的选本,本书简评中的独到之处。也许有些说法失之偏颇,但编者的诚实和追求真理的精神,希望能得到理解。除此之外,本书至少还有三大特点,一是选入新人多,二是时间跨度大,三是意识新。此为编选说明七。

本书编者力求以宽容的态度和带有历史感的目光,选编和评价不同时期的作家和不同流派的作品,不以自己好恶取舍,不为社会舆论左右。举杨朔为例。杨朔散文,在20世纪60年代前后,曾经达到一个不高不低的高度,拥有一大批读者和追随者。在当时情况下,他能做到这一点是难能可贵的。今人身处一个更为活跃的文坛气氛和更为开放的时代背景下,所以很清楚地看见了杨朔散文的肤浅和雕琢。但是我们没有权力诘难于他。又比如三四十年代的徐志摩、汪静之、周作人诸先生的散文,又比如今天的港台作家的散文。还需要说明的是,简评并不一味尽说溢美之词,一篇佳作,难免有败笔之处,眼尖的编者看见了,不说出便如鲠在喉。为了散文的大繁荣,必须如此。在追求真理的道路上,我们要有勇气肯定自己,也要有勇气否定自己。为此编选说明八。

港澳及海外文学这几年门户洞开,而台湾文学也由于诸多方面的原因,已达门户半开半掩之势,这为编者提供了以前各选本所没有的一种机会。本书选港台作家作品17篇。我们惊喜地发现,传统的中国古典文化,愤世嫉俗的"五四"风格,在这些炎黄子孙的身上得到了极好的继承和发展。他们在散文的形式上和内容上的开拓,甚至值得大陆的散文家学习和借鉴。由于各种原因,编者目前还没有力量一窥台湾文学全貌,因此书中所选,也许并非名家，亦非名篇，遗漏更在预料之中。然而编者私心里得意的是，这17篇并列于全书93篇之中，并不见逊色，却可填补某些不足，甚至于，能展现出散文发展前景的某些端倪。作者介绍或有短缺，是个遗憾，这些，尚待再版时补足了。此为编选说明九。

因编选本书，有缘浏览了70年散文发展全貌。鲁迅先生为代表的中国现代文学的现实主义潮流，仍为主流。这是本书编选的一条主旨，也是每一个严肃的学者所不能得出的正确的结论。文学的第一排总是虚位以待的。鲁迅之后，尚无人而出其右，这是一个值得散文家深思、研究和检讨的现象。如果这本《今文观止》，能给诸位一个总览现（当）代文学全景的机会，从而激发超越前人的念头，就是选编者的一大荣幸了。另者，读者君接到本书的时候，恰好就是伟大的五四运动70周年，而亲爱的人民共和国建国的40周年的时辰，那么，本书权当是对这两个历史事件的一个小小纪念罢！此为编选说明十。

本书成书过程中，始终得到陈绪万先生的热情关注以及耳提面命。举例来说，本书书名，就是先生长期思考的产物。仅在此以墨为记。此为编选说明十一。

1989年1月于延安

《新诗观止》编选说明

《今文观止》——现（当）代文学散文卷编成出版以后，立即得到社会的承认和广大读者的热忱欢迎。在印数较为可观的前提下，印刷厂装订完毕之日即是新华书店销售告罄时。鉴于此，出版社陡起雄心，一边酝酿再版事宜，一边筹划编辑一套"观止"统领下的丛书系列。承蒙抬爱，又委托我等领衔编选其中一册，即读者即将展读的《新诗观止》——现（当）代文学新诗卷。此为编选说明一。

依照史学界惯例，中国现代史自1919年的五四运动始端，本书的编选原则上亦遵循这一时限，即选编的时间从那时起以至今日。然而需要说明的一点是，新诗的发生与发展较五四运动先行了大约三年，这当然是新诗创作的荣幸与骄傲所在。因此，本书编选，为使读者一览新诗发展全貌，顺势靠前了三年，即以胡适之先生作于1916年的《蝴蝶》始。此为编选说明二。

新诗的发生是时代使然。旧有的格律体已经不能准确地表达人们的思想与时代的要求，于是乃有新的形式出现，作为对格律体的补充以致后来几乎完全替代，这在文学领域是司空见惯的事情。五四运动以前的新诗称白话诗，"五四"以后的新诗曾称之为自由诗与新格律诗，后来才逐步确立"新诗"这个概念。不过以笔者的管见，不妨统而称之，一律名曰"新诗"，然后在时间的划分上再定名分：酝酿草创尝试拓荒以至于后来达到鼎盛。因为新诗发展的道路尚且漫长，时间的跨度也逾七十年岁月，需要从容指点江山才对。此为编选说明三。

纵观七十余年中国新诗发展史，感触颇多。感触最多的一点是，七十余年来中华民族的所经所历，透过这些墨客骚人的自我感受和艺术表现，竟完整地记录下这厚厚一卷。"以诗纪史"是古人爱说的一句话，这句话在现代诗人们的身上又得到了可贵的体现。所以我们可以毫不夸张地说，《新诗观止》一书，其实是诸多诗家用新诗的形式写成的"编年史"。不论是伟大的五四运动，不论是抗日战争，不论是人民解放战争，不论是共和国的诞生以及新中国成立后的各个历史时期，都通过诗人们的个人体验，在这些诗作中得到了圆满的表现。此为编选说明四。

七十余年星汉灿烂，令人叹为观止。胡适、刘半农、沈尹默、李大钊、陈独秀、鲁迅、周作人、陈衡哲等的拓荒，不可不说，然而新诗从形式到内容上的确立，新诗从一株孱弱的小草成长为参天大树，新诗作为对格律诗的否定而开始风行于世，靠新诗的第一个大家郭沫若完成。沫若之后，不以门户而以实际的成就取人，我们看到了两种艺术风格的兴起，一是饱学之士闻一多先生的忧患意识，一是徐志摩、戴望舒先生的清新美丽的风格。他们都用各自的创作实践，达到了新诗创作的一个高度，功绩难灭。当然，伟大的五四运动，有着众多的直接的产儿，他们在"为人生"的口号下，加入诗人行列，使新诗得以大的发展。歌哭、歌笑在湖畔的湖畔四诗人；漂泊不定、赤肝热肠的诗人蒋光慈；屡屡被爱神遗忘和嘲弄的不幸者刘梦苇；带着少女红晕羞涩地踏入诗坛的冰心女士；带着忧郁的笑容踏入诗坛的冯志先生；还有那位怪客——象征派在新诗坛最早的实验者李金发；还有臧克家，这位诗坛最忠实的耕耘者。这以后的诗坛最重要的事件，是左联五烈士的出现、左联五烈士尤其是殷夫的诗作。殷夫的赤诚的诗歌，让我们想起方志敏的散文作品，想起古巴伟大革命者马蒂的诗作。殷夫用他的诗作和他的牺牲完成了自我。此为编选说明五。

"五四"时期"为人生"的文学宗旨，在西方现代哲学的影响下，向纵深发展，诗人们与民族一起思考着前进。这时民族矛盾突然加剧，强寇压境，于是思考暂时中断，新诗的表现主题有了转换。表现这种转化过程最明显的例子是诗人何其芳的诗歌。艾青的出现是诗坛一件可资记忆的事情。诗人田间这时也因民族战争应运而生。田间从马雅可夫斯基那里得到启示，艾青则受法国象征派诗歌的影响。他们因各自的名篇，扩宽了诗歌创作的道路，为新诗的发展做出了贡献。值得一提的是，"七月"诗派的代表人物阿垅，以拜伦式的豪放和雄辩偶尔露面，显示出他的大家风度。此为编选说明六。

李季的《王贵与李香香》，阮章竞的《漳河水》，张志民的《死不着》被公认为解放区文学的三部著名的叙事诗、毛泽东同志在延安文艺座谈会讲话的成果。杰出的诗人郭小川1942年写出他的《我们歌唱黄河》，显示出他的过人的才华和将来的艺术前景。晋察冀解放区的战士诗人陈辉，抱着毛瑟枪，动情地唱出他的浪漫曲。陈辉的牺牲是诗坛的一大损失。还值得注意的是解放战争时期渣滓洞、白公馆那些被囚禁着的革命者的诗作。诗作艺术成就并不算高，但是洋溢在诗中的那种革命激情，诗作者的那种革命节气和精神，令人难忘。此为编选说明七。

郭小川的成就至今没有得到足够的重视，这是令人遗憾的。郭小川不论从新诗的内容到形式，都做了呕心沥血的探索。20世纪50年代，60年代以至70年代，郭小川实际上都是新中国诗坛的主要代表人物。他的几部著名叙事诗，他的《望星空》所费力开拓的想象领域，都显示了他的才华。当然各种条件限制了他没有达到天赋所赋予他的艺术高度。与郭小川齐名的著名诗人贺敬之、闻捷，前者的几首抒情名篇令人久久传诵，后者继《天山牧歌》之后，叙事长诗《复仇的火焰》为新诗扩宽了表现形式。诚实的诗人公刘，前期的那些纯情歌咏，后期的那些沉重的思考，都令人瞩目。此为编选说明八。

新时期文学十年，雨后春笋，诗家代出，诗坛有"各领风骚三五天"的说法。不过以历史的眼光来看，新诗的代表人物，仍推舒婷与北岛。尤其是舒婷的清新隽永的风格，令人想起当年的戴望舒。以艾青为代表的一批老诗人的复出，给诗坛带来一股沉雄之气。曾卓的《悬崖边上的树》成为这些诗人痛苦经历的象征。朦胧诗的兴起功耶罪耶，这里不做评论。不过，从积极的意义上讲，朦胧诗是对"文革"以来"假大空"的反动，从消极的意义讲，它似乎走过了头，它的艰涩的风格使诗坛失去一大批读者。天山派边塞诗人雄豪诗风的崛起，也许能挽救颓势。可惜边塞诗人缺少大家，因此不但不能影响朦胧诗，连自己最后也找不着自己了。当然，新诗这种体裁是一棵经七十余年成长的枝繁叶茂的大树，各种艺术流派互相交替互相补充，以螺旋式的形式前进，这是符合科学的。此为编选说明九。

港台及海外华裔诗人，因为我们孤陋寡闻，视力有限，资料占据相对偏少，因此不敢妄加评价。就本书所选诗作来看，纪弦诗作留给人强烈的印象，就艺术风格来说，天马行空，不可一世。此外，郑愁予、余光中、洛夫、席慕蓉等的诗作，也都不可不读。此为编选说明十。

我们大体依照以上脉络，编选这本《新诗观止》。在编选过程中，对于已有定评的名篇，我们自然不敢怠慢，对于我们自己认为较好的作品，也酌情选入。现代文学部分，我们觉得还是基本全面和公允的。当代文学部分也比较理想。不足之处也许在当代文学新时期文学十年这段时间里，由于缺少距离感，很难一分优劣，只有带几分盲目性地工作了，而且，由于诗坛市侩作风的侵蚀，肯定有重要的诗人和作品被埋没和冷落，愿时间为我们筛选出真金。再就是港台文学部分，上边已有说明，恕这里不再赘述。总之还是那句老话：所遗所漏在所难免，不周不到定有发生。在此，我们向诗人和作者道歉了。此为编选说明十一。

每一篇后，附以"浅识"。文学体裁中，最深奥的也许是诗，因此我们不敢斗胆称之为"评"。"浅识"从思想内容，创作风格，主题思想，创作背景，以及我们读后的最初的瞬间感想入手，信笔写来，补一蛇足，还望读者批评。"浅识"一条，曾参考大量书目，在此说明。此为编选说明十二。

本书参考书目如下：《中国新诗鉴赏大辞典》《中国文学百科知识手册》《革命烈士诗抄》《现代新诗一百首》《当代抒情诗选萃》《新诗选读三百首》《黎明拾穗》《新诗歌卷》《现代朦胧诗赏析》《朦胧诗赏析》以及历年来的《诗刊》和各位诗人的诗集单行本。此为编选说明十三。

历时近乎一年，完成此项工程。如果这本《新诗观止》能对读者君有所帮助，我们将感到欣慰和愉快。我们怀着良好的愿望，愿中国文学在以后的岁月里能达到一个辉煌的高度，愿新诗这种全新的形式广纳百川，得到大的发展，使新的诗人和新的作品不断出现。而我们编选的《新诗观止》，也是我们为新诗所尽的一点薄力吧。此为编选说明十四。

本书选编过程中，始终得到陈绪万先生的热情指导。那年西安匆匆一面，先生的热情诚恳朴实，先生的慷慨好义，给人留下极为深刻的印象。在人心不古的今天，所有这些，都令人千里之外，时感暖意。此为编选说明十五。

1990 年 4 月 10 日

致张思明《黄土情》

生活毕竟是公平的。当物质生活相对匮乏时，它就在精神的领域里给予补充，让该梦的去梦，让该想的去想，让愿意释放的去勇敢地释放，让应该表现的去淋漓尽致地表现。也许，这就是新时期以来，陕北地区的作家们纷纷涌出，各类题材的作品接踵而出的全部奥秘所在。

本书的作者行年四十有五，延长县张家滩人氏，他大约就属于上边所说的梦想家之列的。在延河流经的那一块地面，那一块古老的黄土地上，他笔耕不辍，一块砖石一块砖石地营造着他自己的小小的艺术帝国，做着他的清贫而富有的梦，经年经月，以至今日。

这本作品的集结，是他笔耕生涯的一份小结，交给社会以至家乡父老的一份答卷，当然从宏观的意义讲，它也属于新时期以来作者本人对社会主义文学事业的一份奉献。

作家在外多年，漂泊无定，他曾当过兵，做过公安工作之类的人生差役，接近中年之后，他才回到这块生身热土上来了。我们的古人爱说"身无长物"这句话，大约他回到故乡时，空空的背囊中，只一件"长物"，就是省级作家协会会员的头衔。这当然不算是长物，因为那时候，文学事业，已经成为他生命的一部分了。

有的作家天生聪慧，一点就通，以才华取胜，有的作家却靠锲而不舍，孤灯长夜，日积月攒，终成气候。张思明大约就属于后者。他终于有了自己的影响，有了自己的著作，而延长这个地方有了自己拿得出手的作家，所以行文至此，我还是想用上边开宗明义的那句话："生活毕竟还是公平的！"

我和本书作者是朋友。在文学这个圈子里，我们曾一起奋斗过，且还在继续着那看不见尽头的奋斗。大梦难醒。每每自延安大桥上走过时，我就想到，在河的下游的某一个地方，也有一个和我一样的人在步履蹒跚地行走，于是心中孤独的感觉就减少了许多。我有同行者。我有一群可以促膝长谈纵论天下的朋友，文章得失不由天，但是友情是永恒的。

我对延长有着很深的感情，因为那里是我尊敬的师长和朋友、老诗人黑振东的家乡，还因为，我的老师左有才，我的朋友和一度是同事的田海涛——那个才华横溢的人物，都在那里任职。我因为他们的关系而对那块土地倍感亲切。

生活是公平的。在这块富有的土地上，但有耕耘，必有收获，不是吗？作家张思明用他的创作实践，又为我们提供了一次证明。

1992 年 4 月 20 日于延安

《六六镇》序言

同样是两个状写高原的物什,《最后一个匈奴》气势通人目空天下,《六六镇》则趋向于平和,归附于东方幽默。这是中国传统文化的土壤中,生长出的一株有些奇异的果木。且让它枝叶婆娑,招摇于高雅殿堂与市井地摊之间吧。是的,我希望两个标准都能够接受它。我是诚实地写作的。不要为我展现的生活的庸俗、悲凉和无奈而惊骇。我没有增之一分,也没有减之一分,我只是诚实地勾勒出人类的生存图景、生活原生态,如此而已。我的手工作坊是怎么生产出这样一件工艺品的!我有些诧异。我觉得我还不能完全地认识它。是孽种吗?我不知道本书最初曾拟名《花案》。这是因为,书中的许多花花绿绿的事情和案件,都因"性"的因由而发。后来考虑到上面这个名字太俗,又考虑到书的主旨,乃是为了塑造这个高原传奇式的人物张家山,而张家山演出故事的地点是在六六镇,故易今名。

传统在消失,古典精神在消失,昨天的文化在消失。张家山这样的人物,也许是游荡在高原的最后的骑士了。几十年几百年之后,孩子们大约只能从老祖母讲的童话中,见识这一类人物了。"孩子这样想的时候,童年正在结束!"这是杨争光先生一篇小说中的话。 我现在就是这种感觉。 这是一个大智慧,一个大幽默,一个额上印着悲剧印记的人。

他的胸膛里,弥漫着一种悲天悯人的、堪让我们肃然起敬的东西,这种东西叫"善良"。 因为这个,所有的微笑便蒙上一层苦涩的意蕴。

我过去在报纸上曾经和读者谈过这个人物。 我说:"人类现阶段的无尽的烦恼,生活的纷纭万状,都要在这里表现。 有一个人物叫张家山,他运用人类现成的规则和各种反规则的方法,来处理这种种世事纷争,给陷入窘境的生活的齿轮上膏些油,让它吱哑有声,继续旋转下去。"

张家山这个人物,令人想起那个西班牙苍凉高原上的堂吉诃德。 是的,他们有许多共同点,都高贵而善良、精明又愚蠢,都试图怀着中世纪梦想,去匡正社会。 只是,较之堂吉诃德,张家山的时代,已经没有马可以代步了——瘦骨嶙峋的、风一吹就倒的马也没有。 因此,他似乎更为卑微和实际,深口布鞋上沾上了更多的泥土。

"今天,全城的人都穿上了节日的盛装,铁匠用锤子敲打出钢铁里的音乐,姑娘们翩翩起舞,大家都在传递着一个动人的消息:他们中有一个人要去出发,征服世界了。 此一刻,在这个世界上,大约没有人比他更高贵的了!"——这是人们,用给堂吉诃德的话。 如果人们,同样地将这话用给张家山,我将感激他。

本书的构思时间,用了一年。 一年期间,我和著名剧作家张子良先生,曾数度深入到陕北的最僻远的山村,采访和深入生活。 接着,我们用搜集到的素材,基本上是各写一半,完成了长篇电视系列剧《好戏连台》。这个长篇小说《六六镇》，是在我的那一半脚本的基础上，重新写作的。写作时间，从1994年7月17日看完世界杯足球赛后开始，到9月28日广岛亚运会前一天完毕。我原先想将它写成一部轻松的、调侃式的、可读性强些的、具有票房价值那样的作品，但是，在写作途中，我明白了，我不可能浅薄。这部小说，在具有以上的特征之外，它还是一部深刻的和严肃的作品。我像一个视世界为掌中之物的阴谋家，在自己的斗室里精心营造着它，夜以继日，并且手中叼着一支高档香烟，吞云吐雾。

作品完成了。我像交出一个自己生产出的婴儿一样，痛苦地交出它。它将离开我而独立存在了。此刻我眼睛有些潮湿，心中有一种失重的感觉。我是有些太累了，容我休息休息，待体力有所恢复后，然后去新疆，完成我酝酿了二十年的另一长篇《要塞》。《要塞》的故事梗况，已先期发表在1995年第2期的《女友》杂志上。

再啰唆几句。乌纳木诺曾经称他的国人堂吉诃德，乃是西班牙的民族灵魂，西班牙委托一个叫堂古诃德的人做过的一个梦。这里，如果不算唐突的话，我想说，乌纳木诺的这段话，同样地可以帮助读者进入这个《六六镇》。锣鼓长了没好戏。谨谨赘言于上。

1994年10月25日于北京

《古道天机》序言

引言一

那静静地伫立于天守之下的，那喧嚣于时间流程之中的，那以拦羊嗓子回牛声喊出惊天动地的歌声的，是我的陕北，我的亲爱的父母之邦吗？哦，这一块荒凉的、贫瘠的、苍白的、豪迈的、不安一生的、富有牺牲精神的土地，这大自然鬼斧的产物，这隶属于九百六十万平方公里广袤国土中的一个不显眼的角落，这个黄金高原。

哦，陕北，我的竖琴星，如此热烈地为你弹响，我的脚步是如此行色匆匆，你觉察到我心灵的悸动吗？你看见我挂在腮边的泪花吗？哦，陕北，我以儿子对于母亲一般的深情，向自遥远而来又向遥远而去的你注目以礼。你像一架雍容华贵的太阳神驾驭的天车，威仪地行进在历史的长河中，时间的流程中。你深藏不露地微笑着向前滚动，在半天云外显露着你的身姿，芸芸众生像蚂蚁一样出没在你的庞大的支离破碎的身躯上，希望着和失望着，失望着和希望着。哦，陕北！

——引自旧作《最后一个匈奴》

引言二

传统在消失，古典精神在消失，昨天的文化在消失。张家山这样的人物，也许是游荡在高原的最后的骑士了。几十年几百年之后，孩子们大约只能从老祖母讲的童话中，见识这类人物了。

这是一个大智慧，一个大幽默，一个额上印着悲剧印记的人。他的胸膛里，弥漫着一种悲天悯人的、堪让我肃然起敬的东西，这种东西叫"善良"。因为这个，所有的微笑便蒙上一层苦涩的意蕴。

张家山这个人物令人想起那个西班牙苍凉高原上的堂吉诃德。是的，他们有许多共同点，都高贵而善良，精明而愚蠢，都试图怀着中世纪梦想，去匡正社会。只是，较之堂吉诃德，张家山的时代，已经没有马可以代步了——瘦骨嶙峋的、风一吹就倒的马也没有。因此，他似乎更为卑微和实际，圆口布鞋上沾上了更多的泥土。

"今天，全城的人都穿上了节日的盛装，铁匠用锤子打出钢铁里的音乐，姑娘们翩翩起舞，大家都在传递着一个动人的消息：他们中有一个人要去出发，征服世界了！"——这是人们，用给堂吉诃德的话。如果人们同样地将这话用给张家山，我将感激他。

——引自旧作《六六镇》

《愁容骑士》序言

我骑着我的黑走马,逡巡北方。我的马蹄铁在沙砾中溅起阵阵火星。我的黝黑、消瘦的脸颊上挂满忧郁之色,眉宇间紧锁着一团永恒不变的愁苦。在中国最北方的那根界桩前,我勒马向苍茫的远方望去。远方是欧罗巴大陆,回眸脚下和身后,是栗色的中亚细亚。我在那一刻感到一切都是瞬间,一切都正在过去,包括我刚才那一望,亦已经成为历史凝固。是的,要不了多久,我们都将消失,这场宴席将接待下一批饕食者。

"你知不知道有一种感觉叫荒凉?"这是一首流行歌曲里的词。是的,我当时就这种感觉。我热泪涟涟,我的心头响彻那来自地老天荒的远方的歌声。"荒凉"不仅仅是因为身处一块荒凉地域的原因,而是由于在我的一瞥中,我看到了人类的心路历程,如此地迢遥如此地荒凉。我因此而战栗以至痉挛。哦,愁容骑士,以托尔斯泰式的坚定,查拉斯图拉式的无畏向北方的深处走去吧。苍鹰在高不可及的天空飞翔和鸣啾,大地上掠过它翅膀的黑色剪影。铃铛草在轻风中摇起满地的当当,像一首大地的音乐。远方是什么?你不知道,我不知道,咱们谁也不知道!但是,勇敢地向深处走去吧,一边走着,一边俯首采撷你思想的花朵。

在你的前方是不可知。在你的身后是灯红酒绿的熟悉的城市生活。但是你没有退路，或者说你不屑于回头，或者说你额颅上那命运戳记，命定你将终生地流浪与漂泊，命定你是个独行僧，命定你在这风一样的行走中才能获得片刻的安详。

今天——我们中有一个男人——要出发去征服世界了骑着他的瘦马——带着他的长枪。请城市搭起彩门为他送行，请贪睡的少女穿起节日的盛装为他送行，请铁匠们用铁锤敲打出钢铁里的音乐为他送行。

并且请这城市，为了他出发的缘故，来一点片刻的安静，然后再去进行你们的灯红酒绿。这个旋风般多变的世界，我们总该给它留下一点固定的东西才对。许多许多年之后，当这个世界像我的记忆中的过去而被人们称为"历史"的时候，那时我们的愁容骑士将继续受难。寿终正寝的我们在墓穴里打着呼噜，那时的他，正作为雕像站在白雪飘飘的广场中间，为人类值更。

一个疯子在临死的时候，请人把他抬到户外去。那是一个万籁俱寂的高贵的夜晚，天空高悬一轮苍白的残月。弥留中的他，从病床上坐起来，用手扯着自己的头发，抓挠着自己的胸脸，用一种奇异的、仿佛从地狱的深处发出的、抑或人类那遥远的童年发出的声音，一字一板地吟诵道："我的心头长满了荒草，谁来收割？"他大约喊了三通。但是没有得到回应。因为他和我们相隔，我们没有一个能走进他的黑暗深处。这个相隔，一个人和另一个人的相隔，也许像地球和月球一样遥远。

见没有人回应，疯子深深地失望了。继而，他将下颌抬起，举头向天空望去。月亮，弯弯的月亮，照过故人照过今人并且仍将一如既往地照耀未来的月亮，像一把冰冷的镰刀一样悬挂在空中。

　　这个可怜的人望着月亮，一瞬间泪流满面。　他笑了。　他抬了抬腿，想从病床上站起来，但是没有办到。　于是乎，他打消了站起来的念头。　他只是张开了双臂。

　　他张开的双臂像一个大括弧一样。　另外一个括弧该是月亮。那张开双臂的姿势有点夸张和做作，像诗人的举杯邀明月（比如李太白），又像演员的最后的谢幕（比如卓别林）。　在张开双臂的同时，他叫道："啊，弯弯的月亮，你像一把镰刀！"叫罢，他轰然倒下，永缄其口。

　　向北方走去吧，用我的黑走马做你的脚力。　在行走的路途上，让我们像一个真正的镰刀手一样，边走边挥动着大刈镰收割路边的荒草。

　　昨天晚上，我夜观天象，看见北斗七星，正高悬在我们头上，今天早晨，我凭栏仰望，看见吉祥云彩，正偏集西北方向。　去北方吧，朋友，现在正是上路的季节。

《我在北方收割思想》序言

这是我最新奉献给读者的一本书。这本书收录了我近五年来的散文随笔中的精华。这些散文随笔见诸报刊后,都曾经产生过很大的影响。

这本书的文章,当然可以拆开来单篇去读。那么,这每一篇便是叙述者的一段人生感悟,一段世态摹写。当然,我更希望读者将这本书当作一个整体来读,那么,纷繁、斑斓、万花筒般的中国现阶段便会呈现在你面前。

生活在一个变革的年代,经历过许多闻所未闻的事情,我感到幸福和满足!——这是俄罗斯天才诗人阿赫玛托娃生前说过的话。这话要是我说的该多好呀!因为我面对身边斑斓的生活,常常有类似的感触。

我今年四十七岁了。一个四十七岁的人,说话应当拣重要的说,因为生命于他已经不多了。这是其一。其二,一个四十七岁的人,应当诚实地说话,因为到了这个年龄,你已经没有必要去顾忌许多了。

这是我在这本书中所要求自己的。

而我的这种想法,则是受了战国时期那个著名的复仇者伍子胥的影响。伍子胥破楚以后，将楚怀王鞭尸三百，旁边人说，你要注意影响。伍子胥听了，摸着自己的满头白发，长叹一声说：我都这一把年纪了，要影响干什么，别人爱怎么说就怎么说去吧！

在中国文坛，我一直是一个独行者，一个边缘人。我不爱钱，我不爱奖，我不爱凑热闹，对文坛的各种小圈子，我也是敬鬼神而远之。性格使然，没有法子的事情。江湖闲处者，落落乾坤大布衣，大约也算一种境界。

在这春天的日子里，我将我的一本新书献给读者。此刻我有一种节日的感觉。我曾经在一篇文章中说，我是为千百万热爱我的读者而活着和写作的，唯其如此，我的式微的生命有了意义。

这里我还想说一句，在未来的某个年代里，当人们从尘封的书架上偶然拿起这本小书时，他们会看到我们这一代人是如何思考和如何前行的，他们因此而不敢小觑这个时代，不敢小觑这一茬人。

本书的责编是作家兼编辑家林文询先生。林先生是世家子弟，旷达沉郁。我们一见如故，遂成为气味相投的朋友。"交三五个知心朋友，写一两部传世佳作"是我一贯的想法。年近五十，传世之作大约还没有，而知心朋友却有好些了。老实说，因了林先生，连成都这座城市，也让我感情上亲近了许多。

本书除四川文艺出版社出版外，台湾金安出版社另出了一个繁体字竖排版本，面对港台及东南亚地区发行。

一个人一生要走多少里路

  这位青年画家是延安市人，一说到"延安"这两个字，人们首先会想到这是一座革命城，一座圣地和圣殿。这是对的。但是许多读者只知其一，不知其二，其实，延安这个地方，陕北这个地方，除了具有革命因素之外，它还是中国地面一块独特和奇异的地方。

  以上是题外话。

  我与这位青年画家虽然都曾经在延安居住过，但是我们相识，却是在北京开往西安的火车上。旅途上常常有这种情况，一句寒暄，于是彼此就搭上话了，而如果能说到一个共同的熟人，于是立即会产生信任感。不久，听说他去了山西师范大学艺术系任教了，后来，又听说他去了山东日照，接着又没有消息了。这次，电话突然又从深圳打来，原来他又到了那里。

  这一切都给我一种"漂泊"的感觉，一种"在路上"的感觉。并且叫我想起莱蒙托夫的"天空的流云哟，永恒的流浪者"这句话。

  大约，这是每一个为与生俱来的那种原始激情，为胸中压抑不住的才华，为艺术的梦想和金钱的渴望所炙烤的艺术青年们都在走的路。感谢这个时代，它让有资本和有自信的人可以选择"自我实现"的这种生活方式。

现在，在我的西安的家中，我打开这本从深圳用"特快专递"寄来的书稿，一页一页地阅读，并且为它写上一点文字。

我懂一点书，我在写《最后一个匈奴》的时候，案头上必备的两本参考书，一本是诗人拜伦的《唐璜》，一本就是《印象派的绘书技法》，这后一本书教给我什么叫规则，什么叫和谐，什么叫把艺术的某一个特征逼到极端，然后在极端的峰顶，重造和谐，因此，关于书，我有时候还是敢下些断语的。

那么，此刻面对这位青年书画家的作品，我想说些什么呢？我想说的是，我在这位青年画家每一个时间、每一种风格、每一种形式的作品里。都看到了一种"天才"的痕迹。一种在艺术的迷宫里苦苦挣扎的痕迹，一种有可能在某一刻捅破窗户纸，成为艺术大家的痕迹。

他的《母校的树林》，那么简洁、和谐，每一根树枝的线条都有一种律动感。那才是上中学时候的作品！而他的"湘西系列"，凝重、认真、规则，从造型到着色，叫人能感到他曾有很好的发展前景的。斗胆说一句，印象派大师在著作期，在未进入巴黎沙龙美展之前，他们的作品不外乎也就是如此吧！再后来他的那些田园素描，也极有味道，那些充满奇异感的线条，令我想起曾经为《恶之花》的作者波德莱尔画过插图的19世纪英国画家布亚兹莱的素描作品，这位早夭的怪才被认为是20世纪新美术的重要先驱者之一。最后面，关于陕北题材的大寓意，无论是受陕北民间剪纸影响的《抓书娃娃》，或是散漫铺张的《魂系黄土》，或是那些有些戾气的《窑洞系列》，对陕北的把握都是相当准确的，艺术的表现力量都是很到位的。

好一个路途上遇到的人！

一个硬币有两个面，上面是从正面来说，那么从反面来说，我应当说些什么呢？

我认为作者的艺术磨难期还没有走完，他还需要走漫长的路，才有可能破茧而出，希望他耐得住寂寞，不要把自己浪费了。须知，上面我倍加赞赏的那些作品，还缺少一种最重要的东西，那就是缺少强烈的个性语言。 这里还有第二个须知，那就是，有才华的人在世界上太多了，而能够走得很远的并不多，所以我们千万不能放松自己，"天才"这个词儿从来都是不可靠的，极易随青春和激情的消退而流逝的。

雷诺阿曾经满腹感叹地说：当我终于能够买得起上等的牛排的时候，我口中的牙齿已经几乎掉光了，雷诺阿的这种感慨，大约每一个艺术大师都曾经有过。 在一边从事艺术，一边兼顾生存的道路上，几乎每一个艺术家的成长道路上，都会有贫困做伴的，问题是我们应该怎么看待这些。

我的这位年轻朋友，正在路上走着，我向他祝福，希望在有一天人们对我说，有一个叫赵玉梅的画家，他正在那里创作，那样我将会很高兴，此刻我在写这段文字时，心中就充满着一种这样的心情。

我希望他是一位好画家，希望他不要浪费了自己，至于他会不会是一位成功的商人，我觉得那是无所谓的事。 托尔斯泰有一个名篇，叫《一个人一生需要多少土地》。 托翁说，在俄罗斯外省有一个地主，用他一生的时间来收敛土地，死的时候，墓穴已经挖好了，他让人们抬着他去看。 对着墓穴，他突然明白了一个人生道理：原来，一个人仅仅需要三俄绳，即可以把自己舒服地放进去的那么一丁点土地，就足够了。

2002 年 11 月 16 日

好人张思明

——致张思明《延安精神放光彩》

　　山坡上开着野花。 这些野花是野的，而不是家养的。 谁也不知道为什么山坡上会开这些花。 是风把某一种花草的种子吹到这山坡上来了呢？ 或者是地底下有根，根一点一点地印。 从毗邻的山坡上一直印到这面的山坡上来的。 我们不知道原因，我们唯一知道的是，因为这些花，这普通的山坡成为一处风景。 张思明要出一本书，他给我打来电话说，要我给他写个序。 我推辞了半天，推辞不掉。 陕北朋友好像总是气长，他们要你做什么，你就应该做什么似的。

　　这样我便拿起笔来。 而拿起笔来之后，我就想起上边那些关于野花的话。 这话对张思明而说，这话也对张思明书中描写的人物而说。 是的，一地一域，都有一群各行各业的代表人物，是这些人物的存在，令这块地面有了色彩，有了个性，有了标志性建筑。 张思明的书中所描写的主人公们在延安，在延长，也都是这样的角色。 地有灵气，它怎么表达它的灵气呢？ 于是它开出满山野花来张扬自己，向世界宣告自己的存在。

　　思明是八十年代中期，从甘肃回到延安的，回来后就在他的家乡闹世事，一会写小说，一会写戏，一会头扎个羊肚子手巾搞活动。 记得我在延安文联时曾经有个想法，想把志丹的白黎，延长的张思明，弄个兼职的文联副主席当当，其实也没有什么实惠，给个虚名，算是给这些老作者的一点荣誉。 记得当时还和主管书记交换过意见。 这事后来随着我的离开，也就没有下文了。 再后来，我还给当时在延安当县长的一位朋友谈过，我说文化人可怜，能给老张弄个什么小官，让他好混一点。 后来怎样，我就不知道了。 再一次见到思明，是他领一个宣传先进教师王思明的说书团来西安，这次好像很风光，一副准备领着他的说书团，走遍世界，君临万方的样子。

我这是信马脱缰，随便说。

我祝贺这本书的出版。 延安出了这么多优秀的人物，这叫我惊奇（他们还仅仅只是一部分而已），这是我的第一想法。 希望他们为延安的发展，再做能力，这是我的第二个想法。 第三个想法是给张思明的，希望他不断地有新作问世。

思明在张家滩的那个老家和在县城的那个新家，我都去过。 老家大约已经废弃了吧，在这一代手里，他从镇上的人变成了县上的人。 思明的新家，在半山腰。 靠山坐东朝西，掏了几孔窑洞，前面是清出的一个窑院，脑畔上长了几颗酸枣树。 窑院的黄土地面，平整的像镜子一样光洁，这是我平生见过的最洁净最温馨的陕北住家之一。 在写这段字的时候，这段记忆突然浮现出来。

2003年6月2日于西安

致《榆林史话》再版

站在长城线外,站在马背民族的角度,向中原大地瞭望,那么,你会看到一个与二十四史正史观点完全不同的中华民族历史衍变现象。 胡马北风,大漠孤烟,每当农耕文化为主体的中华文明,难以为继时,于是马蹄声从塞外踏踏响起,游牧文化越过长城线,旋风般地进入中原定居地区,从而给窒息的中华农耕文明,以胡羯之血。 从这个意义上来说,一部中华文明史,其实是农耕文化与游牧文化相互冲突相互交融从而形成的中华民族的历史。

榆林地区正处于这种交汇地带。 一座长城,横亘其境,长城外是广袤的毛乌素沙漠,长城内是农耕文化定居文化的天然屏障陕北高原。 从这个意义上来说,一部榆林的历史,其实是中华文明的冲突史和交融史的一个缩影。 这种独特的地域特征,绝无仅有,也许只有山西的大同地区,与它有点相似。

我欣喜地读到了《榆林史话》这本书。 当我从这本书中,看到匈奴在这块土地上的历史,突厥在这块土地上的历史,党项羌之西夏国在这块土地上的历史,蒙古人在这块土地上的历史,陕北英雄李自成从这块土地揭竿而起的历史时,我有一种大欣喜。

这些年，限于中国的史书对这些匆匆过客的挂一漏万地记载，我求助于西方的一些典籍，阿拉伯世界的一些典籍，以作印证，完成我的中亚史的思考。现在，这本陈智亮老先生的《榆林史话》，又给我不少的教益，又让我从榆林的独特的视角，来看上面的那些人和事。

榆林地区当是当年的匈奴人活动的一个重要区域。南北匈奴分裂，北匈奴远走异乡，南匈奴呼韩邪单于归降汉室之后，三国期间，东西晋期间，中原统治者采取了怀柔政策，这样南匈奴大量内附，内附的匈奴人主要居住在山西境内，而一河相隔的榆林以至整个河套，当然在匈奴的铁骑胡尘之下。匈奴人的最后一个政权，赫连勃勃的大夏国，是这个凶悍的游牧民族的最后一次辉煌。这个大夏国正是从山西离石重回故乡地，尔后建都榆林境内，而它的子民们风云流散之后，相信有绝大部分四散于统万城四周地区。

大夏国被北魏拓跋焘所灭之后，域内之空后来被西夏王朝所填。西羌的一个叫党项的部落，自青藏高原辗转而来，他们先是在今天的米脂、横山一带，三边、盐池一带散聚，前者叫南山党项，后者叫河泽党项，并北上神木、府谷，与当地豪门大姓拓氏家族通婚，从而站稳了脚跟。后来嫌这块地面距离中原太近，于是北渡黄河，建兴庆府，形成西夏国两百年帝业。

而斯巴达克式的堂吉诃德式的陕北英雄李自成，他的事迹亦为正史所忽略和怠慢，这样，我们在这本李自成的乡人所写的著述中，得到了一些弥补，知道了许多我们所不知道的事情。

陈智亮老人曾是一名负过重要责任的地方干部，后来告退之后，以老迈之躯，进入另一个领域，对榆林的历史，刨根问底，对这块土地历史上的重要人物，历史掌故，人民流散，做了翔实的严谨的推断和考证，终于为社会奉献出一份经典意义上的东西。

在每一座城市那模糊的轮廓下，都会有几位年事已高的智者存在。文化人把他们叫"地望"，民间的说法则称他们为"土圣"。这些年在北方大地上行走的时候，每到一地，我都要去拜谒他们，这叫"过江东，拜乔老"。例如在银川去请教李范文老先生（他是目前这个世界上唯一能认得死亡了的西夏文的人），例如到乌鲁木齐去请教孟驰北老先生（这位蒙古族王公贵族的后裔对草原文化与农业文化的交融颇有研究），他们的存在令所在的城市增加了重量。这次，在榆林城采风中，当陈老先生的公子陈保平，将这本叫《榆林史话》的书稿交给我，受他老爷子之托，要我写点文字时，我就又有了上面那样的感觉。

人类的历史三百万年了，有文字记载的历史五千年了，在写这篇文字的时候，我怅望地望着窗外的榆林大地。千百年来，这块大地上走马灯一样更迭多少王朝，风云流散一般行走过多少人群，如今它们和他们已远去了，只留下我们，作为代表，站在21世纪的阳光下。我们承载着所有的历史，并承载着开拓未来的责任。

2003年7月12日于榆林宾馆

◎ 虚位以待

西北边陲的一座奇异山峰

一、横亘在祖国西北边陲的一座奇异山峰

接到电话说，部队系统要在乌市开一个周涛先生作品研讨会，约我写点文字。我不是评论家，因此很难系统和周密地对周涛作品说出点什么，不过这个电话却提醒了我，细细想来，对当代中国作家，我在过去的文章中提到的最多的人，竟是周涛。于是我想在这篇小文中，将自己过去说过的收拢起来，重说一遍。

周涛以诗踏入文坛。当时，他的《天山南北》，他的描写喀什噶尔城传说的诗，他的《生命中有一段当兵的岁月》等，曾经引起我极大的注意。我曾在一篇文章中称周涛是"横亘在祖国西北边陲的一座奇异山峰"。其时，新疆除周涛以外，尚有李幼容（李幼容在我当兵的那几年十分活跃）、杨牧、章德益、东虹、高炯浩等。他们组成了一个方阵，并且打出一个"新边塞诗派"的旗帜，与当时正处于盛时的所谓朦胧诗抗衡。朦胧诗的得与失，朦胧诗是将诗坛引上绝路了呢还是别的，这里不说；而新边塞诗派在兴隆一阵之后，最后也无疾而终。记得，20世纪90年代初，我曾经受命编过一本大学课外阅读读物《新诗观止》（现当代文学诗歌卷）。在读物中，我选了周涛先生的《生命中有一段当兵的岁月》这首诗，给予许多溢美之词，然后在附在诗后的"浅识"中说："杨牧、周涛、章德益诸人，号称新边塞诗人，风行一时而衰。人们曾渴望他们的强健诗风能给处于盛时的朦胧诗以冲击，结果，正如笔者在序言中谈到的那样，他们由于才华和根基的原因，非但不能挽狂澜于既倒，反而在寻找中失却了自己。"

上面这段文字是我十多年前的想法。现在这个想法收回，改变的原因是我去年读到了周涛新出的诗集《英雄泪》。这本诗集叫我的第一个震撼是周涛是有大才华的，叫我的第二个震撼是新边塞诗派并没有偃旗息鼓，他们还在骄傲和悲壮地守着高地，只是时也势也，今天的读者在残忍地冷落新诗。《英雄泪》中那些精粹的小诗，美极了，例如《长途客车》，例如《对衰老的回答》，例如《有一个人骑马来自远方》，例如《致新疆》，例如《策马行在雨中的草原》等等，等等。诗就应当是这样子的啊！它们叫我想起了里尔克。而《山岳山岳，丛林丛林》这首长诗，则让我想起了写《白雪的赞歌》《深深的山谷》《严厉的爱》和《墓志铭》时期的郭小川。记得我当时对周涛说："你注意到了吗？你的师承是郭小川。你的诗作中有郭小川那种战士的激情，和对更替的岁月长长地叹喟。贺敬之在郭小川逝世十周年时撰文说《假如小川还活着》，原来，小川的传人是有的，那就是周涛。只是，较之小川的年代，周先生的诗中少了些藏着镣铐跳舞，多了些现代感觉。而已而已！"

我不知道我这样说对不对？！我一向是个口无遮拦的人。中国的新诗自胡适的《蝴蝶》（1916年8月23日）开始，至今已经将近一个世纪了。它正面临着"活着或者死亡"这个尴尬境地。作为朋友，我希望周涛先生再为新诗的发展做些努力，他必须明白自己是一个永远被捆绑在诗歌十字架上的诗人，他所从事的别的文学式样的劳动只是诗歌别种形式的变种。记得那年（1997年）在大连，我为朦胧诗的代表人物舒婷女士说过这话，现在我再将这话为新边塞诗的代表人物周涛先生说一遍。

二、半个胡儿周老涛

周涛先生在许多场合，自称"半个胡儿"或"西北胡儿"。他的这话说得是有道理的。道理有三：第一，他是山西人；第二，他长期生活在新疆；第三，他的几乎全部的散文创作，其中贯穿着一个主线，这就是为游牧文化张目，站在长城线外，骑在马背上向中原大地定居文明瞭望和批判。下面我将这三条，分开来说。

山西是南匈奴内附之后的老巢。中国的汉人中，血液成分最复杂的当属山西人。魏晋南北朝时期，中原统治者将长城外的各游牧民族，大量地迁入山西，设河东六郡安置。游牧民族在并州地面（今天的太原市）、离石地面、大同地面（当时叫代国、代州、代来城）形成了几个居住密集区。当时的五胡十六国之乱，它的发端正是由于被安置在山西离石的匈奴左贤王刘渊起事，建匈奴汉国，灭了西晋，而起事于山西雁北地区的赫连勃勃，建大夏国，筑统万城，完成了匈奴民族的最后一次辉煌。

所以山西人中的游牧文化成分居多。甚至，陈寅恪先生认为，就连起事于太原的李唐王朝家族的身上，亦有"胡羯之血"。

在中国北方汉民族居住地，有一个代代相传、家喻户晓的传说，即我们是从山西大槐树底下来的。传说，统治者将移民们的手反剪起来，排成队，从山西洪洞大槐树底下经过，然后遣往北方各地。"解手"一词，就是那时候来的，移民们要大便或小便了，于是高喊"解手"，这时士兵过来为他把手解开。在一般的家族记忆中，都认为他们的家族是在宋或明时从大槐树底下来的。我则认为，明时当然也有，宋时当然也有，但是这种移民方式大约从汉，从三国的曹操时代就开始了。也就是说，内附的匈奴人从山西大槐树底下走过一遭后，家族记忆即被割断，他们的族籍即成为汉族，尔后，他们被遣送到因为战争而人口骤减的北方大地，以填域内之空。

我想这是周涛先生自称"半个胡儿"的第一个理由。

周涛长期生活在新疆。

新疆是多么奇异的一个地方啊！能生活在新疆的作家是幸福的。这里有着高山、河流、戈壁、沙漠、草原，这里有着鲜活地生活在21世纪阳光下的各族人类族群，这里还是各文明板块的交汇地带。世界三大游牧民族中的两支——雅利安游牧民族和阿尔泰语系游牧民族，这里是他们消灭的地方，所以英国人类学家汤因比先生将这里叫作世界的人种博物馆。而当日本作家池田火佐采访汤因比时，汤因比还无限向往地说："假如让我重新出生一次，我愿意出生在中国的新疆，那是一块令人多么着迷的土地啊！"

在东方世界和西方世界之间，或者换言之，在东长安和西罗马之间横亘着一块广袤无垠的戈壁草原沙漠地带。地理学家将它叫欧亚大草原。3 800年来（从人类第一次跃上马背，东方和西方开始接触那一刻算起），像刮老黄风一样，游牧民族在这块土地上奔走不定，各种文明在这里消灭和融合，各种人类族群在这里消失和融合。而更重要的是，在新疆，在现在时，东方文化与西方文化也许将会又有一次大的交汇和沟通产生，给前行中的中国人以思考以支持。这块高地将重新承担起横贯其境的古丝绸之路所屡屡承担过的责任。

较之内地作家每日面对散发着腐朽气息的城市，混迹于缺少想象力的平庸人群，看着庄稼一茬一茬固定地播种和收获，新疆作家更超脱一些，更容易走近和接触生活的本质和生存的真谛——假如他愿意这样做的话。

什么叫"大思考"呢？比如说，我曾在自己主编的刊物上为周涛先生发过一组文化随笔。这组随笔中有一篇文章，是谈悲剧英雄李陵的。周涛说，这位败军之将生前有国难投，死后有家难奔，他的孤魂野鬼至今还在西域大地游荡。他说在帕米尔高原的深处，生活着一个黑头发黑眼珠的民族，叫柯尔克孜族，据说他们是李陵那三千降卒的后裔。他们令人感动地从那遥远的年代一直延挨到今天，并且生生不息，繁衍为一个民族。诗人在这里眼望迷茫的历史来路，叹喟曰：这是活的纪念碑，人的纪念碑，历史是公平的，这个纪念碑是对李陵将军生前和身后所蒙受的耻辱的最高褒奖。

这就叫大思考，这就叫英雄气质和史诗气质，这就叫从历史的律动中抽出一根筋，从而引起历史两千年的战栗。

行文至此，我想起十多年前与西北另一位重要作家张贤亮的谈话。那次，张先生从贵州讲学归来，顺便到西安参加庄重文学奖的颁奖典礼。我问他贵州之行有什么感受，他说，讲课时，当学员问道，贵州为什么没有能出大作家时，他说，苗族人的银头饰有十几斤重，这表明他们的历史上曾经有过一个雍容华贵的年代，那么，是什么原因，使他们遁入深山，沦落到后来的赤贫境地的。找到这个"断代"，把它写出来，就把一个民族写出来了，这就是大叙事，就是史诗。而你们为什么不这样做，而总把眼光停留在那些平庸的稍纵即逝的描写对象上呢？

我不知道上面这段话我说清楚没有。我这里想说的是新疆这块土地对周涛的影响——他的创作风格的形成和他的创作思想的形成，正是这块胡风罡烈的土地上的自然而然的产物，就像雪莲一定生长在天山的雪线之上，像胡杨一定生长在塔里木河的水边一样。在这里我要提到一个叫孟驰北的蒙古族大学者，也许他的思想对周涛先生创作思想的形成，曾经产生过重要的影响。我曾经听周涛好几次说起这位老人，并且还见过他写的一篇叫《蒙古人孟驰北》的文章。那么下面我将谈《孟驰北与周涛》。

写到这里，我发现我已经进入"半个胡儿周老涛"的理由之三。同时，也进入了周涛那一以贯之的创作思想的核心地带，那么下面专门辟出一章来谈，或者，散漫无度地来谈。

三、孟驰北与周涛、与我

我最近刚刚出了一本书，名字叫《胡马北风大漠传》。在书的第一节《第三种历史观》中，我说：

"一部中国历史，除了二十四史的正史观点之外，除了阶级斗争的学说观点之外，它也许还应当有第三种历史观。

"这第三种历史观就是：一部中华民族的文明史，也许是农耕文化与游牧文化相互冲突相互交融从而推动中华文明向前发展的历史。

"而这第三种历史观的说法，不是我的，而是一位叫孟驰北的蒙古族大学者的说法。

"虽然在漫长的历史岁月中，在面对纷纭万状的生活本身所提供给我们的种种昭示中，许多的文化人都曾经走近这个观点，但是，将它概括而出的是孟老先生。

"比如一千三百多年前的诗人杜甫，曾在他的不朽诗作中，不经意说出了这样两句话：越鸟巢南枝，胡马依北风。

"吴越地面的鸟儿哟选择向阳的枝头做窝，胡地的马儿哟驾驭着北风奔驰。杜老先生在他的诗句中，已经不经意地说出了支撑起中华文明大厦的这两种形态。

"还有当代的诗人周涛，他在一本叫《游牧长城》的书中，面对长城内和长城外，他也说出了'中华文明是由农耕文化和游牧文化这两部分组成的'这惊人之语。

"还有我在《最后一个匈奴》这本书中，也表达了相同的观点。掉队的匈奴士兵永远地滞留在陕北高原上了，在高高的山顶，麦场旁边，他与吴儿堡的姑娘野合，于是乎，一个生机勃勃的高原种族诞生了，婴儿的第一声啼哭便带着高原的粗犷和草原的辽阔。

"又比如我，这些年来在西域地面像风一样地行走中，当偶尔驻足，面对中国地图时，我突然发现我的行动轨迹，其实是有踪可寻的，尽管我自己茫然不知。这个行动轨迹就是：我其实一直是沿着农耕线和游牧线或曰定居文明与游牧文明的交汇线行走的。那么我在寻找什么呢？

"但是，将人类进到今天的历史做一总结，从而得出这一个重要思考的概括者和权威诠释者是孟驰北先生。

"在二〇〇〇年秋天那个存着梦幻般阳光的午后，我见到了孟驰北老先生：那天饭局上的酒是'黑骏马'。在酒力的作用下，我们谈了很多。正是在这个难忘的场合中，孟老将他用一生的时间思考出的这个学术成果告诉我的。

"他是蒙古族王公贵族的后裔,后来流落新疆,1957 年时曾被打成右派。

"我是从新疆作家周涛、朱又可嘴里,知道孟驰北这个人的。他们一再提醒我一定要见见他,就像见见哈纳斯湖,见见赛里木湖,见见罗布泊,见见克孜尔千佛洞,见见阿尔泰山岩画,见见尼雅精绝女尸一样。

"那天我终于见到了孟驰北老先生。我把与他的晤面当作我一生中最重要的事件之一来记忆。我此生注定将会遇到一些重要人物,此次算是一次。"

——我相信由于上面这一段文字的引用,你会对孟驰北的学术思想有一个大概的了解。这段引用是必要的,因为在周涛的几乎全部的散文与随笔中,都笼罩着这些思想,都是这些思想的具象的诠释。

找到思想的脉络,是研究和走近这个作家最便捷的途径。

从第一篇散文《巩乃斯的马》开始,周涛的兴趣开始转向散文(很奇怪,作者的第一篇散文也是谈马的,名叫《你看那高贵的马》),嗣后,有《稀世之鸟》出版,有《游牧长城》出版,有《诗枕游梦》出版,有《山河判断》出版。周涛成为新时期文学阶段一位重要的散文家。

有意思的是,他的名作《游牧长城》和《山河判断》,都是游历的产物。前者,是他在担任央视《游牧长城》专题片总撰稿之一时的副产品;后者是他在担任央视《中国大西北》专题片总撰稿之一时的副产品。

这是命运的赐予。我们应当相信冥冥之中有一只无形的大手,在推动你,诱导你和左右你。"该给的我都给你了,你去表现吧！"历史这样说。于是乎周涛开始读长城。

周涛把长城比作"象征着守护农业文明的裤腰带"，他把游牧民族的侵入中原比作这裤腰带"一次次地，被粗硬的手强行解开"。处于凝滞状态的文明被破坏、推翻以后，然后孕育和诞生一个新的、更高阶段的文明。

周涛说："若是想弄清楚中国封建文明这枚仙桃何以能历经两三千年而长久不衰，老而弥鲜，谜底就在这儿。因为每当它衰腐、变质时，便有长城之外的游牧民族强盛起来，以战争的方式突破长城，把洋溢在山野大漠间的原始生命活力注入进来，使之重新开始一次轮回。那生命活力是那样充沛，那样野性而活泼，它毫不自知地成了封建文化的天然防腐剂。"

正如中国台湾蒙古族女诗人席慕蓉这样读长城一样——"尽管城上城下争战了一部历史，尽管夺了焉支又失了焉支"——周涛这样读长城。

"假如你有能力读它的话，你会读出它沿着崇山峻岭起伏的山势俯冲，曲折回环，攀缘腾翘时的无声音乐；你会听到它奏鸣的声音，交织的旋律，时而高亢时而悲怆的男独女独；你会听到令人心酸落泪的民歌，你还会听到从周围无尽山峦的背景里传来的低沉有力的混声合唱，那里时起时伏地呻吟和低哭……它是一部没有交响音乐的民族所创造的唯一的、无声的宏大交响乐章。"

这就是周涛对长城的诠释。

记得那年，周涛与我、毕淑敏从黄河河套地区的一段古长城遗址上穿过，落日凄凉地照耀着大漠，长城像一峰一峰仆倒在地的骆驼，那一座一座烽火台，因了岁月的剥蚀，只剩下半截，端端地立在那里。"那半截烽火台像什么，像不像被去了势的太监的生殖器!"周涛说。

农耕文化与游牧文化的交汇,是一个很大的话题。第一,它为总结我们的历史提供智力支持;第二,它为东方文明和西方文明的交流沟通借鉴提供智力支持;第三,它为前行到21世纪的这个古老民族提供智力支持。遗憾的是,我们浮躁的理论界并不把注意力放在这里。他们都在忙些什么呢?他们应该首先弄清自己是谁,是从哪里来的!

"智力支持"这句话,是江泽民同志在第六次文代会上的话,他迫切地希望作家、艺术家为西部大开发,为民族振兴提供"智力支持"。

由于篇幅的原因,我没有将这个话题展开来谈。

四、堂吉诃德这个话题

每一个真正意义上的作家,都是一个自我中心主义者,都是一个梦想家,他的身上都有一种浓烈的堂吉诃德情绪。这种堂吉诃德情绪我在陕西作家路遥身上见过,在宁夏作家张贤亮身上见过,而在新疆作家周涛身上亦见过。

2002年秋天,我去新疆,听说周涛病了,住在医院,于是我去看他。我拿了自己新近成书的《白房子》,并且在扉页上写上这样一段话:"今天,我们中有一个人要去出发,征服世界了。这件事成为这座城市的一个节日。姑娘们翩翩起舞,铁匠则用锤子敲打出钢铁里的音乐。大家送这个叫堂吉诃德的骑士上路。"——这段话大约是一个西班牙作家说给堂吉诃德的。那天我在书中将这话写给周涛。而周涛也拿出他新结集的诗集《英雄泪》送我,并在书的扉页上写下"最后的匈奴,中原的异端"这两句话。

那天在病房中，我们热烈地讨论了许多问题。大约因为有病的缘故，周涛有些落寞，竖条的病号服和有些谢顶的前额令人想起他的《对衰老的问答》这首诗。只有当进入思辨的情绪时，他才突然会像打盹的狮子一样惊醒，继而怒吼起来。

记得我将那天的会面，写了一篇文章，发在《各界》杂志2003年第1期的卷首语上。标题叫《周涛血压有点高》。可惜我手头现在没有这本杂志，要有，将它抄出来，附在这里有多好。

在这篇文章行将结束时，作为结束语，我想重点谈三个问题。这些问题在文中都已涉及，只是没有从容地展开，那么我在这里单独挑出来来说。

第一个问题是，周涛是横亘在祖国西北边陲的一座奇异山峰，这是周涛的骄傲，也是部队作家的骄傲，亦是新疆的骄傲。但是，仅有一座山峰是不够的，雨果说过：群峰壁立才是瑰丽景象。因此，我寄希望于新疆这块丰饶的土地，希望这块高地像侏罗纪时代那样掀起一个造山运动，为我们奉献出更多的歌者。

第二个问题是，虽然我在这篇文章中以较大的篇幅谈了游牧文化农耕文化之于周涛创作，但感觉还是没有谈透。我期待有专家能将这个话题从容地展开，列成专论来探讨。

第三个问题是我在这里要说一句重要的话，这句话叫太阳也许将从西部升起。这句话是我在2002年秋新疆兵团文联"奎屯笔会"上讲课的题目。人类的隔绝史是300万年，人类的沟通史是3 800年（从人类第一次跃上马背时算起），因此，东方文明和西方文明，基本上是在隔绝的状下各自发展起来的，而它的沟通是因为有了伟大的丝绸之路。当人类文明发展到今天的时候，完成东方文明与西方文明的对接、沟通、交汇，仍然得靠陆上，而不是海上完成的，也就是说，靠这个过去被称为西域，现在被称为新疆的地方完成的。

"太阳也许将从西部升起"这句话，第一个说出的不是我，而是一个叫钟惦棐的电影理论家。钟先生的这句话带来了西部电影的一个十年辉煌。而今我将这句话为文学、文化，以及大文化的范畴说出，是深思熟虑后的产物。我希望这块地面像一个强健的胃一样，为我们吸纳世界文明的成果，在保持东方主体资格的基础上，完成与世界各文明板块的对话。而在新疆作家周涛的作品研讨会上，将这句话提出来也许正是合适的时机。

这个观点到这里还没有说透。我像患了失语症一样无法将自己的思考概括而出，在这里我只能抱怨自己的无能。那么就不说了吧！

最后我想说的是，作为一个在新疆待过的退伍老兵，如今我正在西安的一座高楼里，默默地打发自己的余生。我不擅长这种文体，写这篇文章对我来说是一种折磨和痛苦。出于对新疆的热爱，出于对自己当年大兵生活的怀念，出于对周涛先生的敬意，我还是强令自己拿起笔来将这篇文字写出。句号已经画过，现在我可以交差了吧！

把小说写得更像小说

——《刺客行》序言

20世纪中国的小说艺术,并没有能够得到充分的发展。举一个横向的例子来说吧。19世纪初叶的俄罗斯原野上,几乎是一片文学空白。这时伟大的普希金出现了,因为拜伦而发了狂的普希金,直接地孕育了写《当代英雄》的莱蒙托夫和写《死魂灵》的果戈理,间接地孕育了俄罗斯小说三巨匠屠格涅夫,陀思安耶夫斯基和托尔斯泰。这样,在短短的二三十年中,俄罗斯一跃而成为世界级的小说大国。

我在上面所说的中国的小说艺术并没有能够得到充分的发展这个判断,正是依据俄罗斯文学这个参照物而言的。尽管在漫长的时间流程中,我们也出过一些好的作家,出过一些好的作品,但是,中国的小说艺术距离世界的高度,还差那么一大截子。较之欧美,较之拉丁美洲,较之非洲,甚至较之我们的近邻印度和日本,中国小说都是有差距的。

上面这些话,是我不久前在西安碑林与金庸先生对话时的话。当时在说了上面的话后,我接着说,王小波说过,"小说艺术具有无限的可能性",而金庸先生则把其中的某一种可能性发展到极致的地步。这样，在中国的20世纪小说并没有能够得到充分地发展的情况下，阴差阳错，有一个名曰"武侠小说"的东西，倒是得到充分的张扬和发展。

在写这个名曰"前言"的东西的时候，我不知道自己为什么离开题目，说上面那些话。

其实，我说上面那些话的全部的目的，是说我们把小说写得应当更像小说。每一种艺术形式都有它的规律，因为有了这些规律，它才成其为这某一种艺术。但是，我们的小说家们，蔑视这些最基本的东西，我们的批评家也忽视了小说的制作过程本身，他们只是捧着一本已经成书的小说，在那里面愚蠢地去挖思想。

小说就是讲故事。小说的全部的和唯一的目的，就是把你的故事讲好，讲圆满。中国的小说是从四大名著，从三言两拍开始的，日本的小说是从《源氏物语》开始的，欧洲的小说是从《十日谈》开始的，美国的小说是从《红字》开始的。它们都无一例外地从讲故事开始。

前些年，一位美国批评家惊呼：难道小说艺术和人类开了一个大大的玩笑，在经过几百年的发展之后，它又回到了讲故事这个始发点吗？——这位批评家是聪明的，他看见和道出了部分事实。

现在有一个有趣的现象。除了小说家们忽视"讲故事"这个文学传统以外，别的行当却当宝贝一样拣起了它。例如域内发行量颇大的杂志《家庭》和《知音》，它们每篇文章都是在或真或假地讲故事。——"能讲一个好故事给我听吗？"女编辑操着甜甜的嗓音，这样给你打电话约稿。而新兴的电视媒体，也一再强调"故事核"这个东西。谈话节目在讲故事，专题片在讲故事，电视剧更是无故事不立了。这些都至少说明了，现代社会中讲故事这个文学手段并没有过时，而是更见其重要了。

在这个名曰"前言"的东西中，我写下我对小说艺术的理解。巴尔扎克说他在小说艺术面前，永远是个学徒。我则更是个学徒。我唯一的奢望是想将小说写得更好看一点，读者更多一点，奢望中国的小说艺术能在我们这一代人手里，距离世界的高度近一点。而已，而已。

2003 年 11 月 4 日于西安

西安城里卧着一座大山

这位书法家的名字叫赵大山。这名字叫得好。因了这名字，我能够很坦然地用《西安城里卧着一座大山》作标题来写文章。须知，西安城知名的书法家有许多位，他们是这座千年古都的骄傲。而如果我要贸然下笔，称谁为大山，需要思忖半天才行，但赵大山就不同了，他的名字本身就叫"大山"呀！

赵大山先生的书法艺术，许多人说过许多话。他们自然说得都对，但是一个人一个看事物的角度，而以我的角度来看，他们仅仅说出了皮毛而已。以我愚见，赵先生的字，用四个字可以概括。这四个字叫"书有剑气"。

赵先生的字，每一个字，都如同公孙娘舞剑，撇撇如刀劈斧砍，钩钩如钩连枪，有一种剑拔弩张的大气象。而这些笔划再组合在一起时，又收缩，又内敛，又削势，从而形成既飞扬跋扈又厚重凝重之感。

字如其人，这话是对了。第一次见到赵先生，是在楼道里。白净面皮，几根稀疏的黑胡须，印堂发亮，两只眼睛灼灼有神。那眼神，老百姓有一句话，叫"睁眉豁眼"，说的就是这种眼神了。我当时不知道这人是书法家，以貌取人，我在心里说，这是个认死理，争破头的角色。

他的办公室门上挂着个"赵大山书画工作室"字样。文联的同志告诉我说，这是一个书法家，中国书协会员、省政协委员。后来，果然见来他门上索字的人络绎不绝。有时人来得多了，字写得多了，于是将工作室的门打开。将墨迹未干的字铺满一楼道。我们上下班，得绕着走。

这样，我便有机会见到赵先生的字。赵先生提着一管笔，像提着一杆枪，朝纸上戳去，像挥着一把剑，朝纸上劈去，完全是一种自得其乐，我写我心的样子。他的字他的人，完全成了一个样子。这就是赵大山，别人不可为也。当然，别人要写字，那是另外的风格。

据说，西安城里长大的赵先生，小时候曾经练过拳脚。看来，我的这"书有剑气"的感觉没错。又据说，他九岁出道，遍临名贴，受书法大家舒同、宫葆诚等高人点拨，大器早成，自成一体。又据说，赵先生二十年前就东渡日本，与日本书法家切磋书艺，在日本引起轰动、好评如潮，云云。

大山小我一岁，今年整五十了。五十的人还能如此张扬，这叫我羡慕。我是做不到这一点的。他为什么有那么多激情。然而，话又说回来了。有激情的人很多，有才华的人也很多，但是激情慢慢地就消退了，才华慢慢地变得不可靠了。那么这里我说第二，这第二就是，他得像佛家那样"入定"，他得像道家那样"守成"。这样，他才有可能穿过都市喧嚣，走向艺术的纵深。

从这个意义上说，每个真正意义上的艺术家，都有一种自恋情节，都是偏执狂。

在西安这个炎热的早晨，我冒着酷热，写下这些文字，来记录我对书法家赵大山先生的印象。赞美别人是一件一举两得的事情,别人高兴,你也高兴。因此,我现在心中也充满了一种大愉悦。

在喧嚣的西安城中,有一座峥嵘万状、怪石嶙峋、气势磅礴的大山。这就是书法家赵大山。挂一幅赵大山的书法在你家的墙上,你会有这种感觉的。这是结束语。

2004年7月18日于西安

致刘尚卿《羊马年》

这部小说以一个县城"马年"和"羊年"发生的事情为背景，写了目前农村改革和产业调整的一些事情，塑造和涉及许多人物，真切地反映了"县城风景"和这些人物的性格及命运。

在这些人物中，县委书记马明昌塑造得还是丰满的。他力图把事情办好，一切都很难，上下左右，他都得去平衡，要防住自己的身子，要对得起一方百姓，对得起自己的天地良心，要干出成绩。他在干部的使用上也充满人情味。乡党委书记刘创云这个角色也很有可信度。他的才华和工作热情、他处在两个女人之间的那种感情折磨、他在作为"陪衬"而落选之后的那种心态，作者都把握得很准确。我在关中农村基层，见到许多刘创云这样的人物。中国这么大盘子，最基层的那一片天空往往由这种平民知识分子式的人物支撑着的。镇长杨玉萍这个人物我也喜欢。这人物叫我想起前辈作家王汶石先生笔下的吴淑云和张腊月。我小时候在关中农村待过几年，见过这类农家出身的女干部，她们泼辣能干，很受人尊敬和爱戴，杨玉萍就属这类人物。

宫守正这个人物也塑造得很真实。这些村官，占有了一地一域的资源后，便成为一霸。他们是很难被推倒的。作者写了通过镇党委书记主持的村民大会,将他罢免了,让另一个处事公道的老者来管理。尔后,便是宫守正的告状。现实生活比这还要复杂得多,沉重得多。因为宫守正这一类人物,已经利用村官这个平台建立起了错综复杂的关系。他们绝不会甘于失去昨日的那些东西的,他还会再来的。

小说中人物颇多,也都有戏。小说以县里的"换届选举"开始,以"换届选举结束"结尾,这期间发生了许多的事情。县城的许多头面人物,都在这期间露脸,都在这个特定时期完成着他们的表现。

是朋友将这部书稿递到我手里,嘱我写这个"序"的。我祝贺《羊马年》的出版,并向这位未曾谋面的刘尚卿先生献上我的祝贺之意。看来,他在这个行当已经跋涉很久了,出于表达的需要,出于对文学殿堂的敬意,他一直努力着。

在中国广袤的土地上,有许多类似刘先生这样执着的文化人。我在许多场合说过,中国文学的大厦,并不是靠那些从这个行当中得到好处的所谓名家支撑着的,而是靠散布在中国广大的基层的这些业余的文化人支撑着的。他们是中华文明薪火相传的最可靠的保证。

那么在这里,我将这话再重说一遍。

在西安这个秋日的早晨,我写下了以上的文字。我家的阳台正对着终南山。呵,那一片烟云缭绕的土地,那生生不息的人们,我祝你们永远美好和繁荣。

是为序。

2006 年 10 月 12 日于西安

一个人五十三岁时如是说
——《伊犁马》序言

人一上五十岁，就会明白许多事情。 你不到明白的年龄，你不会明白。 孔老夫子说："过而知之。"这话是说，你只有经历过，你才能知道的呀！

五十岁的时候，你会觉得这个世界，不像二十岁时觉得那样美好，也不像三十岁时觉得那样悲观，亦不像四十岁时候觉得那么复杂。 那么五十岁时候的世界是什么样子的呢？ 是既不美好，也不悲观，既不简单，也不复杂。 如是而已。 天下熙熙，皆为利来，天下攘攘，皆为利往。 几千年的人类都是这样走的呀！那么让它继续走好了。 你可以成为参与者，你也可以成为旁观者，但是你没有必要成为评判者。

五十岁的时候，你突然会觉得人生如一场幻梦一样。 一个孩子，蹲在家门口的墙根旁打了一阵瞌睡，一睁眼，发现自己已经是老头了。"江湖居士闲处老"，你会有这种感觉。 你开始变得健忘，熟悉的人，熟悉的事，你会怎么想都想不起来。 你必须先进入那一种状况，然后记忆才会被唤起，于是人名便脱口而出。

五十岁的时候，你的头发和牙齿已经开始掉了。当第一颗牙齿掉落的时候，你在那一刻会有点感伤。人老原来是从牙齿先老的呀！托一颗牙齿在手中，你会想，这个物什它是谁呀？它刚才还是我的一部分，和我同去接受荣辱，但是现在说一声走，它就走了，成为一个独立的东西了。捧着这牙齿，你不知道该把它放在哪里才好。最后你想，它最好的去处是垃圾筒，让它走吧。

五十岁的时候，你大约还会有一点恋旧。那些老柜子、老桌子、旧衣服、旧鞋，你搬一次家带一次它们。譬如我，我的腰间永远地拎着一根马镫革，那是我的白房子岁月留给我的记忆呀！我相信那些用得久了的物什是有灵性的，只是我们不知道而已。

五十岁的时候，你当年的万丈雄心会慢慢消退。你明白了这个世界上的许多事情，不是你一厢情愿所能达到的。拿我来说吧，年轻时候的我，曾经在一个早晨立下宏题，决心舍弃人生所有的别的念头，凭借努力，缩短中国小说和世界小说之间的差距。我做到了吗？我没有做到，差距还摆在那里。你得接受环境和时代的制约。

五十岁的时候，随着越往文学殿堂的深处走，你会觉得殿堂里供奉着的许多活着的和死去的神，都令人生疑。五十岁的时候，你会有一颗感恩的心。感恩这个世界生了你，让你能够享受这春天的花，秋天的果，清晨的每一次日出和黄昏的每一次日落，感恩你这大半生遇到了许多好人，感恩你经历了许多事。

五十岁的时候，你会突然在某一个早晨眼前豁然一亮，变得我行我素。这一亮大约是因为一个叫伍子胥的古代人物引起的。伍子胥破楚以后，将楚平王的尸骨刨出来，鞭尸三百。这时旁边有人说，伍将军，你要注意影响呀，别人会怎么说你呀！只见这老伍，把白发一搔，胡子一捋，慨然说："别人爱怎么想就怎么想，爱怎么说就怎么说吧，我都这一把年纪了，我怕毬哩！"

　　以上是我五十岁以后的一些想法和感觉。借这本书出版的机会，把它写出来，算是向读者朋友们汇报和交流思想吧！我数了数，一共是八条。记得刚才睡在床上想的时候，远比这八条要多。谁知落实在纸上把一些忘记了，那么就先写这些吧！

　　这本书收录的，是我的一些重要的中篇小说。例如《白房子》，例如《雕像》，例如《大顺店》，它们在发表时都产生过大的影响，现在网络上依然有着很高的点击率。评论家朋友们认为，这几个中篇都是代表中国转型时期中篇小说最高成就的作品。是不是这样，还得待读者来评价，待时间来评判。四川文艺出版社是一家很有档次的出版社，五年前，我的《我在北方收割思想》一书，就是这家出版社出版的。该社的金平先生、林文询先生，既是知名的作家又是很好的出版家，且是我的气味相投的朋友。我很感激他们的约稿。给我提供了一次和读者交流的机会。

　　我还在书中，画了七八幅画，这些人物形象，已是像魔鬼、像幽灵一样盘踞在我脑子里几十年了，过去我只是用文字来表达。我的母亲是一个文盲，我写了二十本书，母亲竟然一个字都没有看过，于是，也是在我五十岁的时候，我开始画画。而第一幅就是献给我的母亲。

　　西安的秋天真好。阳光多么的灿烂呀，如梦如幻。天空是如此的深邃、蔚蓝。汽车在马路上跑着，人在人行道走着，楼房在一动不动地站立着。我爱这个世界，我爱的人！——我在说这句话的时候，心中升起一种佛家大慈悲的情怀。

我把心都掏出来了！那么我的"五十三岁如是说"就到此为止吧！最后我想说的是：寄希望于后之来者吧！我们这一代人行将老去，这场宴席将接待下一批饕餮者！

2006 年 10 月 30 日于西安

这场宴席将接待下一批饕食者
——致高鸿《沉重的房子》

《沉重的房子》中的社会大背景,那三个地方我都在其中待过。一个是县城及县城四周的村庄,一个是中等城市,一个是大都市。一般来说,中国的青年农民走向外部世界,他就是这个走法。

记得,路遥当年写《平凡的世界》时,动笔之前,曾经约了我,在黄陵店头煤矿参观了一天,然后又在县城的宾馆,关起门来谈了三天。我主要是听众,路遥要找个朋友,听他把小说复述一遍,圆满一遍。记得,那时他把这三部曲,分别叫成《黄土》《黑金》《大世界》,则把总的书名,叫成《走向大世界》。他后来在出版时,是怎么把小说改成《平凡的世界》这样一个又有内涵又大气的名字的,我就不知道了。

我所以在这里想起这事,是因为《沉重的房子》中主人公的行动轨迹,亦是乡村、中等城市、大城市这样行走的。

《沉重的房子》中那个县城环境,我在其间待过近十年。中间是县城,生产队绕了县城一圈。我第一次看如何绑人和打人,就是在生产队的会议室见的。

先喊一声某某某站起来，然后，人们用事先准备好的"火"绳子（这绳子先前是犁地时拽牛的曳绳），将绳子等停了，中间部分往这人的肩膀上一搭，然后两边顺着两个胳膊拧几道。下来，将两只手反剪着，拴在身后。这叫小绑。（还有一种叫五花大绑。）绑完以后，将绳头儿向房梁上扔去。绳头从梁的那边垂下来了，这时两个小伙子，拽住绳头发一声喊，一使力，只听哧溜一声，这被批斗者就被吊到房梁上去了。

这大约是"四清"，或"社教"，或"文革"初期的事情。我那时候正在上小学。人性之恶叫我惊骇，人类社会底层存在的那种庞大的破坏力亦叫我惊骇。这些人平日我都见过的呀！他们慈眉善眼，不是这样子的呀！

本书作者高鸿，就是从这样的背景下走出来的。县城里有个戴近视眼镜的文化人，可怜兮兮的，整天在墙上写诸如"农业学大寨"之类的标语。待到后来在西安认识高鸿后，我问他那人是谁，记得好像也姓"高"。高鸿说，那是他叔伯哥。

中等城市的背景，大都市的背景，原谅我在这里就不多说了。所有的中国境内的这些城池的环境几乎都是一样的。包括那座县城，经历过的人都知道，那是一个时代。

《沉重的房子》出版了。让我献上我的祝贺。

这部小说，先是在网上以连载的形式发表，引起轰动，有着很高的点击率。这次，又以纸质出版物的形式出版，相信会被社会和读者广泛接受的。

我看了书（我眼睛有些花，所以只能算浏览），也看了网民的一部分评论。我向这些网民致敬。世界虽然浮躁，虽然充满了假声假唱，但是还留着一些清新的角落的，还有一大部分真诚的人们的。这部用血和泪写出来的东西感动了他们。我曾经说过：我在无数人的心中摸索，摸索到的是一颗颗冰冷的心。现在看到这些网民的评论，我很感动。这世界上还有真诚存在，还有朴素的人类感情存在的。

中国的小说艺术正处在低谷，这责任不在读者大众，而在写作者自身。"五四"时期"为人生"的文学主张，在新时期文学刚开始时，曾经得到过延续，后来这声音就越来越弱了。

最后，让我再向《沉重的房子》的出版表示祝贺。我欣喜地看到文学陕军中又有了个生面孔。我寄希望于后之来者。我们这一代人行将老去，这场宴席将接待下一批饕食者。

2006 年 12 月 8 日于西安

《胡马北风》序言

我不知道这近十年来,我为什么痴迷于这一类题材和这一种思考。我常常觉得自己像一个女巫或者法师一样,从远处的旷野上捡来许多的历史残片,然后在我的斗室里像拼魔方一样将它们拼出许多式样。我每有心得便大声疾呼,激动不已。那一刻我感到历史在深处笑我。

我把我的这种痴迷悟觉为两个原因。一个是这些年随着我在西部地面上风一样地行走,我取得了历史的信任,它要我肩负起一个使命,即把那些历史的每一个断章中那惊世骇俗的一面展现给现代人看。另一个原因则是,随着渐入老境,我变成了一个世界主义者,我有 种大人类情绪,我把途经的道路上的每一个人都当作我最亲的兄弟,我把道路上遇到的每一座坟墓无论是拱北,无论是玛扎,无论是敖包,都当作我的祖先的坟墓。

——引自旧作《走失在历史迷宫中的背影》

致白矾《卿本佳人》

这个世界上有一层人。大家都是在瞎忙活着。或者用老百姓的话说，叫"脱了裤子算一天"。世界上没有坏人，所谓的我们认为的坏人，只是些偶尔做错事的好人。这个世界上也没有坏事，那些所谓的坏事，只是为即将到来的好事做一个铺垫而已。

所以我们的老先人告诫我们要"厚德载物"。啥叫厚德载物？这话是说：大地母亲啊，你宽厚而仁爱，默默地承载你所有的背负，承载起山岗、河流、道路、村庄，承载起高远的天空，承载起芸芸众生。你不以自己的好恶为好恶，把它们都承载起来。

这些话说完以后，现在我说这本名曰《卿本佳人》的小说。

小说的女主人公秋月是个善良、美丽、富有崇高感的女子。这样的女子本来身上就会有许多故事发生。况且这秋月女子又一脚踏入了风尘，所以身上的故事就更多一些。

她的乱糟糟的情爱生活围绕着三个男人展开。

第一个男人叫萧剑韵。这是一个主流社会的人物，事业的成功者。他在本书开头时是红顶商人，结束时是领导干部。

第二个男人是"老三"。这是一个社会渣滓，一个吃女人饭的男人，一个安定和谐社会的破坏者。

第三个男人是教书先生。

秋月在从事自己的卖笑生涯时，同时为这三个男人都付出了情感。她的去医院做手术，她的被拘留，她的最后为保护心目中爱人萧剑韵，拖着老三一起跳崖，构成了这本书的主要框架。

"把美毁灭给人看"，我在这里想起鲁迅先生这句话。

秋月穿一件无袖的白色连衣裙，漏出两个长胳膊，亭亭玉立，楚楚动人地站在那里。如果没有那些烦恼的事，这个世界该是怎样的美好呀！

这本书的作者，为写序这件事，我和他吃过一次饭。人到中年，他已经有一些沧桑感了。他在仕途上干过，在一家企业做过老总，现在则回到母校，在西安一所著名大学教书。现在他突然心血来潮，写了这么一部小说。

作者对塑造的人物和人物展开的环境，是熟悉的。这增加了小说的可信度，也对塑造人物，起了重要的作用。小说也有很强的可读性。以一位弱女子——风尘女子作为叙事视角，这样的作品还并不多见。作品涉猎目下的社会生活领域，在一定程度上表现了当代生活，这是它的一大特色。

这个女人和三个男人，也都是真头可信。

美中不足的是萧剑韵这个男人，还可以塑造得更有深度一些。他的提拔的前夜，是绝不可能和秋月在一起的。而他和秋月的那些情愫，更像一个文化人，而不是领导干部的做派。秋月死了，他可以焚香葬花来纪念她（止如《雷雨》中的周朴园之于繁漪一样），但他不会傻到让一个三陪女将他毁灭。

好在秋月崇高，她是一位弱女子，也是一位烈女子。当危险逼近心目中的白马王子时，她用自己的死保护了他，并且封住了天下所有人的口。

小说结尾时秋月拖着老三跳崖的一节，堪称神来之笔。

就说这些吧！

我祝小说的出版。今天我写这段文字时，恰好是 2007 年度中国图书节（在重庆）的开幕之日，亦是西安图书活动月的伊始。

是为序。

2007 年 4 月 25 日

他用真情歌颂了农民

——致张思明纪实文学《黄土情怀》

农民就是我们的衣食父母。农民，是人类社会的开拓者，建设者，是土地的真正主人。从某种意义上来说，我们曾经是农民。因此，我们应当怀着一种敬畏的心情，向土地致敬，向农民致敬。

思明送来一部歌颂农民及他一家人的一部纪实文学书稿《黄土情怀》，读完之后令人激动难平。思明用纪实的手法，真实的感情，实写了一位农民——曹晗。从五十年代初期，曹晗上任村官后，一直干到八十年代初期，这三十多年任村官的艰辛是常人难以体味的，只有他自己清楚。

村官也许是中国最小、最基层的一位领导者和组织者。他们没挣过国家财政一分钱工资，只知道默默无闻地带领农民真抓实干，为国家交足公购粮和棉花，供我们干部、市民吃穿。像曹晗这样的农民村官，只知道无私奉献，把一种黄土精神（也是延安精神）从继承到传承，直至如今七十多岁了，还为后代留下一座青山，这是多么伟大的一种奉献精神。

曹晗是中国十亿农民中的一员，他的父亲从佳县来到延川，后在延长定居。在这几十年生活中，他不光为土地奉献，而且用心血教养好了自己的儿女，个个都为国家出力。他的大儿子曹胜明，在死亡线上挣扎着活过来，还不忘为救活一个企业拼死拼活地干，直至被选举为省、市劳模和省、市党代表，省、市优秀共产党员。事实证明，人活着只要有一种精神鼓舞着，就会干出一番不平凡的事业，曹晗的四个儿女都做到了这一点，这是曹家应该满门生辉的。

思明是我多年的一位老朋友，也是一位可尊敬的兄长。他虽然已年过花甲，但仍然用他那支老道的笔为社会奉献，歌颂新人物，是值得赞扬的。他现在又写了一部人物传记，是他对农民、对土地、对生活的一种真情释放，这是他的第十三部作品。我期望他还能继续创作出更优美的作品。是为序。

2008年夏于古城

江山代有才人出

——致闫索平《挥霍青春》

在阅读这位年轻的写作者的这本结集书时,我想起很多事情。 首先想到的是20世纪60年代,前辈作家王汶石一次谈话的题目。 那题目叫"我们为什么写作"。 其实"我们为什么写作"这个话题,莱蒙托夫在《当代英雄》中借助毕巧林这个人物之口,已经说了,那就是那段著名的多余人独白:"如今,在这里,在这荒凉的要塞上,我暗暗问自己,我为什么抛弃了命运为我安排的有着遮天的绿荫和煦的阳光的那一条道路呢? 噢,我明白了,我是一个在双桅贼船上生活惯了的水手,不管这岸边的绿荫和阳光怎样引诱我,一旦那艘双桅贼船在远处的海平面出现的时候,我就会狂喜地不顾一切地奔向它,什么也不能把我阻拦!"

是的,这是宿命,一代一代的"我要飞得更高"的人们的宿命。 文学如此,一切事情都是如此。 在这条狭窄的崎岖的险恶的文学小道上,横七竖八地躺倒着许多明明白白的失败者,但是,仍然有后之来者络绎不绝地涌来,他们相信自己就是奇迹,相信奇迹会从自己身上开始。 他们是把自己当作祭品,为缪斯之神献上。

我阅读了本书。第一篇《残梦》，似乎有点（中国）台湾那位短命的天才武侠小说家古龙的风格，冷峻、简洁，诗一样的叙述，从中国古典的审美情趣中截取了许多意象。第二篇《兰兰》，是乡土叙述，另一种语境，很好，熟悉生活如数家珍，如果说要寻找不足的话，它需要展开，需要让视角人物拖着厚重的文化背景一起前行。这样，这篇小说也许更厚重一些。下来还有一篇，也很有意思，叫《千河物语》，作者给题目后面加了一个括弧，叫"笔记小说"。这些东西，看来是作者的乡间叙事，是弥漫在那一个文化板块之上的逸闻与传说。这是一种古已有之的叙述形式，十分地好。作者为我们朴素地展现了他家乡那块土地上出生的许多花朵。我在阅读时想，如果能有一些细节，人物将会更丰满，故事将会更丰满。这些细节是你的，是生活本身所赐予你的，城市里出生的作家，他们可以虚构出来情节，但他们永远找不出那些鲜活的细节。因为有了这些细节，一个活生生的中国一隅便展现在人们面前了。《挥霍青春》则采用先锋派文学手法，双重叙述，像一支二重唱，两部声调充满张力，讲述了关于青春、成长、撕裂、爱情、房子以及写作本身的故事，展现了生存的荒谬和悲剧性处境，叙述犀利残酷而充满激情，直逼灵魂和现实。虽然他的叙事还有待于展开和完善，但已经隐隐感受到了他的才华和锋芒。文学就靠一代代热血青年，奋不顾身地剖开胸膛，将坦诚的灵魂献祭给缪斯之神来延续。

我还阅读了那些灼烫的散文。散文大约是最能直接展现作者的志向、作者的秉性、作者的激荡情怀的一种形式。那些灼热的文字，刺得我的眼睛生疼；那每一段文字，都激起我心中一阵激烈的情绪。大约流经或发源于作者家乡的渭河、泾河、千河，它们那最初的一段日子，那完成从高原向平原的跌宕中，就是这样子的。我在这里需要特别指出的是，这不是虚火，而是从这个卑微的生命本身发出的声音。那情形，就像庄稼自然而然地从土地上生长出来一样。小闫生于宝鸡陇县农村，虽年纪轻轻，较之同龄人却经历复杂：当过农民、工人、教师、文书、也当过杂志编辑、记者；也曾当过建筑工、酒店服务生、物业保安等，长期在社会底层摸爬滚打，饱尝辛酸之苦。尤其说起他在建筑工地干活时，顶着烈日搬砖头，寒冬半夜扛钢筋，雨中抬木料，手上磨得满是血泡，肩膀也磨破了，鲜血淋漓；说起因为痴迷文学穷困落魄，亲戚朋友冷嘲热讽，父母要跟他断绝关系，等等，说起这些时，他热泪涟涟。这是一个敏感而饱受创伤的灵魂，拿他自己的话说是"浑身窟窿"。从他的字里行间隐约能感受到一些悲怆。写作者的好处是任何痛苦都是能结晶成为文字。痛苦是成长的一部分，没有痛苦人就长不大。流浪汉高尔基站在高加索山巅，痛心疾首地喊道：圣母啊，你是一只无底的杯子，承载着世人辛酸的眼泪。

我还喜欢作者那一篇文学对话：《文学是 条寂寞的路》。对我来说，阅读过程也是一种学习过程。那种希腊悲剧式的崇高感，于中国文学，已经陌生很久了。在作者的那个对话中，我体会到了一种久违了的崇高感。我想起西班牙作家乌纳木诺的那句话——"圣殿之所以辉煌庄严，因为那里是人类共同哭泣的地方！"我还想到本文开始时，"我们为什么写作"这个设问。

而关于这本结集中的诗歌部分，我就不多说了。我已经离开诗歌快三十年了，将评价或判断的话，留给诗评家去说吧。

这就是我在阅读这位年轻的写作者的作品结集时，想说的话。

我的判断是，这位年轻的写作者的作品大约已经具备了写重要作品的一切条件，即阅历与生活积累，才华与奋不顾身的激情，他所缺少的就是社会为他提供一个平台，让他从容不迫地生存，让他从容不迫地叙事。

话到这里，我又想起俄罗斯文坛一件著名的掌故。当年轻的果戈理将他的习作拿给普希金看时，普希金说，年轻人，上帝应当给予你的他都给予你了，在具备了这样的叙事才能以后，你应当尝试着写点大作品了。说完，普希金将《死灵魂》这个题材给了果戈理。

在省作协换届完，接受记者采访时，我说了这样一段话："我们这一代人行将老去，这场宴席将接待下一批饕餮者！"我愿意在这里，将这一句话重新说出，说给小闫，说给每一位后之来者。

2009年8月1日于西安

像长安城本身一样厚重和大气
——致十集电视专题片《望长安》

陕西的电视人，干了一件堪称伟大的事情。这就是十集专题片《望长安》的制作。我对该片导演说，这个东西，放在陕西，放在全国，都在最好的行列中的。对于电视片，我算懂一些。我曾经参与过十二年前央视10频道开播前的策划，该频道《探索与发现》栏目片头上那"在已知的领域里，我们重新发现；在未知的领域里，我们初次发现"这句话，就是我为他们即兴写的。

记得当时，时任广电部长的孙家正，将新疆作家周涛，北京作家毕淑敏，还有陕西作家我，召集到央视的梅地亚中心，由后来担任央视12频道总监的童宁领衔，要为10频道开播前，先拍一个专题片。孙部长说，江泽民同志在看了一个六集法国专题片《失落的文明》后，彻夜难眠，于是给他打了个电话，问咱们中国能不能拍出这样的片子。孙部长说他当时就表态说，能拍的，咱们有个古长安，有个大西北，拍出来肯定比法国人的要好。咱们的历史久远。

记得在策划会上，孙家正说，现在说真话不容易，但是，我希望同志们在这个片中，不要说假话。后来，《中国大西北》折腾了两年多，我的足迹跑遍了陕甘宁青新五省区，但是，片子播出后，虽然也获得了五个一工程奖，但是对作为该片总撰稿之一的我来说，总觉得不尽如人意。我在北京见到了孙部长，我说，这个片中，既没有说真话，也没有说假话，说了个通，全是废话。记得后来，央视社教中心的负责人高峰请我吃饭。我不知道这个高峰，是不是就在《望长安》中担任解说的高峰。

有了上面这个前提，读者就明白了，我说的赞美《望长安》的话，确实是有感而发，是很负责的话，而不纯粹只是溢美之词。其实我的这种对《望长安》的肯定和赞美，也有自己当年没有能落实孙部长的意图，而今天陕西的这一拨电视人，将这个意图圆满地完成了。因此我就向他们学习和致敬。

十集专题片，洋洋洒洒，一路表来，将这千古帝王之都古长安，如数家珍，翻了个底朝天。导演是罕见的高明。导演的高明之处在哪里呢？在于，他采用的叙事方法和结构方式，是中国传统绘画中的那种"散点透视"。他不拘泥于逻辑，他反对从其罗列的视角形象中得出引申的意义。他只是一盘菜，又一盘菜，一盘一盘的大餐端到你的面前，不求它们之间有什么逻辑的联系，仅仅表述就够了。这正是一个聪明的艺术家所应当采取的表现手法呀！中国的电视片真的以《望长安》开始，从一种政治抒情诗叙述方式转变到小说叙事方式上了吗？我不知道！我希望有专家去研究它和总结它。

"散点透视"是传统绘画的一种技法。在有了摄影，有了电视之后，绘画艺术还有存在的必要吗？回答说是有必要的，而且是大大地有必要。这奥秘就是有一个"散点透视"。山水在画家的笔下，大小由之，任意裁取。可以将汴梁东京的市井百态缩到一个尺幅上，可以将万里长江也缩到一个尺幅上。不是按比例来缩，而是可大可小，可前置可后移，可夸大可省略，全由操作者的匠心所定。

《望长安》这样散漫道来，其实散而不散，有一个大底盘长安城在那里，所有的舞蹈都是在长安城这个大底盘上展示。好在长安城有如此多的家珍，因此导演像变魔术一样，从口袋里一件一件给你掏着，羡慕你，馋你。而这个掌故与陈设，当它们变成视觉形象以后，又给了我们许多的视觉冲击，许多的知识含量。

你千万不要以为这种散漫无度是编导在放羊，不是的，他是最精明的人。他把那些点睛之处，那些他要表达的主观意图，借助片中出现的这几十个学者、专家、作家的口中说出。这样他自己既不夸口，观众也乐于接受。从这个意义上讲，编导把这些所谓的名脸名嘴们，都当成了他手中的一件道具使用。

《望长安》中的解说词，也写得漂亮极了。我原来总以为只有我才能写出这么深刻睿智，举重若轻的中国方块汉字，现在看来，真是天外有天，人外有人了。我对文学的最高要求是六个字：简洁、直接、深刻。在这里我想说，杨晓民先生在解说词的撰写中，都做到了。

那高峰的解说，也精到极了。央视真是一个藏龙卧虎的地方。那语吻，真诚，厚重，沧桑，睿智，且有一种现代感。过去常说，赵忠祥解说得好，后来又说，任志宏解说得好，看来现在要说，高峰解说得好了。

(此文刊登于《陕西日报》2009年9月4日第4版要闻·评论)

一个优秀的灵魂
——致邢小俊《泼烦》

小俊的名字有个"俊"字，这叫我想起"青年才俊"这个词组。认识他的人，都会对他产生好感，我把这一现象归结为气场，他的气场是正义的、热情的、真诚的，而且极富能量。

我这一个月特别忙，先到安徽合肥，又到宁夏银川，现在又到重庆。行色匆匆之间，在安徽黄山，裁了一些小纸片，给这个年轻人的书插图。现在在重庆参加艺术节，代表们都到三峡博物馆去了，我则告了个假，躲在宾馆中给这个年轻人的文集写序。

大约几年前第一次见到小俊时，就给了我"青年才俊"这四个字的印象。我在西安高新区待过一段时间，那里管委会的中高层，几乎都是这样类似的人——年轻、敏捷，对新事物、新观念充满了一种由衷的热情。已经有了一些老意的我，和他们在一起，觉得自己突然年轻起来，觉得自己平日尘封的麻木的宛如梦魇一般的思维，一瞬间仿佛有电光划来，而平日木讷的谈吐也突然滔滔如泻，妙语连珠。

小俊大约是铜川人，大学毕业后供职于一份有名的报纸，现在是这家报纸托拉斯的部门负责人。初接触他，给人印象是一介书生，一个热情敬业的新闻工作者，及至熟了，才发觉他还有一脸络腮胡子，一副火暴脾气，和始皇帝同一天的生日。在新闻方面，这位年轻人拥有的智慧和气度，使他注定就要做大新闻、大策划。然而，我却一直不知道他还在写新闻之外的这本书。

这是一个文章的结集，而这些文章，无一例外地散发着忧郁的气质，这种气质来源于对生命意义的苦苦追索，他敏感的秉性使他要受更多地一层痛苦。在这个城市中，一个年轻的生命在浮华的挟裹中能清醒地思索，这本身就深深地打动了我。他沉郁的笔调中散发着蓬勃的才气，他对父亲的热爱，他对故乡村庄的思念，他对城市喧闹的排斥……

大约每一个人，年轻的时候都做过文学梦。那时候觉得世界很大，觉得这很大的世界是自己的。只需要一支笔，只需要一沓纸，你在完成着征服世界的工作，你在完成着自我扩张自我表现的工作。直到后来，随着入世渐深，随着碰了许多的钉子以后，你才惨然一笑："去吧，文学——这日狗的文字！"许多人都是这样走过来的。这叫献牲，陕北人逢年过节，便吹着唢呐，走成队形，把猪头羊头为山神土地献上，而作为一个缪斯之神所蛊惑的青年写作者来说，他献出的是他自己，即将自己作为"祭品"为缪斯献上。

我祝贺小俊这本书的出版。他在文学这个泥泞小岛上，是继续往前走呢，还是就此打住，这些我却不知道。我唯一知道的是，有一位年轻的写作者，要出一本书了，这人是我的同类和好友，是一个曾经有梦的人。

中国的当代文学就世界范围而言，还处在一个比较低的水平。此刻，站在这山城重庆一幢宾馆高高的楼层上，仰望阳台外面的秋阳灿烂，我又有一种"叹园中无人"的恐惧感。这种心情，在这已经有好几年了。我们做到了我们，新的年轻一代应该努力做到他们。我们这一代行将老去了，这场宴席将接待下一批饕餮者。

2009 年 9 月 7 日于重庆

对秦岭山脉的恢宏礼赞

——致纪录片《大秦岭》

多么好呀，陕西电视台拍了一部八集系列片《大秦岭》，在新年伊始播放。我们怀着一颗感恩的心，把家门口的这座大山，它的种种好处说出来，它的深厚的文化积淀说出来，它对秦人，以至对整个中华民族的历史贡献说出来。

秦岭山脉大约是中国境内最重要的山了。这座横亘于大半个中国版图上的山是有来头的。它发源于号称"千山之祖，万水之源"的昆仑山。昆仑山是"南山"的意思，再往下，喀喇昆仑山，是"美丽的南山"的意思，再往下，进入甘肃境内，它叫"天山"，后来又叫"祁连山"，而进入陇东高原，进入陕西境内，它叫"终南山"，意思是美丽的南山到这里终止。而由于秦帝国的建立，这秦地的山，就又叫秦岭了。

我们的古人爱说"高山仰止"这句话，意思是说"我见过许多的高山，眼前的这座是最叫我景仰的了"。这话说给秦岭，大约是合适的。我住在西安，我家里的阳台正对着秦岭，"倚南窗以寄傲"是古人的话，每天每天，我抱着个茶杯，叼着一支烟，望着那莽莽苍苍，云障雾锁的秦岭，追思先贤，似有无限感慨在内。

这部系列片全方位地对这座大山进行了一次电视扫描。开始时听说陕台有意拍一个《大秦岭》，我还有点担心，不知道这八集的长度，能不能填满。看了电视，应接不暇的场面，从各个角度的叙述和表现，对历史和光荣的顶礼，对秦岭明日的美好憧憬，对这块地域上人文地理的剖析，对依附于这块地域上的百姓生态的关注，可以说洋洋大观，面面俱到，有疏有密，俨然一部庄严的巡礼。

我是陕西人。我家门前那条流淌着的大河叫渭河。行人莫问当年事，故园索来渭水流。我家屋后那座高耸入云，横亘千里的大山叫秦岭。西北望长安，可怜无数山。人们说，我们的先民是住在秦岭半坡上，后来顺着渭河，一步一步地往平原上撵。——我相信这话，因为在大禹治水，疏通渭河入黄河之前，渭河平原上还是一片泽园。

我们是山的子孙。我们是河的子孙。我们是秦人的子孙。

我祝贺《大秦岭》的拍摄和播出。对山岗的崇拜，对河流的崇拜，对日月星辰的崇拜，是全人类共有的一种情绪，是人类初民时期试图与世界通灵的一种精神活动。通过这个名曰《大秦岭》的专题片，我们完成了一次与眼前这座大山的"通灵"，我们真伟大。

一位从黄土高坡向我们走来的行吟歌手

——致李炳智《受困的美人鱼》

我喜欢这样的诗：忧郁、典雅、高贵、真诚。语言呛啷作响，充满了古典汉语的节奏感、韵律感和美感。那抒情的口吻则是徐缓的，有一种戴着白手套的贵族式的忧郁，像一位拉着管风琴，边走边唱，从高原上一路走过的行吟歌手。而语言则是机智的——诗人有他自己的语言，从朱红色的嘴一张一合，便口吐莲花，不断地有一些奇怪的句子，从中蜜一样流出。

我上面说的是这位叫李炳智的诗人，我在丈八沟开会，他打了个电话，说《星星》诗刊要为他出一本诗集，想让我看一看，看能不能在前面说上几句话。还说延安的朋友杨葆铭、艾庆伟让他来找我。这样，我见到了这位诗人。我拜读了这本《受困的美人鱼》，同时，我也有了上面的那些感想和感慨。

我试着举几首诗，让读者朋友们看我的判断对不对。一首是《寻找遥远的牵挂》，这首诗通体都那么好，好得叫人无法取舍。我这里取"洞房里娇羞的新娘，已笑掉了两排白牙"，岁月沧桑，往昔不再，仅此一句，就叫人感慨良久了。另一首是《我的清明》。诗人说，"把一个民族的约定，留在清明"。另一首是《蝶》："一定是前缘，注定你今晨破茧，带着一个春天，寻找久远的思念。"

这本不算太厚的诗集里，充盈着这样的句子。你说读着它，我能不有一种愉悦大欢喜吗？诗就应该是这个样子的呀！充满了出其不意的机智，像魔术师一样点石成金，挖掘出寻常事物中的美感。

陕北地面是一个出诗人的地方，在这块奇异的高原上，布满了歌谣与传说、历史与掌故。在写这篇短文的时候，允许我借这个机会，向这块土地致敬，向这块土地的文学同仁们致敬，向这位从黄土地上向我们走来的诗人李炳智致敬。

这本诗集名字叫《受困的美人鱼》，这勾起我对我自己那次北欧之行的记忆。记得，那次大约是因为先看了汉姆莱特古城堡，接着再看北海波涛汹涌处那个端坐在岩石上的美人鱼的缘故，我在那一刻有一种异样的感觉。"我们是海盗的女儿！"陪同我们的哥本哈根市政府官员这样说。

2010年8月于西安

何冠雄的北方感觉
——致何冠雄《天地悠悠》

朋友们找到我,要我为长篇小说《天地悠悠》写一篇序言。那时,我正在为一家影视集团写一个名为《统万城版"最后一个匈奴"》的电影剧本。那将是一部中国版的《斯巴达克斯》。因此我很为难。但是最后,我还是答应了。我说先给我一个月的时间,把电影剧本完成,然后写这个序。现在,剧本已经完成了,并且得到了投资方的认可,轻松下来的我,开始写这个序言。

我用两天的时间,把《天地悠悠》逐字逐句地阅读了一遍,我很认真,我做事总想把它做到、做好。

《天地悠悠》是一部能够站得住脚的作品,一部厚重之作。我在阅读的过程中,这本书带给我好多惊讶。惊讶之一,是作者对他所描写的那个环境是如此熟悉。这些话,比如"占怀",比如"脸拉下来",比如"通往新疆的197次快车",等等。"占怀"呀,"拉"呀,这是最好的语言,从生活中淘出来的金子般的小说语言。小说正该有这样的语言。而"197次快车",当年的我去新疆当兵,回来时就是坐的这趟车,"197次快车"成了我们当年经常谈论的一句话。

惊讶之二，是作者对他的人物的熟悉程度、准确把握的程度非常高。小说中出现了二十多个人物，每个人物我们几乎都可以在身边找到，在当代生活中找到。作者靠黄小林这个人物，贯穿全篇，主要写了这个人物的成长史。而在他成长的过程中，许多的人物要和他的命运交错。那个先是做黑包工头老板，后来又成为民间的文化人的杨三兴；那个在社会底层混世事，曾经亡命远方的刘金宝；那个道貌岸然，玩世界于股掌之中，最后终于得到应有的下场的肖自清；那个仗着自己的好皮相左右逢源，而良心尚未泯灭的许绒花，等等，等等。这些人物正是这块土地的产物呀，正像从土地上自然生长出的庄稼一样。

惊讶之三，是深深的感慨，这块农耕文明的土地，它要想升华起来、崇高起来的艰难。小说为我们展现的这个关于平原村庄，这块区县经济文化，简直太熟悉了，熟悉到如数家珍的地步。我们看到，一个叫黄小林的小人物，他要从这块庸俗的土地、卑微的土地、窒息的叫人喘不过气来的土地上拔身而出，是何等艰难啊！

这是我对这部长篇小说的基本看法。

作者是武功人。武功那个地方我知道，它是中华农耕文明开始时，一个叫后稷的农业官挖第一锹土的地方。由于有了这第一锹土，农耕文明泛觞开来。于是后来有了五谷，有了村庄，有了我们引以为傲的中华农耕文明。武功人的秉性，我也大致知道一些。我有好些朋友、同事、同学都是武功人。武功人耿直，粗线条，认死理，特别能吃苦，仗义疏财。

农耕得太久了，匍匐得太久了，在这块大地上，面对黄土背朝天，人的眼界开始变得狭窄，思维开始变得琐碎。而几千年来半饥半饱的生活，又使人们变得卑微，变得缺乏远大的志向。我们的故事，正是在这样的背景下展开的。我们故事中的人物黄小林，正是在这样的文化中，像《红与黑》中的于连·索黑尔一样，像《人生》中的高加林一样，九死而一生，从文化的夹缝中得以逃脱。

这部小说还深深地楔入了时代。它为我们记录了中国北方的一块地域，它在当前进行时，所发生的故事。骚动不安的变革时代，各色人等粉墨登场，双轨制运行下的权钱色交易，最优秀的人物终于得以出头，等等。

如果说这部小说还有缺点的话，那就是，是不是还可以更精练一些。头绪太多，出场的人物太多，这样，你就很难把一个故事从容地写圆满，把一个人物从容地写圆满。这情形，就像农民种地时，地里的苞谷苗太多，需要拔掉一部分苗子，这样，苞谷苗才能够长大，秋后苞谷才能结得大一些一样。

作者是一名基层领导干部，匆匆一面，叫人觉得这是一个朴实的人，踏实的人。他在政务之余，用了二十多年的时间，完成这样一部厚重之作，叫我尊敬。

"我们为什么写作？"最近，我一直问自己这个问题。我的答案是，这是你的命运、宿命。这情形，就如陕北人年节期间的"献牲"一样，猪啊羊啊抬到那里去，扭着秧歌吹着唢呐去献给山神土地。一个文化人，他的创作，正像这"献牲"一样，不过他献出的祭品，不是别的，而是他自己，他自己的一生。他是把自己当作祭品，为缪斯献上。

我在前面谈到"宿命"这两个字。街上人乱乱的，我一眼就能看出来，哪个人是文化人，这情形就如《廊桥遗梦》中那句著名的台词一样：我们是昨日的牛仔，过时的品种，偶尔流落到这个地球上的外星人。文化人是有标记的，他们的额顶上总是顶着"悲剧"的印戳。中华文明薪火相传，不幸这薪火传给了你，这是没有办法的事情。你得像接一把火炬一样接住它，然后传给下一个。

这是我最后想说的话了，说给这位作者，也说给自己。

是为序。

2011 年 6 月 26 日

对一座大山的崇拜

——致田党生《秦岭终南山诗词赋》

我家门前一条河,这条河叫作渭河。我家屋后一座山,这座山叫秦岭。小的时候,我在老家居住,村上的人要盖房子,于是拉了一辆架子车,到南山那叫"杨郭镇"或者"白杨寨"的地方拉木料。而渭水,这滔滔水流,它每夜每夜都在我的耳边喧嚣。

中国人,尤其是陕西人,大约应当永远以顶礼膜拜的心情,来赞美我们的秦岭。她养育了我们,庇荫了我们。我们那个濒临河边的村子,是从哪里来的,我不知道,现存的县志有四种说法,最早的那本在北京的国家图书馆,我去查了查,那最早的记载是在明嘉靖年间,也就是说,明朝的时候,就有我们那个村子了。而更早的记载,是靠村里人的口口相传,人们都说,这个濒临河边的小村子,是从山上下来的。

是的,秦人是从山上下来的。最初,大约是从秦岭的最西端,那个叫天水的地方,顺着这雄壮山脉一路走来,向东撵,逐步到了关中。关中平原那时候是什么样子呢?是沼泽、湖泊四布,黄河像出没的一片泽国。大禹治水,疏通了禹门口,河水退了,八百里秦川露了出来,于是乎人们从山腰、从山坡,撵着河流,到了平川这里。

　　我不知道我的这种推理对不对？潜意识告诉我，是对的！关中平原上星罗棋布的同姓村庄，大约就是这样来的。而千古帝王之都长安城，正是大水退后，陆地显露了出来，才开始叮当修建的！

　　记得去年"5·23"期间，陕甘两省组织我们去"关（中）天（水）经济区"采风，那最后一站是天水市的麦积区。当我讲话时，我不会说普通话，只能用关中方言来说，台下三万观众一起吆喝说：我们能听得懂，我们也说的这话！观众的话叫我觉得亲切，而他们的"同住大秦岭，共唱大秦腔"的口号更叫我感动。

　　这本名叫《秦岭终南山诗词赋》的书，是西安国土资源局、秦岭终南山世界地质公园管理办公室编辑的一本礼赞秦岭终南山的书。书中这些今人写的散文和诗歌，是在去年组织的"秦岭终南山——最美世界地质公园"征文大赛活动的基础上，形成的一个结集。叫我感觉，他们是些认认真真做事的人。

　　这本书分三个部分。第一部分是当代人写的赞美秦岭的散文。第二部分则是当代人写的赞美秦岭的新诗。这些文字，正像我前面的开场白说的那些话一样，更多地是有感而发，就近写来，将自己对这座莽莽苍苍的大山的一颗感恩的心，真诚地说出。由于大部分都是亲自感受，所以情真意切。记得诗人郭小川说过，爱国家从爱家乡开始，那么对我们陕西人来说，爱家乡就是从爱秦岭和渭河开始。

　　书的第三部分，收录了一些古代的墨客骚人们对秦岭终南山的礼赞。以前我也知道这其中的大部分诗，但是将他们集束起来，通篇阅读，仍给我以许多的震撼。我觉得，秦岭在古文化人的笔下，更像一个地域坐标，一个文化符号，它寄托了人们的志向和情怀。"我有商山君未见，清泉白石在胸中""云横秦岭家何在，雪拥蓝关马不前"这些古句，寄托了人们多少情感呀！

记得在《大秦岭》专题片上，作家陈忠实称秦岭为"父亲山"，评论家李星称渭河为"母亲河"，我完全同意这两位老乡的话。

当我写这篇短文的时候，南窗外的秦岭，正罩在一片白茫茫的雨雾中。世界上有不朽的东西吗？有的！我们都将速朽，但是门外的那座山不朽，它将永恒地矗立在中国的中部地面，摇曳多姿，威武雄壮。它曾经庇护过我们的先祖，它现在又在庇护着我们，它还将继续庇护我们的后人。

记得几年前，陕西要成立一个秦岭研究会。他们请我当会长。我说会长我就不当了，事情多，怕误事。我说，请你们把秦岭的研究成果告诉我一些吧。于是，陕师大一位教授说，秦岭的西头，在昆仑山，秦岭的东头，在富士山。他说，昆仑山叫南山，喀喇昆仑山叫"美丽的南山"，这山行到甘肃，叫"祁连山"，到了陕西，叫"终南山"，意思是说南山到此终止。不过秦岭并没有终止，从地质构造上来说，它并没有终止，它还向东延伸，成为东南丘陵，甚至，它还穿越海峡，直通日本，日本富士山那个圆顶，才是它的句号。

我不知道这位富有想象力的教授说的话对不对。我一直想找个机会把这话写出来，现在恰好是机会了。

我还记得一件事。前年夏天我去银川。宁夏退休了的地质局长告诉我，神话传说中的"共工怒触不周山，天倾西北，地陷于东南"这句话，绝对不是神话。在侏罗纪时代那伟大的造山运动中，喜马拉雅山脉涌起，然后岩浆的一支向东流去，从而形成伟大的秦岭。他还说，秦岭的一支余脉，我家乡的骊山，应当是一座宝山，因为矿物质流到这里，冷却、凝固，从而堆积于此。

我在这里也将这位地质局长的话写出来。

这篇短文既是一个序，也是我对家乡的这座山的礼赞。对山的崇拜、水的崇拜、树木的崇拜、各种动物生灵的崇拜，大约自人类童年时期就已经有了，这种心理深深地根植于人类的潜意识中。

那么此刻，点三炷高香，让我再朝南一拜吧！祝我们的"父亲山"正襟危坐，永生永世。

是为序。

2011 年 7 月 21 日于西安

文学是一口强人吃的饭
——为刘小玲的小说《榆钱谣》题写

你相不相信，艺术家都是天生的，各个门类的都是！他们天生慧根，他们被上帝打造到这个世界上来，就是来完成一次创造，就是用一己之燃来点缀这个平庸的世界。在熙熙攘攘的人群中，你很容易就能发现他们，多愁善感，郁郁寡欢，心不在焉，等待点燃。

一位榆林城的业余女作家，由她的哥哥陪同，由荞麦园的老板巧巧引领，找到我的工作室。这女孩带了一本厚厚的小说，名叫《榆钱谣》。她请我看一看，看我能不能有话要说，然后把我的话，放在这部行将出版的小说前面。

文学是一口强人吃的饭，在文学这个可诅咒的崎岖小路上，明明白白地躺着许多的失败者。有才华是一回事，能不能取得那种所谓世俗意义上的"成功"又是另一回事。当你写不出好东西的时候，所有的人都忽视你和蔑视你；当你写出好东西的时候，你以为你已经出头了，红地毯将为你铺开，但是且慢，你错了，你发现所有的人都张开了双手，你以为这是在欢呼你，不是的！这是在伸出手，要将你掐死！直到——直到——直到后来掐了半天,发现你命很大,很硬,你并没有被掐死,于是这个世界在你面前就范,放你一马,无可奈何地容忍你出头。

所以我常常想,我们为什么要从事这个恼人的职业呢? 摸着自己满身的伤疤,我常常这样想。 同时,我也常常劝那些年轻的朋友,远离文学。

但是当打开刘小玲的这本书,当读了一段以后,我明白了,上面的世俗的法则也许并不适合于她。 这是一个被打发到世界上来的艺术家,受苦受难是她的宿命。 在这个崎岖的小路上跋涉是她的宿命。 除了文学,大约世界上再没有什么事情,能够让这个在榆林城中开一个小杂货店的女孩子高兴。 我常常满怀烦扰,却不知扰从何来——正是如此。

文字很干净,很简洁。 干净和简洁得让人觉得不像一个初学的写作者。 小说背景是一座中等城市,这城市该是以榆林城为原型吧! 然后写了一群在这个动荡不安,充满机遇,人人都命运难卜的转型时期,一群小城年轻人的命运。

小玲说,小说中的素材几乎就是发生在她同学、朋友、亲戚以及她本人身边的一些事情。 这些人的命运每一次大转折都给她以震撼,这震撼包括死亡、突然的变故、荣升降沉,等等。 她把它们归纳起来,放在几个人物的身上,于是成为这么一部小说。

这正是小说的创作方法呀! 真正的小说正是这样从生活中提炼出来的呀! 作者本来只是写的身边琐事,却一不小心反映出了一个偌大的时代。

我是戴着老花镜看的。 看得很吃力,视力不行了。 因此不能说是细读,只能说是浏览。 我的总体印象,小说是能够站得住脚的,人物是能够立起来的。 那些小说中的人物,他们的行为举止都是可信的，也得到了完成。比如说酸枣这个卑微的山村女保姆，在代别人生下孩子满百天后，毅然抱着自己的孩子逃遁，这一刻，这个人物完成了。

小说最基本的职能还是讲故事，这位业余作家讲了她的小城故事，而且讲得还不错，有了这，就足够了！

我祝贺《榆钱谣》的出版。榆林是我最喜欢的一个地方，去年（2010年）我去了八趟榆林。年初是去看我的电视剧《盘龙卧虎高山顶》的拍摄，去了四趟，后来又是"书香榆林"活动，又是榆林高端论坛活动。而今年，我又去了三次，去靖边统万城写电影剧本。榆林真是一个吃风干羊肉，喝大碗烧酒的张扬所在。

就说这些吧！我们这一代人行将老去，这场宴席将接待下一批食客。前一段我去北京，许多人问我，你们这一拨陕军东征的作家之后，这些年还能冒出谁来？当初我还支吾其词，现在我来肯定地回答，有是肯定有的，但是这是一口强人吃的饭，得足够强的人来吃。

是为序。

2011年中秋节西安

严肃文学的守望者
——致徐剑铭《死囚牢里的陪号》

徐剑铭的新作《死囚牢里的陪号》出版了，我很振奋。徐剑铭是我们陕西的作家，几十年笔耕不缀，创作了千万字的作品。这次，在当前中国文学不景气、边缘化的情况下，徐剑铭创作出这样一部厚重之作，是中国文学的光荣，是陕西作家的骄傲！

《死囚牢里的陪号》是一部监狱题材的长篇小说，讲述的是死刑犯们的故事。这些故事是根据徐剑铭自己因错案被捕入狱时的所见所闻改写，基本保持了原貌，很真实。死刑犯的狱中生活，死刑犯临刑前的种种表现，等等，它为我们展现了为层层幕幔所遮掩的那人类最为凄凉的一面。

徐剑铭的这部书有深度，他把对社会，对时代的看法都写了出来。在这部书里，徐剑铭也没有一味地将个人的冷暖放到书中，而是更多地怀着佛家的宽容的心、感恩的心，感念生活为他提供的这一机遇，这也就从个人的小说中走了出去，把小我变成了大我，这样的作品具有文学的意义，具有时代的意义。

严肃文学往往通过文字来表达对人性的认知，令读者读后涤荡心灵，感受生活，感悟生命，其思想影响深远。

然而，当前中国的小说艺术却处在一个非常尴尬的境地：一是文学边缘化带来的，一是中国的小说艺术从"五四"以后，就一直没有空间让它充分地发展。"五四"后，接着就是抗日战争爆发。抗日战争爆发以后，由于当时紧迫的时局，小说的艺术性就转弱了。后来解放区的小说虽然也出了一些名作，但也没有得到很好的发展。新中国成立以后十七年的小说实际上有些急功近利，当时最好的小说家是陕西的柳青。柳青是那十七年间中国小说的代表人物。"文革"结束以后，文学发展呈现良好的势头，长篇小说的创作又回到了以故事为基础。但在此以后，有些作家又变得飘浮起来，文学变得花哨起来，这都背离了严肃文学的初衷。

20世纪90年代，"陕军东征"这一文化现象震动了中国文坛，我的《最后一个匈奴》也成为发起"陕军东征"的代表之一，应该说这些作品代表了中国小说的高度，但后来又降了下来，以后又出现了不少作品。每一朵鲜花都有开放的权力，至于这个鲜花开得艳丽与否，大与小，那是另外一个问题。为啥出现这种文学现象？这是对我们当时小说领域那种空泛写作的一种反对和咆哮。

而今我又看到了一部好书——《死囚牢里的陪号》，看到了徐剑铭在坚守严肃文学方面的努力。中国文学的"大厦"就靠这些人在这里支撑，这些人把自己当祭品一样，为文学牺牲。像徐剑铭到了这个年龄，也子孙满堂，还在里面这样写作，这样玩命，从大的意义上讲是为文学，为社会；从小的意义上讲，实际上是一种自我道德的完成，我爱了一辈子文学，我要尽我最后一把老命，还要把我的最重要的作品写出来，我觉得他是这样的心态，他希望中国文学能有好的发展。

文化人，实际上很弱势，他们没有能力承担太大的责任，所以《死囚牢里的陪号》只是一部文学作品。它的意义在哪里呢？它的意义就在于徐剑铭有过这段经历，而社会上可能大部分人都没有这个经历，用徐剑铭自己的话说，"我很慷慨地把我这段经历拿出来与社会共享"，我想这就是它的意义。

2011 年 4 月 20 日

才求为世用
乃著经世书
圣人馀大水
必有三叹喟

高建群

致米宏清《多彩的乡情》

中华民族的农耕文化与草原文化,在陕北高原交汇和沉淀,形成一个博大而又深厚的积水洼。 在这块高原上,大约以安塞这块地面上的文化积淀最为庞杂和最为深厚。 记得大约二十五年前,我陪央视《中国人》摄制组去拍摄沿河湾镇茶坊村的农民剪纸艺术家白凤兰,她即兴为摄制组画了个《伏羲女娲图》。 我们问她画的这是什么,她说不知道,这是老一辈子传下来的图样。 后来我在新疆的高昌故城的一座汉将军墓里,见到这类似的图案,专家告诉我这叫《伏羲女娲交媾图》,是中华民族最早的生殖崇拜图腾。 再后来,大家知道,六国科学家破译出来的人类遗传基因密码,即《蝌蚪图》,与这图几乎一样。

仅仅提到这一点,你就知道安塞这地方文化积淀是何等的深厚了。 是的,我们民族初民时期的许多大奥秘,就隐藏在这黄土的层层皱褶中。

我参加路遥清润纪念馆开馆,回程中在安塞见到米宏清。 宏清是我的好朋友,是我看着的一个从陕北大地成长起来的文化人。

他写了这本有关安塞民间艺术的书。 书分四个部分,即"安塞腰鼓""安塞剪纸""安塞民间绘画""安塞民歌"。 他作为一个这块土地上的文化传承者，弘扬者，在这本书中，将自己十多年来的挖掘、整理、思考写出来，对乡土文化是一种贡献，对生于斯长于斯劳作于斯的这块土地是一个回报。

对陕北、对安塞，我真的有很多话要说。奈何是在途中歇息，饭桌上一碗羊肉下肚，然后提起笔来，匆匆写下这些。言不尽意，而已而已。

向安塞的腰鼓山致敬！向陕北的朋友们致敬！真诚地祝贺这本书的出版！

2017 年 5 月 8 日于西安

感谢生活，它慷慨地给予了我这么多
——《罗布泊档案》序

站在罗布泊一处奇异的雅丹上，我眼角涌出一滴冰凉的泪。

朋友说这是罗布泊的最后一滴水。

我在死亡之海罗布泊待了十三天，即从一九九八年九月十九日进去，到十月一日出来。我待的地方，是罗布泊最深处，地质学上叫它罗布泊古湖盆。这地方当是罗布泊最后干涸之地。

较之我之前去的那两位或曰先行者，或曰先踪者，或曰死亡者，我都进入得更深。

先行的地质学家彭加木，他失踪的位置还没有到古湖盆，只是即达古湖盆地缘的沙丘、红柳、芦苇、芨芨草地貌，罗布泊号称有六十泉，他是去寻找泉水而失踪的。他的考察团队是从马兰原子弹基地方向进入的。

另一位先行者探险家余纯顺，则是从南疆的若羌方向，沿孔雀河古河道进入，他只走到了古湖盆边缘然后迷路，然后心脏病猝发而死。

其实在余纯顺出发之前，身体已经不适，大约也有一种不祥的预感，只是，当时六十几家中外媒体云居若羌，宣传态势已经造成，你走也得走，不走也得走，余先生只好硬着头皮，背着行囊出发了。——我把角色演到谢幕。

我的这本书出来以后，不少杂志报章从里面摘文章发。有一家刊物（好像是深圳画报），用了个耸人听闻的标题，叫"是谁害死了余纯顺"。我是在飞机上看到这杂志的，黑体大字标题吸引了我，我心里想，是谁害死了余纯顺呢？看完文章，结论是媒体害死了余纯顺，而那文章作者的名字竟然是我。这叫我哭笑不得。

那次罗布泊之行，我跟着的是央视的一个摄制组，摄制组则跟着前往罗布泊探取钾盐矿的新疆地质三大队。这就是我的腿，能走那么远，那么深的原因。

我们在一个雅丹下面，支起帐篷，开起炉灶，一同来的一辆拉水车停在那里，就这样开始了十三天的停驻。

罗布泊古湖盆其实是由一层十三米到十八米盐翘板结成的硬壳，硬壳下面是几百米深的卤水。那盐壳就像坟堆一样，拥拥挤挤直铺天际。

我们的正南面，雾气腾腾处，当是那有名的楼兰古城遗址。正东面，是鬼气森森，千变万化的白龙堆雅丹，正西面，则是另一个同样有名的龙城雅丹。

这地方没有生物，像月球表面一样。在十三天中，我们唯一见到的一个生物，是一种花翅膀的小苍蝇，它是靠汲取盐翘上的露水而活的。我们称它是伟大的苍蝇。那次罗布泊之行，距今已经十六年了。十六年来我再也没有回去过。只是从电视上不断地看到消息，说那里的大型钾盐矿开采已初具规模，说罗布镇已经建立（我想它应当建在我当年居住过的雅丹位置），说一条正式公路，已经从哈密穿越罗南洼地，通到罗布泊。

这期间，罗布泊钾盐公司曾经给我来过几次电话，要我回去讲一讲当年的事情。因为我那次见证了罗布泊钾盐矿第一口井的开掘，我还把作为样井标记的那个小木橛和三角旗作为纪念，带回我家中，它们现在正在我的书架上静静地待着。我得把它们带回去，交到矿业集团的展览馆去。可是说归说，我身子懒，重返罗布泊的事情，至今没有成行。

我的罗布泊的十三天，是终生难忘的十三天。它叫我远离尘嚣，用这个独特的罗布泊角度来重新看待和重新解释世界上的许多事情。

罗布泊的十三天中，我做得最多的事情，是登上高高的雅丹，盘腿坐在那里，像一个得道高僧一样，看红日每天早晨从敦煌地面升起，在马兰地面落下。

我常常想，如果我的一生能分成两个阶段的话，那么，罗布泊之行是一个界分点。即我的罗布泊之行之前的阶段，与罗布泊之行之后的阶段。

编辑有心，希望这本关于罗布泊的书再版，谢谢他们。如果这本书能给读者一些补益，一些知识量，一个认识世界的独特视角，那么我的这案头劳作也许是值得的吧！

前年的秋天，我曾重回过一次新疆。我在给一个景点题词时说，中亚细亚高原，它不但是中国的地理高度，也是中国的精神高度，每一个忙忙碌碌的现代人，他都有必要渐时地从琐碎和庸常中拨冗而出，来这里进行一次远行，洗涤灵魂，追求崇高！

就说这些吧！感谢生活，它慷慨地给予了我这么多——这么多的阅历，这么丰富的人生，这么多的思想，这么多高贵的读者朋友。

骊山六人行

——《墨韵六家》序言

  这是临潼六位书画家的一个作品集结。这六个人,都是我的乡党,我乡这块地面出的人物。他们在这个恼人的艺术行当中,都已经呕心沥血了许多年了。他们把自己的青春、激情、才华,还有那不确定的前途,都交给这书画艺术了。企求有所发展,有所功造,挤一只脚进来,成为殿堂里的一只小神。

  今天,对这座小城市来说是一个节日,他们中有六个人要结伴而行,从骊山脚下出发,去征服世界了。这是人们用给堂吉诃德的话。今天我将这句话,用给我的六位乡党,六位当代的堂吉诃德。

  这本书的名字叫《墨韵六家》,六位书画家分别是康金鸿、焦生全、庞任隆、李逢君、庞少波、魏振选。书中"涵古履新,谦谦才俊"说的是金鸿;"清新化境,德义鼎诚"说的是生全;"艺高追古,见贤思齐"说的是任隆;"饱蘸真情,以艺博德"说的是逢君;"旷朗出尘,大气挥洒"说的是少波;"拈花微笑,素心即佛"说的是振选。我想,这些话,即是社会对这六个人的艺术风格的一个评价和肯定,亦是他们自己的一种艺术追求。

对着六位书画家的作品，我不敢妄做评论。金鸿我认识很早了，过去就为他的书法结集写过《我乡弟子多才俊》的序言，这次看他的作品，得古文化的熏陶，更加老辣，更加散淡。任隆的字，亦更见大气象了。古人说"胸中块垒，笔底波澜"，啥叫"块垒"呢，块垒就是大石头。我看任隆就像吐出一块块大石头砸人。生全的老虎，逢君的老虎，也都得其神韵，颇见功力，相信是多年的修炼。振选善画佛教题材，宁静、高远、严谨，是我对这一组画的总体感觉。笔下有佛性，皆因作者有佛心也。少波的字，追求古高，笔力沉雄，亦见功力。

我对《墨韵六家》的出版社献上我真诚的祝贺。也许出于对故乡的感情，我对这六位故乡的艺术家说了许多赞美的话。我这样做是对的，但是你们必须明白：登一山还有一山，前头的路还正长。

壬辰岁大年初七西安

我把读者的认可当作最高褒奖
——《最后一个匈奴》序言

在三十集电视连续剧《盘龙卧虎高山顶》的开机仪式上,央视制片人李功达先生说,如果不把高老师的《最后一个匈奴》这部中国文学的红色经典,变成一部电视连续剧,那是中国电视剧人的羞愧,是我们中央电视台的失职。

而杨作新的扮演者潘粤明、黑白氏的扮演者刘涛,则在开机仪式上发言说,央视有信心把它打造成中国电视剧创作的一部代表作,他们则有决心把它打造成自己个人的一部代表作。

他们做到了,完完全全地做到了。我在看了样片以后,给李功达先生打电话说,我看了前五集,流了四次泪,我经常说长篇小说要"宏大叙事",什么叫宏大叙事,这就叫宏大叙事。

我还说,中国共产党已经行年九十,但是很遗憾,一直没能认真地、有意识地为自己树一座纪念碑,现在你们这些人,一不小心就把这件事完成了。

我还向演员们致敬。我说,我看到一群表演天才在演绎人物,这些人物比我小说中的人物更鲜明、更具有戏剧张力,他们将小说中的戏剧因素挖掘出来，像吹气球一样无限放大。记得拍摄期间，我曾经三次前往陕北去"探班"，地冻天寒，山沟里钻着一群傻乎乎的人，面色呆滞，目光狼狈，像回到过去年代。我记得，只有当年(1979年冬天或1980年春天)拍《黄土地》时，我才有过这种感觉。一部小说，一旦变成铅字，便有了它自己的命运。作为原作者，他现在唯一适合做的事情就是三缄其口，作壁上观。让它去经历吧。包括小说的经历，也包括这部电视剧的经历。在这里，我就是以一个局外人、一个旁观者的角色向剧组献上敬意。这个敬意还献给当代最好的小说家之一、本剧编剧葛水平女士，还献给尊敬的导演延艺先生、梁彤女士。

《最后一个匈奴》面世前后，有许多的事情发生。这也许是命运使然，是小说本身的命运，亦是小说作者本身的命运。哎，小说面世已经二十年了吧！二十年是个不算太短的时间概念。

它的启动是在1979年4月19日。当时，联系作协恢复名称恢复活动后开的第一次创作会叫"新作会"。会上，我和一位叫藏若华的北京女知青商量，要合作写一本关于陕北高原的长篇史诗。会后不久(大约是那年年底)，若华女士去了香港定居，这样这部书就只好由我独立完成了。她留给我的所有资料是那个剪纸小女孩的口头传说和变成文字的包裹在小说中的那三千多字的短篇《最后一支歌》。

我开始了自己梦魇般的写作历程，开始像一个陀螺一样自转。十多年之后，到了1991年，小说已经完成一大半了。但是小说手稿丢失了。

这事现在叫我想起来还觉得诧异。1991年7月，中国作协通知我到西安领庄重文学奖。那时我在延安报社，临行前，一位青年评论家朋友来我家，提出要把稿子带走去看。待我回来，他说稿子丢了。

我在那一刻如五雷轰顶，有一种世界末日的感觉。我找了许久，跑遍了这座城市每一个公用厕所，并且和能联系到的小偷、包括小偷组织的头儿商谈，还是没有找到，小说手稿从人间蒸发了。

终于有一天，我站在阳台上热泪盈眶。那时的我多么虚弱呀！我明白这是命运，我不应该被打倒，我要从头再来！

这样我只好从头写起。

行文到这里，我突然厌倦了自己这种伤感的情绪。本来我后面还想谈谈该小说后来吃官司、再后来某文学奖评选落选的事（这两件事互为因果）。但是现在我决定不说了，这里只说高兴的事。

一位东欧小说家说人们之所以觉得过去年代的阳光灿烂，是因为人们健忘，把不好的事都忘记了，而把美好的事一字不漏地记录下来。——老高现在就准备做一个这样的健忘者。

我感激尊敬的编辑家朱珩青女士。她说，能写出《遥远的白房子》的作者，肯定能写出惊人的长篇的。这样我和作家出版社签约。

该书写作途中，她又专程来催稿，她先到四川，寻找周克芹的遗稿，接着又从西安来到延安来催稿。她对我说，世界上的事情件件都很重要，但是对你来说，重要的事情只有一件，那就是把《最后一个匈奴》这项"工程"完成。

1993年5月19日，北京《最后一个匈奴》座谈会上，她穿着一套西装裙，站在会场的门口迎接来宾。年过半百的她，像小女孩一样，梦幻般地微笑。——这一幕也许我会记到死亡的那一刻。

北京座谈会上，国内的评论界大腕几乎悉数到场，他们给予《最后一个匈奴》以高度的评价，给予这位涉世不深的写作者以真诚的鼓励（那年我三十九岁）。因为来的人太多，我这里不一一写出来了，我怕记不全，丢掉了谁。

不过有两个人我要特别说一下。

一个是主持座谈会的作家出版社常务副主编秦文玉。他已经于十五年前走了，在福州出的车祸。那是一个多么真诚多么敬业的编辑家呀！他主持会时那嘶哑的声音后来长久地回荡在我耳边。

另一个要感激的是《光明日报》记者、散文家韩小蕙女士。她的会议报道《陕军东征》，除了报道《最后一个匈奴》以外，还报道了陕西后来出的几本书的消息。"陕军东征"一时成为一个热门话题，成为新时期文学的一次重要事件。

《最后一个匈奴》以及由它引发的"陕军东征"，代表了长篇小说创作的一个高度。记得后来有一次，在北京见到柳萌老师，他问我怎么看当前的长篇小说创作。我说"陕军东征"时期曾经达到过一个高度，后来又从这个高度滑落了。

该书也给出版社带来了可观的收入。

关于《最后一个匈奴》，说到这里为止。

据该书改编的三十集电视连续剧《盘龙卧虎高山顶》，先在央视八套黄金剧场首播，（连播三次）接着在黑龙江卫视地方台首播，继而在全国各地方台播出。

我对陕西的广电局长说，时也势也，文学必须向影视"就范",向网络"就范"。我说,我的母亲不识字,我都写了三十本书了,母亲一个字也没有看过,但是当小说变成电视剧以后,她每天晚上都看,脸上洋溢着幸福,上卫生间也是一路小跑。八十岁的她,每年开春,每年入冬,都要住两次院,可是2011年的春天,因为忙着看电视剧,连生病都忘了。

不过电视剧有一个遗憾,就是名字不如叫《最后一个匈奴》那么响亮。许多人问过我为什么要改,我说这是审批时,上面叫改的,理由是不要用"匈奴"这两个字作噱头。唉,世界上的事情,总不能尽善美,能够播出,能够产生影响,这就不错了。世界上的事情,但凡能做到八分,便近圆满了。

随后,我的另一部重要著作《大平原》,也将被改编成四十集电视剧,预计在今年的8月开拍。运作者基本上还是那个团队,即央视电视剧制作中心的李功达先生出任制片人,不过,投资方变了。

"盘剧"给投资方带来了丰厚的回报,正如小说给出版社带来丰厚的回报一样。但愿《大平原》的拍摄也能做到如此。因为我的劳动而给别人带来收获给社会创造财富,这总是一件使人高兴叫人体面的事。

2011年我还完成了一件重要的事情,即给匈奴民族的唯一都城、匈奴民族在行将灭亡前发出最后一声绝唱的地方,陕北高原的统万城,写了一个电影文学剧本。我原来想把这电影叫《统万城》,导演则将它定名叫《最后的匈奴王》。电影是大制作,类似于《约瑟王》《木马屠城(特洛伊)》那样的大片。电影拟请联合国秘书长题写片名,通过联合国教科文组织向全世界发行。电影的拍摄,除了艺术的目的之外,它还有一个功利的目的,即能对统万城申请世界非物质文化遗产一事，有所帮助。

而我下来该做的事情，是将这个七万多字的剧本，扩充成一个长篇。那也许将是我的一件重要作品，一件东方与西方沟通和对话的作品。我说过，"匈奴"这个话题，是全人类的一根大筋，一抽动它，东方的和西方的每个人，都会痉挛起来。匈奴民族因为消失而存在，那血脉在如今不同国家、不同肤色、不同种族的人们的血管里，继续澎湃着。

我仍然决定将小说的名字叫成《统万城》。我将调动我的所有积累，所有激情，所有艺术才能写好它。我今年已经行年五十有八了，这本书，也许是这个写作者向长篇小说这种艺术形式，最后的一次致敬了！

我不久前过的五十八岁生日。生日那天，我把自己关在工作室里，画了一天画。一边绘画一边思考，我给自己定了个"步入晚年三原则"。这三原则是：第一，到退休年龄就退休，绝不拖泥带水；第二，绝不敷衍霸市，永远低调做人；第三，抓住剩余的人生，再写点好小说再画点好画。

行文就要结束时，说点有趣的事：几天前，一位专题片导演来府上拜访，他带来了一个信息。他说，在江苏地面，有一位"赫"姓老板，说自己是最后一代匈奴赫连勃勃的后裔，并且有家谱为证。而那家谱上一代一代，支脉清晰。这老板想拍摄一个《最后一个匈奴》的专题片，请我来当文学顾问。这导演的话，我还是相信的。因为他就是不久前热播的那个八集大型人物专题片《作家路遥》的导演。

今天西安的天气真好，适逢长江文艺出版社重版《最后一个匈奴》之际，从而就在上面说了那么多的话。老百姓说：锣鼓长了没好戏！那么我的饶舌，到这是知趣地打住。

最后让我大声地说：谢谢亲爱的读者，我爱你们，我把读者对我作品的认可，当作最高的褒奖！

2012年2月9日于西安

大能之人，大善之事
——致刘德望《三年》

德望是一位摄影家，还是一个文化公司的老板。 德望是湖南人，毛泽东的乡党，吃着辣椒长大的。 楚人厉害，一江跨南北，楚人的身上，既有北方人的强悍，又有南方人的精细。 他是如何到西安的，是当兵在二炮部队，后来转业，觉得西安这地方文化深厚，有一堆朋友，就留下来了。 留下来的他，本来可以端一个公务员的饭碗，衣食无忧地度过下半生，不料他选择现在这个职业。 中国小微企业，现在是越来越难做了，不过我坚信回头路是一条死胡同，中国的改革开放必须走下去，民营企业将来一定要占经济的主导地位，这个民族总得进步呀！

德望和我是朋友。 我常说这人几乎无所不能，而且干的都是一些吃力却很难得到回报的事。 前些年，他组织了一批文化人，走武威、敦煌、库车，叫作"丝绸之路东行漫记"，追寻鸠摩罗什大师的足迹，还把我忽悠着，到草堂寺去写《鸠摩罗什传》。 鸠摩罗什和你老刘有什么关系呢？ 前者是汉传佛教的伟大奠基者之一，后者则是一个如蝼蚁如草芥的不起眼的生命。 老刘说了，这叫作"善事"。

　　这不，今年他又捣鼓出了这么一本书《三年》。

　　老刘用他的摄影镜头，他的翔实的笔触，对"三年"这个关中平原上的祭奠亡人的一种习俗，大约跟踪了很长时间，思考了很长时间，于是有这么一本书的问世。

　　老刘说了，传统在消失，平原和村庄在消失，承载这种民风民俗的群体也在消失，他像从事抢救工程一样，用镜头将这些记录下来，立此存证，告诉我们的后人，这一类人类族群曾经这样地行为过。

　　我向德望致敬！能有这样眼光的人大约是不多的，忙忙碌碌地我们为眼前的人生俗事所缠绕着，让人类越来越走向卑微。每当我看到从古墓中刨出的那些祭品，看到考古专家们在借此猜测那三四千年、五六千年前的祭祀仪式是如何进行的，我就想，如果能有文字的记录，图画的记录该多好！

　　"三年"是两个庄严的、沉重的饱含热情的字。这两个字，不能用普通话说，普通话一说，味就全淡了，它得用陕西话说，粗喉咙大嗓子地，高扬起腔调说，用秦腔的行板唱着说。

　　"三年"是生者对死者最后的告别仪式。一个人死了以后，头七、二七、三七、五七，一直到七七斋斋完了，然后便是头周年，二周年，三周年。"三年"是"三周年"的简称，此一别，你走你的路吧，作为亲人，礼仪就算是做充分了。再下来要做的就是清明烧纸，古历十月一送寒衣，过年时用引魂杆引回来过个年，诠释的就是一种礼仪了。

　　我细细地看了德望拍摄的这些图片。我的父亲去世二十年了，这些图片让我想起父亲过"三年"时的情景。

大能之人，大善之事，这是我对德望和德望从事这件大善的一个评价。

是为序。

2012 年 4 月 26 日于西安

谁有文化谁强大

——致刘明华《西安高新区企业家文化风采》

西安高新区挂牌设区已经整整21年了。经过几代创业者的努力，如今它已经成为一个占地100多平方公里，拥有1 600多家企业的庞大的经济体。我常说，西安是幸运的，陕西是幸运的，因为有了这个开风气之先的西安高新区，从而使我们在我国计划经济与市场经济双轨制运行的情况下，有了一个经济高速发展的引擎；使我们在经济发展相对滞后的西部地区，有了一个推行市场经济模式的试验田。

我在高新区挂职的三年中，感触最深的是这些企业家们。高新区成立之前和之后那一段时间，是一个令人怀念的年代。那时，一批最优秀的人物砸了铁饭碗，在这块热土上开始创业的历程，把自己的后半生交给这不确定的命运。他们中有的成功了，甚至取得了大成功；有的则失败了，成为悲剧的英雄。且让我们在这里，向这些成功者和失败者同时献上我的敬意。

时代发展到今天，我的感觉是，这个社会又趋向于保守了。当年那种以"下海"为时尚的潮流，已经弱了许多。今天的年轻人，大多更愿意求稳，更愿意钻进体制这个"大锅饭"中，靠体制保养。我个人认为，不进则退，改革开放还是要走下去的，体制改革还是要进行下去的。这个国家，这个民族，接下来的二十年，会尤其重要。要么放开胆量，去成为世界第一经济体，成为世界的领导者之一，要么缩回来，继续过我们的小日子。

这本名曰《西安高新区企业家文化风采》的书，挂一漏万，为你展现了西安高新人的风采。知识就是力量，知识就是财富。记得那一年，在培琪主任的带领下，我走访了一批企业家。每走访一个，当从他们的办公室走出时，我都要感慨一句：每一个成功者都有他成功的必然理由。我不喜欢"成功"这个词儿，那期间的酸甜苦辣，绝非这轻飘飘的两个字可以概括的，可惜我又找不到别的词，于是只好用它。

老领导崔林涛能拍出那么好的照片，这叫我惊讶。也许他真的是为艺术而生的，却从事了行政。许多高新区的企业家们在我面前提及当年崔书记给予他们的关照和呵护时，感激之情溢于言表。刘建申、弓亚斌、刘西艳好像谈得更多一些。

书中也收录了培琪主任的一些水墨作品。长期以来，培琪主任一直以漫画创作为第二职业，业已是一个有了定评、颇具成就的优秀漫画家了。培琪主任的水墨画也可谓是独树一帜。文化给了他许多，他也给了文化许多。

细细拜读，书中的许多人都是我的老朋友。篇幅的原因，原谅我就不一一提到他们了。例如孙健西，例如郭建雄，例如荣海，例如张彦峰，例如李忠胜，例如盛志明、刘西艳，例如向炳伟，例如翟映川，例如邢德朝，例如白浪涛，等等。我和他们都熟，如果要细说他们，大约一人得给写一篇这样篇幅的文章，才能将他们的精神风貌聊表一二。

这些人都是有故事的人，都是有个性的人，都是特立独行的人。他们将自己的或摄影，或书画，或文学的作品展现出来，从而告诉了人们这些企业家的另一面。

我在西安高新区挂职结束后，曾经写过一部长篇小说叫《大平原》，里面用了近六万字的篇幅，写了西安高新区种种人物，把我的赞叹给他们。那一次，我和中共西安市委常委、西安高新区党工委书记、管委主任红专同志吃饭，他说："有可能的话，咱们将高新区的创业史、高新区的优秀企业家的事迹都记录下来，再写这样一本大纪实的书。"

巴尔扎克说，他要做法国历史的书记官，那么且让我们也做一做高新区历史的书记官吧。以笔记史，把我们走过的辉煌报告给这个世界。

我热烈地祝贺这本书的出版。借这个机会，我向所有认识的老朋友们致敬。今年是毛主席《在延安文艺座谈会上的讲话》发表70周年，省上组织到陕南陕北采风。本来我今天要带队去，为了写这个序，只好让大部队先走了，我明天再去。

三十年前，西部电影刚刚兴起时，一位叫钟惦斐的电影评论家说了一句话："我劝同志们注意，太阳也许将从西部升起！"钟先生的这句话带来了西部电影的十年辉煌。此刻，且让我将这句话，也说给高新区，说给高新区的企业家朋友们！这是我真诚的祝福。

是为序。

2012年5月24日于西安

向每一个陕西人致敬

——《陕西精神:勤劳质朴的陕西人》序言

六千多年前的陕西人,男人的平均身高是一米六五,女人的平均身高是一米五五,这是我前些年在西安半坡古人遗址调查时,专家在测试了二百多具古骸骨后,得出的一个平均数。 随着进化,现在人的身高,较过去是提高了。 以我而论,身高是一米七零,这就是说,提高了五厘米,而西安街头,比我高的人比比皆是。 那么说,这六千多年的进化岁月中,陕西人的身高,提高了五厘米或十厘米吧!

另一个数据亦来自半坡。 我们知道,在远古伟大的造山运动中,准格尔大洋的洋底隆起,喜马拉雅山脉横空出世,于是开始有风暴,将洋底的黄土向东方搬迁,从而形成如今的西北黄土高原,形成我们的故乡。 其实呀,这种黄土的搬迁现在还一直持续着,半坡的文化层上面,覆盖了两米厚的浮尘层,这意思是说,在这六千多年中,又搬迁来了两米厚薄。 两米除以六千年,每年西部地面堆积的黄土是多少,就可以算出来了。

上面说的是题外的话,是说我们脚下这块土地的斑驳和古老,是说我们可敬的先民和初民他们那时候的事情。 当我们向那为时间的帷幕所遮掩的遥远过去张望，同时又注目脚下这块土地和街头那熙熙攘攘地站着行走的现代人时，心中大约会有一种奇异的感觉——人类就是这样一代代走过来的呀！陕西人就是这样一代代走到今天的呀！

这是一套赞美陕西人的书，它告诉这个世界，过去的陕西人曾经多么优秀，而今天的陕西人又是多么优秀。虽然史学家反复向我们强调，一部人类的历史，是帝王将相的历史，但是我们更愿意说，一部人类的历史，更是草根百姓的历史，是那些一代一代从我们的家门口列队走过的乡贤们的历史，杰出人物的历史，仁人志士的历史。

是的，他们列队走过，走马灯似的穿行于历史的空间，支撑起这个民族的一方天空。这本书题名为《陕西精神：勤劳质朴的陕西人》，书中的这些人物，虽然亲爱的读者已经对他们都耳熟能详了，但是将他们集中起来，编成像模像样的一本厚书，集中地介绍给大家，这大约还是第一次。

当读这些人物时，当与这些人物四目相对时，我相信每个人，都会油然而生发出一种自豪感——作为一个陕西人的自豪感！都会瞬间产生一种"见贤思齐"的想法。

陕西人是勤劳的，陕西人是质朴的。这种勤劳和质朴来源于农耕文明所给予的深深烙印。游牧文明的标志物是马和牧羊犬，农耕文明的标志物则是耕牛和四合院。一个陕西人，多像一头秦川牛呀，笨重、厚实、勤劳、任劳任怨，只是奉献，不图回报。我曾经请教过一个动物学家，他说，马快，但是缺少耐力；牛慢，但是耐性十足。

当我在西域地面风一样地行走时，我听到过许多古代陕西人的故事，例如张骞出使西域，班超英勇善战，等等；我见到过许多面色凝重、吐字木讷的当代的陕西人，他们在不事喧嚣地尽着一个公民的本分。陕西人啊！

当我来到黄河边，面对当年与日寇中条山大战时，八百陕西将士投河自尽处，我流下了眼泪。一股像大秦腔的吟唱一样的英雄气激荡在我胸中。陕西人啊！

回到标题上那句话：我向每一个陕西人致敬！

这句话是这样来的。十五年前，在为央视拍大西北专题片时，我说过一句话，叫作"我爱大西北的每一棵树"。那时我说，我赞美你们的坚守，我赞美你们的装点，成为北方的风景，令这块土地少了荒凉。

那么，允许我在这里说：我向每一个陕西人致敬！为过去的陕西人和现在的陕西人，为昨日的光荣，为今天的坚守，更为明天的辉煌创造！

2012年7月8日西安

◎ 虚位以待

走失在历史迷宫中的背影

——《统万城》序歌

哦,可怜的不幸的面色苍白的歌者啊,你走入了一座迷宫——历史的迷宫——距离今天一千六百年的历史迷宫。 你试图走出来但是走不出来。 你像一匹被关在马厩里的马一样,不管往哪个方向碰,碰到的都是栏杆。

"带我走出去吧!"你在胡碰乱撞中,试图寻找把你领出这迷宫的人。

那是一个乱世,中国历史上一个被称为"魏晋南北朝五胡十六国"的乱世。 那也许是中国历史上一个最为黑暗、最为动荡的岁月,那同时又是一个张扬激情、张扬个性的岁月。 那是中华民族的一个南北大融合时期,正如卡尔·马克思所说:"民族融合有时候是历史前行的一种动力。"那又是这个苦难的东方种族历史大链条中不可或缺的一截。

在那乱纷纷的时代里,英雄美人列队走过,各种魅力四射的人物纷纷登场。

不幸的可怜的面色苍白的歌者,他看见了一个人的背影,接着又看到了另一个人的背影。他走上前去问路。

那第一个背影回过头来，这是一个身披黄金袈裟、深目高鼻、胡貌番相的高僧。"你好呀，僧人，我认出了你，你就是那伟大的智者，被称为大智之华的鸠摩罗什。一千六百年的草绿草黄之后，一千六百年的春凌秋汛之后，你的前额依旧光洁，你的目光依旧睿智。那么，你是在这路口等候我吗？"

"是的，我在等待，等待一位面色忧郁的行吟歌手，等待一个周旋于历史与现实两个空间、长袖善舞的歌者。我已经等待了一千六百年之久，终等到了一位能够写我的人。"

"我——笔力不逮的我，能够胜任吗？"

"可怜的人，写一部《鸠摩罗什大传》吧！你会写好的！你将因为我而不朽。"

"我感到自己有些头晕，不过我应承下这件事情。高僧啊，能为我写这部书说几句祝福的话吗？"

"我送四句偈语给你，它将佑护你一路走过，直到完成这部书。这四句偈语是：云远天高古道长，沙漠驼铃震四方。晶莹最是天山月，为尔遍照菩提光。"

"让我试一试吧！"歌者有些惶恐地说。

当歌者说完这句话，抬眼看时，那位身披黄金袈裟的僧人，已经远远遁去了，消失在迷蒙的远方。而在那迷蒙的远方，一千六百年前的另一个岔路口上，一位面色愁苦的将军在那里站着，正在向他招手。

歌者认出了那位将军。

他和鸠摩罗什高僧一样，同样是一个有着一身故事、一身传奇的人。不过鸠摩罗什被称为"大智之华"，这位将军则被称为

"大恶之华"。

歌者走上前去说:"我认出了你,王——万王之王,你就是五胡十六国时代的那位显赫人物,匈奴末代大单于赫连勃勃。你那脸上的三道刀痕告诉了我,是你!你那一身锈了的铁衣告诉了我,是你!你身后那座昔日曾辉煌无比,现在已被风沙掩埋、颓败坍塌的统万城告诉了我,是你!"

"是的,我是伟大的王者赫连勃勃,一个曾经在塞外旷野之上筑过一座匈奴城的赫连勃勃。请问,歌者啊,坊间还在流传着我的故事吗?众口滔滔,以讹传讹,还在到处传诵着我的恶名吗?"

"是的,不好意思,还在流传着,关于王,关于城,关于那个乱世纷争的时代。不独有传说,还有歌,比如,最近就流传着一首歌,人们把那歌归入流行歌曲!"

"我也能进入流行歌曲吗?我真想听听那歌是怎么唱的!"

"那歌得让大男人用女人的假嗓子来喝,我唱不好,不过我可以试试——

"把酒高歌的男儿是北方的狼族。

"人说北方的狼族,

"会在寒风起站在城门外,

"穿着腐锈的铁衣——"

赫连勃勃听了说道:"这说的是我——确实是我!他们看见了我穿着腐锈了的铁衣,像一个孤魂野鬼一样,在我的城——统万城的大门口,拍打门环,扬声叫门的情景!那些传说我不认可,不过,这首歌我认可!"

歌者说:"我想我有责任,把将军的认可和不认可告诉世界——只要我能走出这个一千六百年前的迷宫!"

"你能够走出的。这历史的迷宫虽然叫人一头雾水,尽是盘陀路,但是有一个办法,可以走出。你找一个或两个人物吧,靠他们领路,你就能轻易地走出。那历史的景况虽然光怪陆离,但其实是有迹可循的,抓住一两个历史人物,让人物从历史的大事件中穿肠而过,这历史就立刻尽收眼底了,你就能轻易走出了。"

"那么,请你,尊贵的王者,为我带路吧!"

"我当然会为你带路。跟着我走吧,这一段历史我走过来了,一个真实的草原英雄——匈奴末代王的故事,也就告诉你了。加上你刚才遇见的鸠摩高僧。匈奴王的故事,高僧的故事,这个时代就基本可以概括了!"

"那么,王的意思是为赫连勃勃也写一部大传吗?"

"是的,我已经在这城外游荡了一千六百年,等待一个能写我的人,能将一位真实的草原英雄写出的人,从这儿经过。很好,我等来了你——这位行吟歌者!"

"让我尝试着写吧!我不知道能不能写好。"

"写吧!可怜的人写成一部赫连勃勃大传,把一个真实的赫连勃勃告诉世界!把一个为匈奴发出天鹅最后一声绝唱的王者告诉世界!"

"歌者啊,值得写的——你将因为我而不朽!"赫连勃勃最后说。

每一条道路都引领流浪者回家
——《大平原》序言

在北京研讨会上，一位著名批评家说，《大平原》是老高行将步入晚年的时候，用文学的形式为自己寻找一条归乡之路。

我同意批评家的这句话。

《大平原》是我的重要作品之一。

家族中的许多传奇性的人物，他们活着的时候都曾经将他们的故事讲给我听。如今他们已经纷纷谢世了，在三尺地表之下永缄其口。每年清明节，我为他们上坟的时候，都觉得因为没有能将故事写出来，而难以面对。

我的伯父，小说中的那个著名的关中刀客形象，在行将就木之时，对我说，你难道也会像我们一样，将那些家族秘密，重新带入坟墓吗？

这就是我写《大平原》的原因。

我这大半生，有三个精神的栖息地，一个是我从军的阿勒泰草原，一个是我成长的陕北高原，一个是我的出生地、我的桑梓之地渭河平原。

我为阿勒泰草原写出了震动中国文坛的中篇小说《遥远的白

房子》，该作现在还被公认为新时期文学以来最好的中篇小说。我为陕北高原写出了高原史诗《最后一个匈奴》。如今，很好，我兑现承诺了，我完成了《大平原》。

我有一个罗曼蒂克的想法，在一篇《请将我一分为三》的文章中，我说，如果我死后，请将我的骨灰一分为三，一份流入渭河，一份流入延河，一份流入额尔齐斯河。

我的妻子在看了这篇文章后，不同意我的话，她说那时候我这样做了，她怎么办？她魂归何处？

好在，我觉得大行还有一段时日，那么，到时候再说吧！

《大平原》在2011年的茅盾文学奖评选中，止步于第五名。我本人平心静气地接受了这一事实。

而第二年，也就是2012年的全国"五个一工程"奖评奖中，《大平原》加冕，荣获长篇小说第一名。小说的深厚的历史感和现代感，它的宏大叙事风格，受到了评委们的认可。

普希金说，现在这个世界上，已经没有什么事情，能震荡我的心灵了。于我老高来说，亦是如此。

我写过一篇文章，叫作《我把读者的认可当作对我的最高褒奖》。此一刻，我将这话再说一遍。

《大平原》这部小说，小而言之，它是一部渭河平原的百年沧桑史，刻画了 群栩栩如生的人物。

而大而言之，《大平原》则是唱给中华农耕文化的一只赞歌和挽歌。

夕阳凄凉地照耀着这块冲积平原，照耀着这块后稷当年掘第一锹土的地方。村口那棵百年老槐，被人们在树身上扎了些液体的针头，然后用起重机吊起来，放在平板车上。平板车缓缓地驶出人们的视野，消失在平原的尽头。

在世界工业化、都市化的进程中，村庄将不可避免地被夷平，成为城市的一部分。而那棵曾经被国民党用来吊着打过我的大妈、被共产党用来在树荫下烧过大锅饭的老槐树，它将被连根拔起，移栽到城市的街心花园，成为一棵风景树。

在《大平原》中，我以宗教般的虔诚，为你介绍了我的家族人物，我的爷爷奶奶，我的大伯，我的父亲，我的母亲顾兰子。

在写作的途中，我的案头上始终燃着香，然后在香烟缠绕中，他们冉冉走出。

我的祖母是一位乡间美人。当她躺进棺木里的时候，在最后一眼的告别中，儿孙们才发现了这一点。他们遗憾自己太粗心了，在她生前竟然没有能认真地看一眼她，并将自己的所看告诉她。

我的祖父是一位乡间哲学家，当他躺进棺木里的时候，突然又睁开眼对这个世界说："我的名字为什么叫'高发生'，我现在是明白了——世界上所有的事情都没有道理，它的发生就是它的道理。"说完，他重新闭上眼，抬手示意将棺木盖儿为他盖上，送他走。贯穿整部小说的一个人物，是我的母亲顾兰子。记得在北京研讨会上，小说研究者们说，她虽然出场晚了点，但是小说中的一号人物。

花园口决口，豫东大地成为一片泽国，六岁的小女孩儿顾兰子，被担在担子里，开始她的逃难生涯。蝗虫一般的逃难队伍，在那年冬天，黄河结冰以后，从黄河风陵渡地面，逃到陕西，然后逃到国民党行政院为他们设置的逃难目的地——黄龙山设置局。然后有一半人死于霍乱，另一半人侥幸逃离黄龙山。

国民党干过许多引起争议的事情。抗战时为了阻滞日本的机械化部队，炸开花园口，让豫东几十个县成为泽国，就是其中之一。

《大平原》一书在大陆出版以后，黄龙县政府请我到那里去，他们要将高家当年逃荒居住的那三孔窑洞。为我建一个文学纪念馆。

这个名为"白土窑"的村子，已经在新村改造中，整个搬迁，搬到大的一个村子里去了。被遗弃的这个村子，将要被夷为平地，重新成为农耕地。而顾兰子居住的那个"安家塔"已经变成玉米田了。

我对镇长说，给我建文学馆这事就算了吧。只将那三孔窑洞留下，门口竖一个简单介绍的牌子就行了。有一个窗口，放我的电影、电视剧向游客赠送《大平原》这本书。

我还说，希望能将"白土窑"这个村子保留下来，变成一个"黄河花园口决口河南省扶沟县难民逃荒纪念馆"，然后，在公路旁竖一个雕塑群，再现当年挑担子、推小车的河南花园口难民，来到这里的情景。

那三孔窑洞，在畔底下。畔的二道崚上，有三棵老梨树。据说这三棵树，就是爷爷当年栽的。我专门从那棵树上，摘了些梨拿回西安给我的母亲，年已八十的顾兰子吃。这梨难吃极了，当地人说这叫"牛腿梨"，现在品种改良，它早就已经被淘汰了。

畔上还有一个碾盘，畔顶上不远处，涝池旁，还有一棵高大的柳树。顾兰子说，这碾盘她记得，那大柳树，她也记得，她生下的儿子，也就是我，为什么这么聪明，就是因为她怀我时，到这棵神树下讨神水喝的缘故。

黄龙人说我是在黄龙出生的,这里是我的家乡。我说,我好像是在关中平原、在高村出生的,生在天傍黑,人们喝汤的时候。回到西安后,我问母亲。顾兰子说,两种说法都对,怀你是在黄龙山,怀孕三月头上,回到高村。

我一直有一个想法,想陪母亲回黄龙山一趟。可是三次都要出发了,顾兰子却突然心脏病发作,住进医院。后来她说你们就饶了我吧,对于你们来说,那些仅仅只是故事,只是传说,可是对于我来说,那里是我的伤心之地。我这一把年纪了,求求你们,就不要勾起我的伤心事了。

我听了,只好作罢。

亲爱的台湾读者们,这本名曰《大平原》的书,要在(中国)台湾出版了,我有一种神圣的感觉,在陈晓林先生的主持下,风云时代已先出版了我的《最后一个匈奴》《统万城》,现在,不胜荣幸,他们又要出版我的《大平原》了,作为一个作者,这是他最重要的一件事情啊!

前面那两本书,都出得棒极了。我捧着沉甸甸的书,流下了眼泪。我在那一刻感受到了文学殿堂的辉煌和壮观。到了我这个年龄,世界上已经没有能叫我激动的事情了。但是捧着他们印刷的这散着墨香、包含着编辑家心血的书,我仍然激动不已,难以自持。

哎,文学,一个叫我们敬畏、叫我们恐慌、叫我们迷惑不解的东西,西班牙小说家乌纳穆诺说,圣殿之所以辉煌壮观,因为那里是人类共同哭泣的地方。捧着这台北寄来的书,我就是这种感觉。

我还将有一些书要在(中国)台湾出版。我真幸运,遇到了这么好的编辑家，遇到了这么好的读者。

前年，也就是2010年的中秋期间，作为大陆一个社会名流访问团，我曾到过台湾。

我的感觉是，（中国）台湾所有的人，所有的建筑，所有的气氛环境，都让我觉得亲切极了，稔熟极了，在南投的那个陕西村，乌面将军庙前，那一群张着大嘴巴看戏的妇女，她们褐色的圆脸庞，大屁股，碌碡腰，多像我家乡高村的村姑。

而那些男人们，更像我的隔山兄弟。隔山兄弟是一种民间的叫法，意思是指同父异母或同母异父的兄弟。我看着这些台湾的男人们，那种从骨子里生出的亲切感，与那种礼仪上的陌生感，都让我突然想起"隔山兄弟"这句话。

读到这里，附带说一句，老死于（中国）台湾的于右任老先生，是我的亲戚。我内人的三姑嫁给了于右任的侄儿。1964年社教期间，于右任曾给家乡陕西三原县写信，说他一生走了许多路，脚下最爱穿的是家乡的布鞋。这样于家的媳妇儿，我的三姑便做了两双布鞋寄往台湾。布鞋是圆口的，黑绒贡呢的鞋面，千回百纳的鞋底（农家把那叫"倒钩钉"）。

吟唱着"葬我于高山之上兮，望我故乡，故乡不得兮，永不能忘"的客死异乡的于右任先生，这当然是他在过世前与家乡的最后一次联系了。

我希望两岸永远不要有战争。战争绝对不是一个好东西，不论伤到谁，都叫我心疼。那是中华民族整体利益的损失。我相信人类越来越智慧了。

教堂里的钟声响了，不要问丧钟为谁而鸣。丧钟在为亡者而鸣的同时，也就是在为你、为我而鸣。我们中的每一个人死了，这是人类总体利益的损失。

作为一个文化人，我希望两岸的政治家们都要有这个思维，这个高度，这种大悲悯情怀。

这篇《大平原》台湾版序言写得有些长了。那么，就此搁笔吧。后天，我将为长篇小说《统万城》的事启程去北京。三件事，一是1月9日去搜狐网做客；一是1月10日参加同《统万城》一书的首发仪式新闻发布会；一是1月11日举行签名售书活动。

那么就此搁笔吧。

谢谢生活！谢谢生活慷慨地给予了我这么多！

2013年1月16日于西安

致白继民《红缨穗》

　　白继民先生是我的乡党。我乡子弟多才俊。继民当年，大约也是一个有几分狂热的文学青年、业余作家，写过小说、诗歌、散文，可以说各种文学题材都涉猎过。尤其是小说《红缨穗》，还曾获得过西安地区青年文学奖。时也势也。能在这修路上一直走下去是很难的。我们是社会人，为工作累，为家室累，有许多人生俗物需要担承。继民说，不久前他退居二线，清闲了一些了，于是将当年发表过的泛黄的印刷品，和没有发表过的泛黄的手稿，重新翻出，感慨良多之余，决心把它们自费印刷出来，成一本书。算是对自己文学生命的一份总结、对青春与激情岁月的一份祭奠。悲壮啊！

2013 年 8 月 22 日于西安

一座城和一个朝廷命官

——致榆林市"余子俊纪念馆"

一部陕北高原的历史,有一半是饥饿史,有一半是战争史。我曾经看过一些县的县志,充斥在字里行间的,要么是天大旱,饿殍塞路,哀鸿遍野,人们易子而食。要么是血流飘杵,干戈骤起,人民逃亡十之六七这些字眼。

这些字眼叫人触目惊心,我常常叹息说,这一方人类族群,经历了太多的苦难,每一户人家,每一个家族,每一地一域的百姓,他们能血脉延续,直至今日,该经历了多少事情呀!那长长的道路上的人类生存斗争图景,叫人扼腕感叹,唏嘘不已,叫人不由得以手加额,向历史致敬,向来路上那些先辈们致敬。

榆林城是一座塞上名城。明朝年间修九座边城,榆林卫,榆林镇,榆林城居中,后来长城线上又添几座边镇,所以号称九边十三镇。在明王朝的这九边十三镇中,榆林城东边牵手,直到辽东以远,西边牵手,直到甘肃嘉峪关以远。我第一次到榆林,是一九八五年的秋天,这座位于毛乌素沙漠与陕北黄土高原接壤处的塞上名城,给我留下极为深刻的印象。漫步石板青砖铺就的街道上,从魁星楼等几座古建筑中穿过,步入那一座一座的四合院民居，耳边再传来榆林人的那稍带北京口音的琅琅鼻音，卷舌音，让人相信，这座建城逾五百年的，号称"小北京"的城郭，肯定是和北京有一些渊源的。

记得，我那次还去过西沙，还来到鸳鸯湖（那里正在修新的榆林宾馆）来到老城上面的山头极目北望，来到红石峡和镇北台。记得夜来，这座平铺在沙地上的城市，广阔而博大，夜空布满了密密麻麻的繁星，大地一吐一吸，正在发出深沉的叹息。

人们告诉我，榆林城建在明朝的中前期，是当时的延绥巡抚建造的。之前，延绥的治所在天下名州绥德县。正是在这位四川籍的明王朝朝廷命官手里，将治所搬到榆林。榆林未设城前，只是榆溪河畔一个小小的村子，一个过往的驿站，名叫榆林庄。人们还告诉了我，乾隆皇帝路过榆林城，夜来站在城门处叫门的故事。

仲平先生是我的一位老朋友了（认识有三十多年了吧），几天前他行色匆匆地来到西安，找到我的高看一眼工作室。仲平说，榆林人要给他们五百年前建造这座塞上名城的那位明朝的朝廷命官建个纪念馆，要我给纪念馆写点文字，给这小册子的前面写点文字。仲平迩将小册子里面的文字，用邮箱传给了我。

这样我知道了，这位可敬的朝廷命官，国之重臣，名叫余子俊，四川梅山人，做过延绥巡抚，做过西安知府，做过明王朝兵部尚书。他将延绥镇治所从绥德迁驻于榆林卫城，是公元1473年的事情，也就是明成化九年的事情。

此外，目下仍在淙淙流淌，灌溉着万亩良田的广泽渠，亦是他手上修的。那渠过去叫红石峡水利工程。从红石峡的榆溪河上游引水，从红石峡中凿开一条类似红旗渠那样的水道，引水到田。记得，十年前我的一部电视剧在红石峡拍摄，石窟里，有水流从脚下石渠中淙淙流过，当时我还感叹这工程的精妙。

余子俊的另一项可以彪炳史册的功绩，是修边墙，也就是修文化人说的万里长城。史料中说，成化十年（1474年）六月，余子俊向朝廷禀报了修筑边墙的情况。至此，他已经完成了东起清水营，西抵花马池，连绵一千七百七十余里的延绥镇边墙，总计建筑城堡十一个，边墩十五个，小墩七十八个，崖栅八百一十九个。我阅读着这个小册子，我的双目有些潮湿。一个封建年代的雄才大略，勇于担当，以天下为己任，以国计民生为己任的正面人物形象出现在我的面前。我想起范仲淹的"居庙堂之高则忧其民，处江湖之远则忧其君"这句话。余子俊和北宋年间治理这块地面的最高军事行政长官范仲淹很相似。好像历史上也有将他俩做过比较的说法。

我们应当永远地记住余子俊，这个为我们建造了一座城，有过大功德的人物。我想，假如这城永远地矗立于天地间，那么余子俊将成为城市的永远的记忆。假如黎民百姓城市居民绵延有余地存活下去，余子俊将永远地活在人们的口碑之中。余子俊修造的这一千七百多华里的陕北长城，是明长城的一部分，我们今天所看到的屡屡见于电视专题片画面的，在陕北北部沙漠中这一段长城，就是余先生所督造的。二十年前，我曾经沿这段长城一直走到它的西北尽头。长城溯黄河而上，穿越了整个大河套。从花马池再往北，穿越旷野，直达银川，然后从西夏王陵前头的贺兰山垭口，进入腾格里大沙漠，直达黑城，尔后转向甘肃酒泉，从酒泉抵达嘉峪关、阳关。长城尽头的最后一个烽燧，在昔日龟兹，今日库车境内。我在这里需要着重说明的是，余先生所主持督造的一千七百七十余华里的陕北长城，它的重要意义，当更为深远。它为维持当时中央政权的有效统治和管理，维持农耕文明地区的安定，起了重要的作用。

我对民族史，尤其是游牧民族史有一定的涉猎。这里不妨再唠叨一二。

第一，世界的东方和西方，各存在着一条弧状的定居文明和游牧文明的交界线，而中间，则是辽阔的欧亚大平原。这个大平原长期以来生活着二百多个古游牧民族，他们以八十年为一个周期，越过界线，向定居文明索要生存空间。北京、大同、太原、榆林、天水、平凉、银川等城市，正是这界线上的一个个坐标城市。所以，榆林城的设置，余先生的陕北长城的建造，其意义更在于此大格局。

第二，蒙元帝国灭亡后，残存的武装力量一直在鄂尔多斯这个河套区活动。西蒙古的一些力量，后来也返回来，定居和游牧于此。所以，余子俊的建榆林城，修陕北长城，对于大明王朝的巩固政权来说，其重要性不言而喻。

榆林人要为当年建造这座城的一位封建时代的朝廷命官，建一座纪念馆了。这叫我由衷地感动。那些忧国忧民功造一方的先贤们，永远值得我们纪念，永远值得我们感恩。感谢那些为国家，为民族，为黎民百姓做过好事的人。

最后，且让我向这座历史文化名城致敬，向我认识和不认识的所有榆林朋友们致敬，向即将开馆的余子俊纪念馆致以祝贺。记得，我还是榆林市委、市政府聘请的书香榆林文化顾问，能将我的卑微的名字，和这座伟大城市联系起来，这叫我荣幸之至。

2014 年 3 月 8 日于西安

小人物在都市丛林中挣扎

——致程立兵《黑红》

这是一本描写青春和成长的书。故事的主人公叫李则徐，农家孩子，在田野上长大，没能考上一本或二本，于是来到一所民办大学就读。这在目前教育资源有着严重差别的背景下，是很普通的事情。小说描绘了他在民办大学就读和转学、弃学走入社会后的种种经历。

大约，在城市的灰色的屋檐下，在火车站那熙熙攘攘的候车室里，你都会碰到许多类似李则徐这样的人物。这些人物年轻，充满了激情，充满了无知无畏。众多的他们在这个时代形成一种洪流，这洪流要流向哪个方向呢？我不知道！

我认真地读了这本书。作者托人给我发短信说，他热爱我，尊崇我的为人和我的作品，而自己也没有多少钱请人写序，因此想到了我，然后送来了书稿。我在接到短信的那一瞬间，欣然答应。这几年来我几乎拒绝了一切场合上的应酬，我觉得那是空耗生命。除了自己的创作之外，我唯一做的一件事情，就是提携晚辈。我在一次会议上说，我们这一代行将老去，这场宴席将接待下批食客。

中国是一个农业大国，所有的中国人从根上说都是农民，只是有的人进城的时间早一点，有的晚一点，有的还在路上。

在都市化、工业化正在无情地吞噬田园牧歌的今天，每一个农村青年进城的过程都不愧是一次个人的万里长城。这部小说中这种强烈的真实感，那种躁动不安的时代气氛，我能强烈地感受到。虽然小说的文笔还不够老道，艺术概括力还没有达到炉火纯青，但是作者对他描写的生活环境是熟悉的，是有感而发的。而这一点，作为小说艺术是最重要的。

读这本小说，叫我想起路遥小说中的人物和贯穿他小说始终的那个于连·索和尔式的主题：即小人物不安于自己卑微贫贱的命运，渴望奋斗和改变。记得《人生》中的高加林是这样，《平凡的世界》中的孙氏兄弟亦是如此。路遥写这两本书的时候，那时候我们交往颇多。他的《人生》中的高加林，就是以他的四弟猴蛮（王天乐）为原型的。一个农村青年，乞丐一样地进入城市，雄心勃勃地想要走向大世界，甚至要把这个世界踏平，他们的额颅上刺着命的印戳。

好了，就说这些吧！尊敬的前辈作家刘青说过："文学以六十年为一个单元！"我想：这意思是不是说，谁一旦坠入这个行当，那么就不妨沉下来，像浮士德把灵魂出卖给魔鬼一样，将你的激情、你的才华、你的漫长而又短暂的一生出卖给缪斯。只有这样，看这一生能不能干出点什么。

末了，我还想说的是，小说中主人公的那种窘迫生活，那种穿行于黑与红边缘的惊险与无奈，也给我以强烈印象。时下的中国人，许多都是这样生活的。 感谢作者把时代的尴尬写出来给人看。 然而，成长起来吧！ 人是一种充满崇高感的动物，它会吸吮着苦难乳汁，拔身而出，勇敢地活着和勇敢地成长。

2014 年 7 月

把最高的礼赞献给安塞这块土地
——致牛进益、米宏清《文化安塞》

  1988年,央视在专题片《河殇》热播后,又拍摄它的续集《中国人》。摄制组来到延安时,我陪同着,为了拍摄民间剪纸艺术家白凤兰老人,摄制组来到安塞沿河湾镇的茶坊村。那天,白凤兰老人对着摄像机,盘腿坐在炕上,画了一张画。导演问她,画的是什么。白凤兰回答说,一男一女,兄妹俩,造人的故事,这是老辈子传下来的画法。

  这样过了10年,也就是1998年,我在新疆高昌古城一座唐代将军墓的穹顶上,又看到那幅类似白凤兰老人所画的画。一男一女,上身相拥着,下身是蛇的尾巴,两条尾巴交媾在一起。我很惊异,我问随行的专家,这是什么图。专家告诉我,这就是那著名的伏羲女娲图。一个中华民族原始初民时代的生殖崇拜传说。

  这个故事还没有完。又过了10年,中、日、美、英、法、德六国科学家组成的人类基因破译小组,在经过许多年的科学实验之后,终于将人类的遗传基因密码破译出来,分子式排列出来,那个著名的人类遗传基因密码图,或曰"蝌蚪图",正是一男一女,人身蛇尾相互交织在一起的样子。

这件事至今叫我想起来，仍然叫我大惊异，大惊骇。

现在，安塞要出一本历史、文化、文学方面的书。前几天我去延安，看正在建设的新区，听说安塞县（今安塞区，编者注）七位央视"星光大道"上露过脸的民间歌星，要为县上举行一次汇报演出，于是我赶去观看。观看期间，那些剽悍的男人和精灵一般的女人的表演，叫我仿佛做梦一般。演出结束后，遇到安塞作家米宏清，他说他正在编写一本书，请我写个序。于是，我首先想起的，是白凤兰的那幅画的故事。

白凤兰老人已经作古，她的坟头已经长出萋萋荒草。同时，永缄其口的她也带走了那个古老的秘密。这次去安塞，当我问到民歌大王贺玉堂时，人们告诉我说，他也已经走了。那个站在羌村的山顶上唱《赶牲灵》的金嗓子，那个震惊了北京大学校园，比帕瓦罗蒂的嗓子还要高几度的传奇草根明星，也已经走了。他们让位了，让年轻一代去表现。

山形水势，天造地设，我总觉得，安塞县城的所在地真武洞，是个有些奇特有些灵性的地方。陕北的民间艺术瑰宝，遍布高原，但是有些奇怪，它们往往是借助安塞这个窗口，走出高原，走向世界。这是偶然因素吗？还是一种必然，我不太明白。

前面说到的那些"星光大道"归来的草根明星，他们有的是安塞土著，也有的大约是别的县境的人，但是，山不转水转，水不转路转，有一天转到安塞，然后就从这个窗口，一飞冲天了。

声震海内外，给中国的舞蹈艺术带来崇高荣誉的安塞腰鼓是这样。西部电影的开山之作，电影《黄土地》的拍摄场景，就是在安塞。还有上面提到的陕北民间剪纸，就好像是以安塞为中心的。前面我提到了白凤兰，还有一个叫高金爱，好像也是安塞人。那一年我去安塞,参观剪纸艺术馆以后,曾经为高金爱老人写过"中华民间文化之根"这样的赞辞。另外,王西安、贺玉堂也都是剪纸艺术家。

安塞还有许多的土生土长的文化人。这些人许多都没有上过大学,但是灰头土脸的他们,不知道怎么三撞两撞,就钻出来了,站起来了,成为乡贤,成为薪火相传的承继者。当写下上面这些文字时,我的眼前浮现出这些人的面孔。

安塞地面是一座宝库,怎么挖也挖不完。一茬人接一茬人的起来,那情形就像高原上来一场透雨,立刻满地生出地软样。天一干,它消失了,再有雨,它又会满地生出。

这是一个金盆盆,银钵钵,福窝窝。

我把最高的礼赞献给安塞这块土地,献给这块土地上生发出的民间艺术诸多瑰宝。当我们的当代艺术需要助力的时候,总是这个叫安塞的地方最先给予支持,给予佑护,给予引领。它已经这样做了,它还将继续这样做。

我们这个东方民族,正在艰难地前行着。它还将经历许多事情,但是我是坚定不移地相信,它将屹立不倒,它将前行不息。我所以心里踏实的原因之一,就是有类似安塞这样的大地,为它提供力量,提供智慧,提供中华民族初民时期的原始动力。

致杜文涛《巴文化与岚皋》

岚皋地面，属长江水系，属大西南文化板块。当年我们的先民，以火与犁为先导，一步步地走向南方，大约就是从汉中、安康沿汉江往下走的。我这几年，每年要去云贵川渝一趟。去年去贵州梵净山，他们有个傩文化博物馆。该馆收集到的古傩堂戏戏台两侧的对联很有意思，上联曰：于斯一席之地可家可国可天下；下联曰：虽然寻常人物能文能武能鬼神。我对陪同我的贵州大学教授说，这两句话也许是解开大西南文化板块的一把钥匙。大西南地面的人们不但能文能武，还要能鬼能神。这块地面出巫术，出蛊婆，村村寨寨，每一代都有这种奇异之士出现。而傩堂戏，大约是这块地面最古老的剧种，它最初应当是氏族部落祭祀时的广场表演，四川三星堆出土的面具，让人想到傩堂戏表演时的面具。当年黄帝蚩尤大战逐鹿，蚩尤兵败逃入西南十万大山，我们伟大华夏民族一支优秀的种族，便在这里繁衍生息形成自己的独特文化。岚皋是一个十分美丽、十分静谧、宛如世外桃源的地方，岚水如脂、如岚，南宫山突兀而出，人说这是大巴山之高峰。巴人以及巴文化我不甚了了，这里不敢胡说。它该是山坳里的一个古老方国，属于我们上面所说的大西南文化板块。往事不可追，如果说汉江上游这一块地面的古老文化，是巴蜀文化，是云贵川渝文化出发的地方，这个假设也许是成立的。

乙未岁西安

这就是将来要接替我的那个人
——致吕奕璇《致我的前辈》

我在阅读一本书。该书拿在手中像捧着一团火，烧得烫手。到了我这个年纪的人，世界上已经几乎没有什么事能叫我激动了。地崩天塌在眼前，身子也不动不摇，心也静如止水。但是这本书叫我激动。

是这本书中那思想的穿透力，文学的打击力以及斑斓的文笔叫我激动。要知道这才是中学生呀！作者对鲁迅先生的理解和相通，作者对被现今称为国学的孔子、老子、庄子的理解和相通，甚至于，她知道《推背图》，知道西方的西西弗斯神话，知道加缪，知道建议唐玄奘去五印大地取经的波颇僧人。当谈到这些时，行文至处，目送而手挥，她有自己的独到看法。而这些看法竟与我刚刚完稿，还未行世的一本书《菩提树下》有这几乎一模一样的思考。神吧？

赞美和肯定一个中学生的创作，是要担风险的，谁知道命运之手，明天会把她引导到哪里去，但我还是不揣冒昧，担着不揣冒昧，担着风险把我在阅读这本书时的感觉写出来。我觉得自己作为一个多吃了几年饭的人这样做是对的。我们这一代人即将老去,这场盛宴正预备接待下一批饕餮者,而食客正是她和他们呀!

我在阅读时,脑子如电光石火燎过,想起一些事情。同样地,我不揣冒昧,将那些瞬间的想起也在下面说出。

俄国沙皇的老师,当时的作家杰尔诺文,陪沙皇去皇家中学参加一个中学生毕业典礼。席间一位男孩,朗诵了他的《皇村记忆》,杰尔诺文哭了,他上去拥抱着那中学生,他说:"这就是将来要接替杰尔诺文的那个人,他将比我走得更远。飞翔吧,年轻的鹰,整个世界都是你们的!"那中学生听到夸奖羞涩地钻到人群中去了。他就是普希金。俄罗斯现代文学从他开始,他被称为一切开端的开端。

上面是俄罗斯文坛的一件著名典故。同样地,在阅读这本书时,我还想到另一个掌故,这件掌故是佛家的。

一位大月氏国过来的游方僧,化缘走到西域龟兹国的皇宫门前。他看见了正怀着鸠摩罗什的罗什公主。游方僧说:"夫人呀,你怀着的是一个智慧子,一个给世界带来菩提光,度无数人的高僧。上帝借你的腹来生他,是对你的信任,是你的光荣,你要好好地抚育他!"

行文至此我还想起又一个佛家传说,也是关于鸠摩罗什的。鸠摩七岁的时候,罗什公主领着他,开始在西域二十六国游历。母子来到一个沙弥国时,见一群孩子,正绕着神庙前的一口大钟玩耍,鸠摩罗什走向前去,双手举起这口大钟。孩子们都惊呆了说,你才七岁,怎么有如此神力呀!鸠摩自己也很惊讶。我怎么能举起它呀!这样一想,第二次要举的时候,该钟就纹丝不动了。罗什公主在一旁击掌说,这就是意志或者信念的力量,它可以助你创造奇迹或神迹。

在古都西安这个秋日早晨，国庆长假期间，一位年轻的母亲，拿来她正在上高二的女儿一沓子手稿，说要出一本书，如果我看了有话想写的话，顺便写一点文字。还说孩子的老师说找我看一看，判断一下，写个序言之类。这样我就看了、写了。如是而已。

我把我的判断，我的真诚的祝福都写在上面了。有一种佛家"广种福田，广结善缘"的感觉。我用当年杰尔文诺说给普希金的这种句式——"这就是将要接替我的那个人"用作序文的标题，并且祝愿这个中学生将来比我走得更远。

如果说有什么要叮咛的，那么有两层意思要叮咛。第一，我对这年轻人的母亲说，让孩子自由发展，能飞多高就飞多高，不要去计较那些虚荣的东西，那些眼前的患失。当小南瓜正悬挂在崖畔上炫耀之时，大南瓜正在叶子底下默默地生长，秋天霜一杀，叶子没了，才见分晓。——这是作家路遥活着的时候，常说的话。我还对这位母亲说，不要叫孩子在学校去争什么第一，以色列教育孩子"只争第三"——上帝第一，他人第二，我则第三。

第二，我在这里再说一个典故。孔子一生中只见过老子一次。孔子前往洛阳拜见老子，门童传信。老子说，是那个额头上顶着一座东南丘陵的孔丘吗？门童说正是。老子说：他的服饰太整洁了，这样干不成大事。他是要干大事的人，这一生中身上难免时时被人泼以脏水，你穿得邋遢一点，脏水泼到你身上，你就看不见了，就当没泼一样，不会那么易受伤，干大事的人就应该这样。孔子听了面露愧色，摸一把洛阳城街道上的塘土，往衣服上抹一抹，然后走近时任东周皇家图书馆馆长的老子。

就说这些吧。末了，我还想对孩子说，你读了许多的书，这很好。但是，还有最重要的一本书正等待你读。这本书就是脚下的辽阔大地。大地是一本大书，远比你读过的所有的书，都重要，都要博大和深邃。潜心去读，虔诚去读，用一生的时间去读。好孩子，大踏步地一路向前走，正如鲁迅先生所说，生命是我自己的，所以我不妨大踏步地向前走去，路途上无论遇到什么，都由我负责，那都是我自己的事！

是为序。

2015 年 10 月 3 日于西安

我在两百眼泉子里汲水

——《我的菩提树》序言

我的小孙女出生了，她是多么的弱小呀。世界是一片丛林，她将要在丛林中穿行，开始自己漫长的一生。她将要经历许多事，有些事会是难事，有些事甚至会是些难以跨越的坳坎。我是老江湖了，我经历过许多事，我遍体鳞伤，我老而不死是为贼。在我活着的时候。我会佑护她，但是，我不能陪她到老呀……

于是我决定写一本书，一本类似遗嘱那样的书，当孩子在丛林中形单影只，茫然四顾时，当孩子生平中遇到难事，遇到翻不过去的坳坎时，她打开这本书，在里面寻找智慧，寻找自保和自救的方法。这本书会是一项工程，它大而无当，它试图告诉孩子，在她出生之前，这个世界都发生过哪些重要的事情，出现过哪些值得记忆、值得尊重、值得香火奉之的人物，世界文明尤其是中华文明都产生过哪些古老智慧，等等。

这本"遗嘱"小而言之，自然是为孩子写的，是为一个有着古老姓氏的家族的子嗣们写的，然而大而言之，是不是可以这样说，它同时是为这个东方民族写的，是为这个正在行进中的国家写的。我们希望她好，因为这里是我们的家园，因为这里是我们的祖邦，地底下埋葬着我们的祖先，乡间道路上行走着我们的后人。

以上是开场白，所谓乡间社戏里所说的那种开场锣鼓。下面进入这个前言的正文，而正文从世界的远处说起，从一个叫霍金的人说起。

英国天文物理学家霍金大约是这个世界上活着的人中，最有智慧的人之一了。他坐在轮椅上，佝偻着身子，两手扶着轮椅，一颗外星人一样的头颅倾斜着，两眼茫然地望着天空，好像那目光要洞穿什么，又仿佛什么都没有看见。"人生有多少机缘，站在这里，向星空仰望！"这好像是中国诗人郭小川的诗句，这诗句好像是为了现在还没有故去，还在仰望星空的那位霍金写的一样。

霍金前一阵子，说了一句惊人语。这话叫"哲学已死"。这话在坊间引起一阵大热闹。霍金这话，是在什么情景下说的，说给谁的，我不甚了了。不过他的这个句号结构，斩钉截铁的语气，和百多年前的那个狂人，写过《查拉图斯特拉如是说》一书的尼采很相似。

尼采在一百多年前说，上帝死了。你知道吗？说这话的口吻，仿佛他是一个先知。

"好作大言"一句，是人们说给中国的古代圣贤庄子的，不过用这话来说尼采，说给霍金，同样合话。

其实这个句式结构，两千五百多年前的一个中国人也说过，他就是老子李耳。老子说："周礼已死，先生难道不知道吗？五百年前的那些立言者，尸骸早已腐朽，如今一把老骨头埋在哪里，都寻找不着了！时也势也，运也命也，一代人有一代人的所悟。假如周公旦活到今天，相信他一定又会有一些新的想法的！"

这段话就是儒家代表人物与道家代表人物的那次伟大相遇时，老子与孔子对话的开头部分。我们知道，这次对话所产生的最重要的成果是，孔子根据老子的建议，将东周王朝藏书楼的那些典藏（老子时任王朝藏书馆馆长），搬上他的牛车，拉回曲阜老家，而在晚年，则用这些典藏，编出《易经》《诗经》《礼经》《乐经》等六经，从而为我们的上古初民时代，保存了一部分弥足珍贵的民族记忆、古老智慧。简言之，是对上一个两千五百年的一个总结，亦是对下一个两千五百年的一个开启。

这话这里不说。现在，再回到这本书的这个前言上来。

这里仍然用尼采的一段话来说事。好作大言的尼采，说过一段令人神往的话，他说，我要用十句话说出别人用一本书所表达出的内容，和一本书所没有表达出的内容。

在我写作《我的菩提树》一书的长达两年的时间中，面对长达五千年的世界各文明板块的发生史和流变史，我把它们强按在我的案头，规则地、和谐地装入一本书中时，我的脑子里时时回旋着的，正是尼采这一段话。它给我以激励，勉励我用尽自己的全身力气，完成一件显然不能够胜任的工作。

我要规则，我要简约，我的笔触要犀利如投枪，从历史的关节紧要处、起承转合处穿肠而过。我绝不允许拖沓、疲软，在某一个迷人的港湾逗留太久。一切都以点到为止为宜。因为我要用十句话来说出一本书的内容，用一本书说出我案头现在放置着的、用作参考书的两百本书的内容。

记得在近二十年前，金庸先生来西安，先是华山论剑，再是碑林谈艺。在西安碑林博物馆，座谈中，面对碑刻四布的这个庙堂，他对我说，他有一个大想法，或者叫大野心，即把中国的二十四史，用小说这种艺术形式，重写一遍，那将是一项浩大工程。

记得我当时有些诧异。我说，二十四史，能用小说这种虚构的艺术形式来重写一遍吗？怎么写呢？他说，能写的。选一些历史上的重要事件——影响历史进程的事件，然后，选一个人物，用这个人物的叙事视角，从这件事的中间穿肠而过，这样，事件就写出来了，而人物性格，也因为行动而饱满起来。这样人物也就出来了。

记得，席间，我写了一幅字赠金庸先生，叫作"袖中一卷英雄传，万里怀书西入秦"。后来，电视台导演小郭送金庸先生去机场时，金庸先生对郭导说，他这次西安之行，最大的收获是见到高先生，与他讨论了匈奴民族这个话题——匈奴这个动摇了东方农耕文明和西方基督教文明的根基，深深影响世界文明进程的伟大游牧民族，怎么说一声消失，就从历史进程中消失了，而且消失得无影无踪，这件事真叫人费解。后来，《文学报》则以"万里怀书西入秦"一句，做了金庸此行报道的通栏标题。

这本书这样写作，大约还受到张贤亮先生的重要影响。张先生已经作古，愿他安息。

大约1991年，中国作协的一个文学奖在西安颁发，获奖者除我以外，陕西还有贾平凹先生、杨争光先生。张先生则是评委。记得，那天晚上，我陪张先生去西安街头吃夜市。东新街两侧都是红灯笼，我陪着他，一家一家地去吃，他的七岁的男孩跟着。

张先生刚从贵州讲学回来，谈到文学的史诗创作，他说，他对贵州作家们说，要写断代史，把一个民族的断代写出来了，把这个民族的历史也就写出来了，云贵川渝十万大山中，生活着十万有苗。这里生活着的各少数民族，家里穷得一贫如洗，连买盐巴的钱都没有，巴掌大的一块平地上，种几棵老玉米，就靠这个为生计。然而，这些民族的女人们，头上却顶着十几斤重的银首饰，昂贵，华美。这说明了什么呢？说明历史上一定发生过一场大的变故，从而令他们远遁到山里，沦落到今天这个境遇。将那场大变故写出来了，也就是说，将那个断代写出来了，这个民族的史诗也就写出来了。

是的，张贤亮先生已经作古，愿他安息。他在去世前，曾给我写过一个条幅，叫作"大漠落日自辉煌"。你见过落日在沉入西地平线那一刻的悲怆情景吗？血红血红的落日，像一个勒勒车的大车轮子一样，停驻在苍茫的西地平线上，将它最后的一丝光芒，奋力地投放到曾经经历过的地方去。此一刻大地一片死寂。此后，落日跃三跃，倏然消失。消失得好像从未出现过一样。

云贵川渝地面，流行一种古老的傩堂戏，那演出傩堂戏的古戏台两侧，往往有一副对联，上联叫"于斯一席之地可家可国可天下"，下联叫"虽然寻常人物能文能武能鬼神"。这副对联，也许是解开大西南地面傩文化的一把钥匙。

关于这本书的写作，著名的编辑家、我的《大平原》一书的责任编辑韩敬群先生，也给过一条重要的提示。他说，大仲马说过：历史是一颗墙上的钉子，在上面挂我的小说。大仲马这话说得好极了，对极了，确实是写过无数好小说的过来者之言。一定要有钉子，这钉子要准确得丝毫不差，清晰得历历可见，尔后，所有的小说想象，所有的虚构故事，它的出发点、发力点、落脚点都在这颗钉子上。现今的一些耗费巨资拍摄的电影，为什么让人觉得苍白无力，虚张声势，就是因为它们没有找准钉子，或者说找到了，但没有在钉子上敲出应有的重量，没有对这历史的钉子予以应有的尊重。

虽然我努力地这样写,但是我明白《我的菩提树》不是一部小说,或者说不是一部教科书上所定义的那种小说。它是三种文体的一个混合物。在这两年的写作过程中,每当向前推进而无法把握时,我就请教案头上的三本书,看它们如何叙事,如何"化大千世界为掌中之物"。这三本书一本是《史记》,一本是《圣经》,一本是今人阿诺德·汤因比的《人类与大地母亲——一部叙事体世界历史》。可以说,在写作《我的菩提树》时,我觉得形式已经退居其次了,让位于内容了。怎么能淋漓尽致地表达,怎么能我手写我心,就怎么来——我想把自己对世界的认识和思考,如是地表达出来。如此而已。

我将《我的菩提树》视为"一部叙事体的东方文明发生史和流变史",即是出于以上的考虑。这本书分为三部,第一部叫"苏格拉底如是说"。西方古典哲学的伟大奠基者之一苏格拉底,他说了什么呢?他说:哪一条路更好,唯有神知道。是的,在那遥远的信息不通、人类的脚力又无法即达的洪荒年代,世界各文明板块,基本上都是在各自的蛋壳里孕育和发展起来的文明,它们在各自的道路上前行着,至于哪一条道路更好呢?谁也不知道。第二部则叫"鸠摩罗什如是说"。汉传佛教的伟大奠基者之一高僧鸠摩罗什,他说了什么呢?他在圆寂时说:我一生所译经论三百多卷,句句无误。愿这些经论传流后世,大家共同弘扬流通。我现在大众面前发誓:如果我的译经没有谬误,那么火化以后我的舌头不会焦烂。第三部叫"玄奘法师如是说"。汉传佛教的伟大奠基者之一,高僧玄奘,也就是民间所说的唐僧,他在圆寂时都说了什么呢?他说:这毒身我已经厌恶了。我在世间应该做的事情也已经做完了。既然不能久住尘世，那么就让我匆匆归去吧！希望用所修的福慧回施众生。

这就是这本书的内容。

它用相当的篇幅，对世界各文明板块的发生及流变，遥致敬意。继而，写了世界三大宗教——基督教、佛教、伊斯兰教的发生，其中，着重描绘了佛教的发生过程。

继而，写了儒释道三教合流，在中华文明板块的伟大相遇。而其中，又以浓墨重彩，描绘了三位佛门高僧：西行求法，广游五印第一人法显法师的故事和传略；西域第一高僧鸠摩罗什东行长安城草堂寺译经和弘法的故事和传略；章回小说《西游记》中的唐僧原型，即高僧玄奘，他的西行求法经历，他的故事与传略。

我在这里直追道家的源头，直追儒家的源头，直追佛家的源头，描写了它们的发生及流变。而在这块三教合流的土地上，我力图眼到手到笔到，对这个东方文明板块饱含敬意，做了一番庄严巡礼，甚至于直达三皇五帝，直达中华文学的伟大源头——《击壤歌》。

时间在走着，历史的大车轮子在轧轧地滚动。一切都是瞬间，你我皆是过客。（一切有为法，如梦幻泡影，如露亦如电，应作如是观。）

作为过客的我们所能做到的事情，就是把我们这一个时间段过好，过得有点意义。把我们所能悟到的霍金式的智慧，用诉诸笔墨的方式告诉后人。这应当有点身后遗嘱的感觉吧！原谅我们，我们的智慧有限，思维只到这里！

我们这一代人行将老去，这场宴席将接待下一批饕餮者。

这个东方文明板块，正在走着它的命定的行程。让我们为它祝福，为它祈祷。《我的菩提树》这本书，就是一次对它的庄严巡礼，一次虔诚致敬。 前不久，我去一个地方，参加西王母诞辰的祭祀仪式，那西王母大殿的两侧，有一副对联，上联叫"中天高挂半钩月"，下联叫"曾照洪荒第一年"。 我在这副对联前唏嘘良久，双目潮湿。

2015 年 10 月 13 日于西安

致李思纯《归处》

陕南石泉县要建一个"鬼谷庄",他们邀请我来看一看。 在这里,一位当地的业余作家叫李思纯,她要出一本书,请我给她写一个序。 这是她的第二本书了,第一本书叫《泉音倾城》,这本书的名字叫《归处》。 一听《归处》这两个字,引起我许多感慨。

这个"归"字很有意思,是"倦鸟归巢"吗? 是"隐士归山"吗? 是"田园将荒芜,胡不归"吗? 高僧玄奘,也就是老百姓说的唐僧,他圆寂时,这样说:我早就厌倦我这有毒的身子了,我在这个世界上,该做的事情都已经做完了,该是告别的时刻了。 既然这个世界不能久驻,那么就让我匆匆归去吧。

但也许并不是我想的这样。 李思纯通过文字想要抵达的"归处",可能是她探寻人生的方向,也可能是她不想丢弃的某种意境、某个旧物、某些本质。

一个业余的写作者,能这样坚持写作,实属不易。 这是汉江的女儿,这块山水养育了她,她用她的笔触来赞美她的家乡,来描绘她家乡的亲人、同事、同学、邻居。她写一个个有鲜明特点的小人物，通过他们来把她在生活中的所感所触表达出来。她把她居住的地方称为"宝地"。她寻回孩童时的眼眸在记忆中游走，写乡愁落地的村落梨花胜雪，写颤颤巍巍的老母亲。她热爱工作、心怀悲悯，慢行在乡镇的路上，载下一路乡事，叫人一程思考。她也写到她幻灭的爱情，写到她想做一个"漱玉"般女子的所有美好。

看到她的《途径我生命的水》，让人联想到《诗经》里的汉江，和汉江边上的村庄。我们的老古董《诗经》里面为我们描绘的情景。每当读到这里时，我的双目就有些潮湿，已经四五千年了，一代代汉江的女儿们，就是这样过来的。

汉江是一条伟大的河流，地理学上有个南方和北方的概念。其实，南方和北方的过渡，不是一蹴而就的，它是靠汉江来灌溉的，一个山头又一个山头，一个村庄又一个村庄，一个码头又一个码头，就这样北方慢慢变成了南方。所以，陕南人很骄傲，有"一江担南北"之说。

《古镇金蚕》是说石泉这地方的。石泉是中国最早的蚕桑基地，这里出土了一个鎏金蚕。据说是大汉王朝的哪一位奖励给石泉的蚕农的，《诗经》里也有关于采桑女的描述。我这里就不多说了。中国自古称农桑之国，大家把自己的故乡成为桑梓。从这个意义上来讲，石泉也是农桑文明的故乡之一。

我祝贺这本书的出版。一地一域，总有一些文化人存在，中华文明薪火相传，就是靠这些当地的文化人来传承的。因此，我

○ 虚位以待

在这里向这些文化人致敬,也向这位叫李思纯的业余作家致敬,希望她继续往前走,希望文学能对她的命运有些许的改变吧!

是为序。

2015 年 10 月 21 日于石泉旅次

丝绸之路礼赞
——致胡武功、刘德望《影像丝绸之路》

丝绸之路是人类历史上最重要的一条道路，是串通世界各文明板块之间的一条中轴线。在丝绸之路未开通前，各文明板块是封闭的是彼此孤立是老死不相往来的。在各自的蛋壳里孕育和发展的文明靠马作为脚力，人类才有了跨越洲际的穿越能力，于是伟大的丝绸之路诞生了，依靠这条伟大道路的穿越，各文明板块被打破，各文明板块之间融合、互补，世界至此才开始成为一个整体。且让我们注目以礼，向这条道路的伟大凿空者，向两千一百多年来行走在这条道路上的每一个匆匆背影致敬，向位于世界东西两端的古长安、古罗马致敬！一言以蔽之，向人类光荣的昨天致敬！

2015 年 11 月 20 日于西安

《最后一个匈奴》序言

这本书首版时我三十九岁。如今这一次再版，我就要过六十二岁的生日了。唉，二十多年来我在成长、在经历，这本书也在成长、在经历。它印行了二百多万册，它影响了整整一代人，它迄今为止还被认为是新时期长篇小说创作的重要收获。尤其是一九九三年五月二十日北京《最后一个匈奴》座谈会的召开，引发了中国文坛的陕军东征现象。文学史是绕不开这一页的。那是纸质读物的最后辉煌。我多次说过，作品一经出版，那么它便成为一个独立物，它便有了它自己的命运，或荣或辱，那都是它自己的事情。作为原作者，他这时候唯一应该做的事情，就是站在阳台上，叼着一支烟，带着惬意的微笑，看着自己亲手制造出来的魔鬼，夜半更深，去敲击千家万户的门扉。

这本书最初由作家出版社首版。尊敬的朱珩青女士给我写信说，能写出《遥远的白房子》这样惊世骇俗的中篇的人，如果让他写长篇，会是一种怎样的景象呢？这话给我以巨大的激励。该书给作家出版社带来了颇为丰厚的收益，这叫我觉得给朱老师有了一个交代。该小说继而由北京十月文艺出版社再版，并由《十月》杂志和《长篇小说选刊》刊出。继而，该书又以现当代长篇小说经典的面目,在长江文艺出版社行走了五年。如今它再回北京十月文艺出版社,也就是读者朋友们所看到的这个2016年新版。

另外,为配合电视剧的播出,陕西人民出版社曾将《最后一个匈奴》《最后的民间》《最后一次远行》以大西北三部曲为名,出过个版本。再另外,台湾联合报前主编陈晓琳先生,主持我的七部长篇的出版,《最后一个匈奴》也位列其中。

中央电视台改编成三十集电视连续剧《盘龙卧虎高山顶》,播出后颇获好评。我的母亲不识字,我都写了一大堆书了,母亲一个字也没有看过。该电视剧播出时,母亲端着个小凳,坐在电视机前,脸上笑开了花。母亲有心脏病,每年一冬一春,要住一回院,这年春上光顾看电视剧,连住院的事都忘了。对于一个文人,一个读书人、写书人,这是生活给他最高的褒奖。

央视著名制片人、作家李功达对我说:如果不把高老师《最后一个匈奴》这部中国文学的红色经典,变成一部电视剧,那是我们电视人的羞愧,是中央电视台的失职。他的话叫我感动。而在拍摄过程中,我看到自己作品那些虚构的人物,经过演员的二度创作,变成活生生的艺术形象。唯一叫人遗憾的,是名字的改变。播出前,广电总局打来电话说,片名中最好不要出现"匈奴"这个字眼,接电话的我顺便说出一句著名的陕北民歌歌词,"盘龙卧虎高山顶"。现在看来,名字的改变对收视率还是有一定影响的。

谨赘言如上。

农历乙未年腊月二十七于西安

我们这一代人的苦难与传奇
——《大平原》序言

我是一个不谙世事的人，不善钻营的人，我能在这个世界上有一点儿立足之地，并且赢得些微的尊重，原因在于我写书。我几十年来像处在一种梦魇般一样，不停地写，拼命地写。我胸中的激情像喷泉一样汹涌着。在北京《大平原》研讨会上，一位批评家说："中国作家中高建群是个例、特例，许多作家成名作即是代表作，高建群不一样，他每闷上几年就有一部新作，带给文坛一场大惊喜。"

这本书的出版，已经六到七年了，它一直以稳定的发行量，陈列于书店和书摊，成为畅销书和常销书。《西安晚报》在连载期间，我楼上的一位女邻居每看一期就大哭一场，孩子问她为什么哭，她说这写的是我们这一代人的苦难，我们这一代人的传奇呀！这本书获得政府最高奖，当张引墨编辑受我委托站在中宣部"五个一工程"领奖晚会的奖台上，高举奖杯的那一刻，我正叼着一支烟，坐在家里的沙发上。

关于这本书的写作有几件事需要啰唆一下。一件是《大平原》就要写作完成时，发生了"5·12"汶川大地震。我怕再有余震，将我和书稿都震没了，于是将书稿装进一个大信封里，写上十月文艺出版社的地址。这样将来人们从废坡里找到我，找到我怀里抱着的书稿，他们会尊重我的愿望，将书稿寄到出版社去。

另一件事则是，《大平原》写完以后我中风住了二十二天的医院。中午我正在吃饭，突然饭从嘴里吧嗒吧嗒往下掉，夫人一看吓坏了，说你的眼睛、鼻子、嘴巴怎么都成歪了的。这样赶快去医院。医生给我的脸上扎满了钢针。有一张当时用手机自拍的照片。如果不是怕吓着了读者，真想把照片放在这版书上去。

后来主要是用黄鳝的血涂在脸上，才去掉这身上的湿邪之气的。这样脸又恢复了过来，我又回到了人间。所以乎，当时我说我被文学这个莫名其妙的东西绑架了四十年，《大平原》之后我再不写大部头的东西了。然而，大家知道，我后来又写出了《统万城》，而最近又完成了《菩提树下的欢宴》（正式出版改名为《我的菩提树》，编者注）。当搜狐网的记者问我时，我这样回答：演员在谢幕之后，如果观众的掌声足够热烈，会把他重新召回舞台。

今天，当以一位普通读者、一位局外人的视角再读《大平原》时，我发现这本书其实是在描写死亡，描写尊严，描写一个人如何在窘迫中、在卑微中优雅地老去。高发生老汉在死亡时说："我为什么叫高发生，我现在是明白了：世界上所有的事情都没有道理，它的发生就是它的道理。"高安氏在被盖上棺材板的那一刻，儿孙们才发现她竟是一位乡间美人，可是人们多么粗心呀，竟没有在高安氏活着的时候发现这一点，并告诉给她。而高二在忧患中死去的时候说:"将我埋在高安氏膝下,就像小时候依在她的怀里一样,不要让我的坟地里有花,不要让我的坟头高过别人的坟头。"

时间在走着,它的流程缓慢而冰冷,而不可预知,不可逆转。那情形就像钟表在走着一样,铮铮铮铮,一步一格,充满程式感。两千多年以前老子说:周礼已死,你知道吗? 一百多年以前尼采说:上帝已死,你知道吗? 两年多以前霍金说:哲学已死,你知道吗? 这些智者以先知般的犀利目光和勇气,把他们所看到的真相告诉世人。

高发生、高安氏这些人物在消失,村庄在消失,农业中国在消失。 夕阳凄凉地照耀着这一块渭河冲积平原,这后稷崛起第一土的地方。 村口的老槐树被连根拔起,装上平板车,平板车缓缓地驶出了人们的视野。 这座城市的街心花园将成为这棵老树的栖身之处。

小说中描写的高村,当年的时候曾经被叫作西北乡,后来被叫作公社,接着又被恢复成乡,几年前它撤乡设镇,现在,它则被迅速地叫作街道办事处,堂而皇之地成为这座大都市的一部分。道路从村子中间穿过,路两旁有些滑稽地安上了路灯。 我所以说有些滑稽,是觉得村子里的青砖绿瓦和这路灯有些不搭。

那亡命黄龙山时的两个村子,白土密和安家塔,也已经从地球上消失了。 几年前小说完稿出版以后我曾经去过那里,白土密那三口窑洞还在,门口的碾盘、大柳树还在。 那时我曾有一个幼稚的想法,想在这里建立一个黄河花园口扶沟县鄢陵县难民纪念馆。村口再竖几座担着担儿、推着手推车的黄泛区难民荒形象,再竖一块石碑,记载国民政府行政院在这里成立设置局、接纳难民的历史。

但是村子现在已经彻底地消失了,人口搬到山下去并村,这里成为农耕地。去年秋天我去过那里,望着这遮天蔽日的玉米林,我有些头晕。后来一想也好,尘归尘,土归土。那些人,那个村子,它们本来就来源于大地,现在大地只是将它们重新收回而已。

顾兰子的全家都是死在那里、埋在那里的。有一天垂垂老矣的顾兰子突然记起一件事情。她说,其实,发生老汉的父亲也是埋在那里的。当年关中平原那个大雾弥漫的早晨,发生老汉推着独轮车,车上载着小脚的高安氏,亡命黄龙山。车上还装着一个褡裢,褡裢里的东西随着车的颠动咕噜咕噜乱响。高安氏有些诧异,用手摸了摸,问这是什么东西,发生老汉面色阴沉,低头不语。原来褡裢里装着是发生老汉的父亲的骨骸。上路的前一天晚上,他将它从祖坟里盗出,带着骨骸上路,而后来到了黄龙山以后,这骨骸就埋在白土窑对面的山腰间。这是这个家族传奇重要的一个细节,需要在这里补上。

《大平原》的主角顾兰子,仍然像一棵老树一样活着。经年经岁,她受过多少苦,她就理应享多少福。那高村里高二的墓穴男左女右,为她留了一个位置。

在一个秋天的时候,我回到高村,来到乡村公墓,在这些亲人们的墓茔中间立下一块大石头。石头上写着:墓志铭——这里葬埋着我们高姓人家的祖先，他们世世代代在这里死亡。即使那些怀着征服世界的梦想，到处闯世界的人，叶落归根，依然回到这里，入土为安。谨立此终南山糙石，纪念他们。并祈列祖列宗们保佑高氏一门，人丁兴旺，永世绵延。

2016年西安

相忘于江湖，归老于山林
——致子悦《居于画隐于图》
——试谈中国的隐逸文化

最近，一家酒厂要为我做一款"私人定制"。于是我先用陈老莲的笔法画一个六朝君子的图像在上面，底下写上"不能成良相，退身做良医"这话。这酒尚在制作中，六十三度。我想倘若请朋友喝，口中念叨着酒瓶上这话，一定别有风味。一部中国文化史酒气冲天。不是！因酒而名的刘伶，天子呼来不上船的李白，那佯醉或真醉之态最令人神往。

中华文明板块中隐逸文化的诞生，古老而又古老了。甚至可以说，它是和中华文明共生的，是从人类的初民时期就开始的。崆峒山上住着一位一千二百岁的高人，名叫广成子。中国历史上有著名的黄帝问道广成子的故事，它应当是隐逸文化的开始。黄帝来到崆峒山下，见一位牧童骑牛而去，待来到山上，人们说那个牧童就是广成子呀！

待后来拜见之后，黄帝很骄傲，觉得自己把国家治理得这么好。而广成子则说，万物都有它们的运行法则，用得着你去干预它们吗，无为而为最好。黄帝说，那我一个大活人，总得干点事呀。广成子问黄帝多大岁数了，黄帝说六十多岁了。广成子说，那你现在跟我学养生，还来得及，我今年一千二百岁了，你活我个零头，还是可以做到的。 我们知道轩辕黄帝后来活了一百一十二岁。

有一件重要的作品叫《击壤歌》，它被认为是中华文学的伟大源头，一切开端的开端。"日出而作，日入而息""耕田而食，凿井而饮。 帝力于我何有哉""无为而为"思想在这里又一次得到肯定和强调。 这是一件尧舜时代的作品，不知为什么，孔子在他的诗经三百首中没有收录它，大约是觉得不合自己的脾胃吧。

公认的大隐者是著名的"商山四皓"。 这四个白头老翁原本是秦帝国的博士，也就是皇帝的老师，后来见秦帝国大厦将倾，于是避祸于商山洛水之中。 大约在汉朝初年，被请出做官。

这本名曰《居于画隐于图》的书，展开来读顿觉清气四溢，让人有效仿先贤，直追高古的渺思情怀。 中国的文化人曾经崇高过呀，曾经长啸于山林，以醉态来守护文化人的最后一点尊严呀！不为五斗米折腰的陶渊明、放浪形骸于山林中的"竹林七贤"，以及后来的历朝历代的追随者，都如是。

中国古文化人有一句口头禅叫"学好文武艺，货与帝王家"，是说文化人把你的本事学好，然后把自己像货物一样推荐给皇家使用。 皇家用你，你鞠躬尽瘁，死而后已；皇家不用你，你相忘于江湖，归老于山林。 文化人还有一句话叫作"终南捷径"，意思是说隐居终南山，索高以求名，等待皇家发现，这些实际上都是隐逸文化以退为进尘缘未了的一种表现了。

丙申岁三月

圣地人物一时新

——致刘春玉《圣地三星》

这三本书，构成一个《圣地》系列。三本分别是《名星闪烁》《科星璀璨》和《善星绚丽》。它们的作者刘春玉，则是我的一个老朋友了。他把三本书的清样，交女儿带给我。掐指算来，已经一月有余了。今天是端阳节，我把自己关在工作室，关了手机，经心地阅读这三本书，想春玉这个人。

我和春玉的交情，应该说有五十多年了吧。"文革"开始的前二年，我在陕北一个县城上高小。有一天，班上那些大龄女同学，突然都激动起来，她们奔走相告，说县府办公室分来三个大学生，自西安分来的，绥米一带的人，这大学生帅气极了，说起话来出口成章，写起文章来落笔生花。

县城就那么大，满打满算几千口人，谁家的门朝哪里安，谁家院子里有没有狗，这大家都知道。刘春玉，一时成了县城的新闻人物。女同学们相约，放学后绕个道，到县委院子去看他。

往事如烟。春玉大约都忘了，当时他带给这座小城的震动和当时他那英气勃勃的形象了，可我这个小学毕业生还记得。

春玉后来经历过许多的事。当然，我们每个人后来也都经历过许多的事。几年以后"文革"结束，我就离开那座县城了，但是时不时地总能听到春玉的故事。他好像曾经大红大紫过，又好像乐极生悲，遭受过一次人生挫折。我记得在报社当记者时，曾到春玉家里去过。家好像在县广播站。春玉的夫人亦是一位美女。我的那些当年的小学女同学们，空激动了一场。春玉娶了我姐姐班上的同学。

　　嗣后春玉调到延安，好像在建委工作了一年，接着又在科协工作过许多年，后来又在慈善协会。我们见面的次数很少，我主要是看他见诸报刊上那些文字，知道他是在为哪个部门服务着的。

　　现在他的这三本书要出版了。这三本书的内容，或散文，或纪实，或通讯，正是他供职于单位时工作的产物。我静下心来，细细地阅读它。严格地讲来，老刘的文字是一般般的，但书中的那些俊秀人物，随着阅读，不时地浮现在我的眼前。我太熟悉这些人物了。他们不光是春玉的好朋友，也是我的好朋友。毛主席说，保安人物一时新。我看，在春玉先生的笔下，延安人物一时新。芸芸众生，可谓延安新时期壮丽的人生画卷，改革开放三十年恢宏的社会缩影。

　　春玉这三本书，一本写文化界、政文界、文学界一些著名人物；一本写的是企业界，是慈善家，似乎有为慈善人物立传的感觉；一本写的是服务于延安的科技界的专家、精英。他写了那么多的人，三本书相加，大约上二百人了吧。我想在延安，春玉大约已经熬到这个份上了，即，能够进入他的视野，并且变成一种传记式文章的主角的人，立刻似乎身价倍增。我不知道我这样说对不对？感觉是吧！

春玉老了。生活是一把雕刻刀，它在人们的脸上刻下沧桑，刻下岁月的痕迹。于春玉兄，于我，都如是。

"我曾经豪情万丈，归来是空空的行囊！"这是一首流行歌曲里的话。其实于我们每个人来说，都何尝不是如此呢？年轻时觉得整个世界都是你的，生活正张开双臂拥抱你，等待着你去吃钢咬铁，成龙变虎。直到有一天老了，齿摇摇，发苍苍，你才知道时也势也，运耶命耶，你终究只是个小人物。

好在有文学，它能救一个人，它能滋润一个人，它能给一个人成长的力量，忍耐的力量，逆境中向上的力量，不至于让自己沉沦的力量。春玉有才华，有好的文笔。也许吧，正是这一点救了他。或者说帮助了他。令他每每能从逆境中站起，傲立于人世间。从这一点来说，让我们感激文学。

春玉的这三本书就要出版了，真诚地献上我的祝贺。我在这个被称为诗人节的2016年的端阳节，怀着对一位老朋友的最良好的祝福，写上上面的文字。人生是何等短暂啊，三本书就把他的时光吞没了。我在说这话时心里突然间汗得难受。

末了，还想起一件事情。1993年，延安出过一套"子午岭丛书"，是由陕西人民教育出版社出版的。延安许多作者都参与了，我也在其中。这个堪称文化工程的事儿，就是春玉担任总策划的。春玉和该社的社长赵喜民先生，总编陈绪万先生都很熟。我看到他在这套书中还专门为赵社长写了立传性质的文字。记得，我那年和乐际书记闲谈起，我说，你的老爷子赵社长是著名的编辑家，帮助过许多人，许多陕西作家的第一本书，就是赵社长给出的。似乎我当时还谈到了那套"子午岭丛书"。乐际书记见我赞美他的父亲，很高兴，也很感慨。赵社长许多年前已经过世，愿他安息。

是为序。

2016 年 6 月 9 日于西安

一个人的早晨
——致李巨怀《今晨心语》

巨怀我认识好几年了。人厚道、睿智，还有着很强的协调能力。前面吧，省作协组织一群陕西作家走新疆，很难管理，很难侍候，巨怀把一切都安排得妥妥帖帖的，我赞叹说，我不如巨怀呀。巨怀写过一个长篇《书房沟》，写得很是不错，记得该书再版时，我曾在书的背面，写过一段话，以示祝贺。

去新疆的路上，巨怀和我坐在一辆车上，从北疆而南疆而东疆。一路上我抽空就读这本书。书写得恢宏大气，像唱秦腔一样一板一眼，完成叙事。长篇小说就该是这样子来写的。记得路遥活着的时候常说，结束时，像一部交响乐一样，所有的线头挽起，所有的乐器啪的一声落地，从而产生强烈的艺术打击力量。巨怀还年轻，他会有很大的前途的。他有生活积累，是生活积累教会了我们怎样写小说。

今年春上，巨怀打电话说，宝鸡金台区文联开个创作会，要我去给捧捧场，这样我就去了。宝鸡古称陈仓，那是一个峥嵘万状、王气森森的地方，可以说一步一个典故，一步一个传说。我在那儿见到了老朋友——作家李凤杰，还见到了一大群年轻的诗人、小说家。红男绿女济济一堂。巨怀是文联主席，他来主持会。记得我在发言时，面对金台区的领导，把他们对文化的如此重视，大大地夸赞了一番。

一地一域，总有一些坚守的文化人存在，他们使中华文明薪火相传传到这一代，传到这一地域的一个个接棒者，我向这些人致敬。我曾在许多场合说过，支撑起中华文明大厦，连接起链条的是这些散布在中国广袤大地上的创作者们，而不是那些招摇过市的热闹人物们。这些人案头劳碌得久了，于是有了一些创作实绩，有了些资历，当然也有了些人脉，于是"日渐坐大"，成为这块地面的一个人物。

这次宝鸡之行，巨怀又拿出他厚厚的一本散文新作。这本新作叫《今晨心语》。人在早晨的时候，大约头脑最清楚。脑子歇了一晚上，这一刻神思渺渺，那思维也最具穿透力。所以者巨怀，大约从床上爬起来，揉着眼睛，打着哈欠，匆匆地落笔，将他的千虑之一得记下来，如是。古人好像也说过，早晨时候人的头脑最好使，所以他们有"清晨读经，夜晚读史"这句话。当然。这句话后面还有一句，叫"有酒学仙，无酒学佛"，后句一出，已经有点儿出世高人的味道了。

《今晨心语》这种随笔式的、速记式的写作方式，叫我想起苏联诗人索洛乌欣的《掌上珠玑》，有话则长，无话则短，作者的记事既就近写来，又充满哲思。我记得有个小故事，那书我都看了几十年了，这故事还记得。——我买了一件高级西装，开始时是在重要的场合来穿，后来就经常穿，再后来就很少穿了。有一天，当我要扔掉这件衣服的时候，才发现它上面还有许多暗兜。

尽管在过去的岁月中，没有使用这些口袋，我也过来了，但现在想起来，总觉得是一种遗憾。

记得，这是我在宝鸡时，阅读《今晨心语》时突然想到的。

人为什么要有思想呢？人越思考，就越痛苦。思考得越深邃，这痛苦就越深。而我们的有限的人生长度中的这些思考，距离世界的本质、本源，接近了一些没有呢？所以米兰·昆德拉说，人类一思考，上帝就发笑。所以加缪认为这是一个推石头上山的西西弗斯神话。

但是，人是一个贱物，他因为思考而存在。"人生不满百，常怀千岁忧""人生识字忧患始"，如是而已。我想，这就是我对巨怀先生这本书，最后想说的话。

2016 年 7 月 19 日

长元先生的诗和远方

——致王长元《动心动了情》

大路上走过来一个人。问他从何处来,他说从来处来;问他到何处去,他说到去处去。那么"来处"是哪儿呢?来处是娘亲的肚子;那么"去处"是哪里呢?去处是山岗上那座凄凉的坟墓。人生苦短,一个人不管你是谁,有多么伟大,这一来一去,短短一段路程,就把自己交代了。

我们都是俗人。我们庸常的一生充满了许多无奈。屠格涅夫说,一想到漫长的平庸的黑暗的一生在等待着我时,我就不寒而栗。鲁迅先生则说,他的一生都在和生活中无所不至的庸俗做斗争。而诗人海涅则朗声吟诵道:再见了,油滑的男女,我要登到山上去,从高处来俯视你们!

那么高处在哪里呢?在远处,在诗和远方。现在网络上流行一句话,叫"生活不止有眼前的苟且,还有诗和远方"。从这个意义上来说,我的朋友王长元先生的这本书,就是他的"诗和远方"。是他给心灵一角,安放下的一块文学的牌位。

我细细地拜读了这本书。本来我想用"廿年一觉长安梦,学书学剑两不成"这句话作标题，调侃这位老朋友两句，后来觉得不妥。因为每一朵鲜花都有开放的权力，至于这鲜花开得大与小、艳或素，那是另外的话题，不是么？从这个意义上讲，每一个有目标的人都是成功者。

长元的著作分为四辑。第一辑是他的文学创作，以散文为主，第二辑也是文学创作，不过偏重小说和报告文学，第三辑则是他长期担任影视界官方大员时发表的一些评论，第四辑是一个名曰《平凡的足球》的电影剧本。

我在阅读中最初曾想用《王长元先生为我们奉献的四菜一汤》来作为序言的标题。四道菜，再加上我这用来开胃的一道汤，来构成这本书。

长元书中的那些关中平原纪事，我可以说太熟悉了。爷爷的故事，奶奶的故事，父亲的故事，母亲的故事，伯父的故事，村庄和四邻八乡的故事，这些我也都经历过，而且我的平原故事平原人物和长元描述的十分相似。比如我的祖母，她信佛忌口，后来在儿女的劝说下，才恢复了饭中可以调盐。我记得有一次，她在织布机上踢踏，早晨，一只苍蝇老在她眼前飞，赶走了又来。"我是欠谁的债呀？"她自言自语地说。后来想起来了，停下织布机，去给人家还钱。

长元说的那段新疆军旅生活，我也太熟悉了。他说他们部队驻在天山通往库尔勒的垭口，那里当时有铁通兵，我记得那年铁道兵入疆，修南疆铁路。长元书中谈到的坦克团我也熟悉，记得有一次坦克在公路上转弯，炮塔一转，把那个经过的小汽车砸扁了。而他说的军事测绘我也知道，一个测绘兵曾到我们边防站来，我陪着他骑着马在中苏边界我们管理的地段走了一大圈。至于长元书中谈到的那些地名我也熟悉，呼图壁是什么意思呢？是皇帝册封的御用高僧的意思。而巩乃斯冰大坂，去年我率陕西作家丝路采风团，还曾翻越过，时值八月大雪弥天。

长元书中一个重要部分，是谈他主持陕西出现的一些重要影视剧时的经历和评论。关于电视剧《关中匪事》，关于电视剧《大秦帝国》，关于电视剧《白鹿原》，等等。我们是观众，只知道这些东西变成了好看的电视剧、电影，而不知它们问世时的艰难。长元的书告诉了我们里边的许多事情。

长元的书要出版了。从案牍劳碌中抽身望望窗外，望望诗和远方。我想，这是我们每一个混迹尘世间不能自拔的普通人的一种奢望。长元有心，前面说了，他给自己心灵的一角，安放着艺术的牌位、文学的牌位，那一块地方是神圣不可侵犯的。这样经年经月下来，便有了这本结集的出版。这本书语言生动，风趣幽默，时代感强，有励志精神，很适合有同样阅历的人士和媒体工作者及大学生阅读。

今天是国庆长假第四天，昨天用一天时间看完长元的书，今天再用一天时间，用《长元先生的诗和远方》为题，写下这个序。

从来处来，到去处去，这是佛家的话。这话里边有一种知生知死的达观人生情绪在内。

祝贺长元先生的著作出版。

是为序。

菩提树下的欢宴

——《我的菩提树》序言

第一百颗念珠，我想我已经被埋入坟墓了，在那潮湿，阴冷的墓穴中，天上不再有太阳，月亮和星星，四周不再有野花开放和鸟虫的啼，那通往外部世界的所有的道路都被堵塞。世界又留下来一个出口给你，这就是你的思绪、你的想象力，是任何力量也无法阻挡的。真好，你的脖子上挂着一串念珠，它是一百零八颗，是用那神圣的菩提树的栗色的果实做成的。很好，让我双手并用，用双手的食指和拇指来捻动它。在捻动中，它是无穷之数，一百零八又一个一百零八，周而复始，永无尽头。世界已经没有我了，葬礼好像已经举行，哀乐声好像刚刚落幕，世界打了一堵墙，封闭我的所有的道路。但是很好，念珠在捻动着，在捻动的同时口中喃喃作语。这样，我为自己打通了一条道路。那一百零八颗捻动的念珠里，有我用褪色的嘴唇讲出的一百零八个故事。

在万念俱灰之时，当意念牢牢地固定在一点时，那故事便讲出了。原来，这是这个人留给身后世界的一份遗嘱。他在总结和概括这个世界。他试图透彻地想透这个虽然古老但又常见常新的重大命题。这命题即是：我是谁？我从哪儿来的？我为什么是现在这个样子，而不是别的样子了？那宿命的手又将把我带到哪里去？什么是人类，尤其是这个古老的东方神族那万劫不复的命运？在我们出生之前，这个世界都发生过哪些重要的事情，出现过哪些令我们一谈起他，便唇齿留香的人物，而那些先贤们，又给我们留下了哪些他们所觉悟出的大智慧。

这本书高贵的名字叫作《菩提树下的欢宴》，它大约能基本上告诉你——你之所以成为现在的你的缘由何在。在已经没有我的年代里，愿这本书还一直能伴随着你，成为你的掌中之物，当你每遇到破解不开的难事时，当四周的道路都被堵塞时，当意想不到的危险突然降临时，你打开这本书。你从这本书中寻找智慧，汲取力量，找到护身铠甲，应对之策。那一刻，会有一位老者、长者，紧紧地站在你的身边，那就是这本书的作者——我，念珠开始捻动和团转了。

瞧呀,西边的天空通红一片,人们说太阳落山的地方有金子

——致《创业丰碑》

从一九九一年那个不平凡的夏天开始,高新区挂牌社区,已经整整二十六年了。许多次,我有一个想法,想攒足力气,一头扎进高新区的档案室去,将高新区的发展史,创业史,细细地挖掘一遍,浏览一遍,写成一部新时期的《创业史》。以此,向那些民营企业家致敬,向在中国西部开风气之先的这些优秀的管理者团队致敬,从而之记录西安人,记录中国人的一段历程。

当年在高新区挂职时,我就有这想法,后来离开后,我写出长篇小说《大平原》,在小说结束部分,我用了五万字篇幅,写了高新区的挂牌社区,写了一群民营企业家的风采。篇幅的原因,很多人物和故事都没有展开。写完后,我曾经有个想法,想专心以高新区为题材完成一个鸿篇巨制,可是后来又产生了别的创作兴趣,这事就又被抛到脑后了。

"瞧呀,西边的天空通红一片,人们说太阳落山的地方有金子!"这是美国现代戏剧之父尤金·奥金尔在他的代表作《榆树下的欲望》里的著名台词。这句话是美国当年的西部淘金热的写照。我在高新区挂职时,曾想将这句话作为高新区宣传的电视广

告词。现在借这个机会，再将这句话说出吧！

  我祝贺《创业丰碑》一书的出版，为企业家立传，为时代立传，是文化人的一项责任和义务，也是社会发展的需要。

2017 年 5 月于西安

一生挣得五车书
——《相忘于江湖》序言

这江叫汉江。蓝汪汪的一股大水，如脂如膏，似梦似幻，仪态万方地东南走向而流。这江水的一部分，将会流到北京、天津、石家庄的寻常人家的锅里，供他们烧灶做饭。我乘着船，顺江而下，这时节正是清明刚过，"临洮易马，汉中换茶"的时节，两面的山上布满了一层层的茶园。我们要去的那地方叫后柳古镇。

这湖叫"两忘湖"，或者叫"物我两忘湖"。是的，此一刻，宛如人们常说的活埋疗法一样，世界将我遗忘了，我也把世界遗忘了，就是这个意思。这湖是一座人工湖，是我为它取的名字。

汉江行到此处，接纳了一条从秦岭深处流来的河，叫中坝河。河与江的交汇处，便形成了这个小镇——后柳古镇。位朋友，将这后柳古镇要打造成一个特色小镇，在中坝河流经处，造了七十二家民间作坊，将这汉江流域地面的各种古老民间传统生活方式，搬进来组成一个街道。假如一个现代人不慎走进去，那就仿佛误入时空隧道，一脚踏入从前一样。

朋友在这中坝河的上游，后柳小镇的不远处，选一面山坡，为我盖了五间民房，挂个牌子，叫"高看一眼石泉工作室"。 这五间房在一座葱葱郁郁的大山山根下，有几棵大的冷杉树，将民房半遮半掩，下面靠近平地，有个过去年代的小庙，小庙下面就是那座正在挖掘的人工湖，我的"两忘湖"了。

那座几平方米大小的小庙，过去大约是财神庙，或者土地庙，山神庙。 我说，竖一个鬼谷子老先生的牌位在这里吧，将他改建成鬼谷子庙。 而东边那座莽莽苍苍，半入江风半入云的突兀山头，我们将它叫东成山，西边那座被群山簇拥，同样高可摩天的突兀山头，我们叫它西就山。

哈，早晨睡到自然醒，起身披一件大衫子来到五间房前，伸一伸懒腰，向东搭一眼望东成山，向西搭一眼望西就山，即就是再平庸的人，再卑微的人，刹那间也会有一种成就感的，觉得自己真成了个人物了。

这有成就感的人叫鬼谷子。 鬼谷子是个闪现于中国历史碑载文化中的神神秘秘、奇奇异异的糟老头子，春秋人物，九流十派之一纵横说的创建者。 石泉人说，他当年的隐居之处，就是这汉水之滨，秦巴山深处的鬼谷岭，而他本人，亦极可能就是这石泉地方的人。 鬼谷子隐居在这儿，自己深藏不露，只做一件事情，那就是像一个现代版的高级操盘手一样，不时地打发他的学生，走下山去，将世界搅得地覆天翻，而且他那儿都是成双成对地派出，看他们斗法，以世界为棋盘，而自己呢，袖着双手，作壁上观，做出一副无辜的样子，事不关己的样子。

鬼谷子的学生苏秦、张仪，两人怀揣先生的纵横捭阖之术，一个去秦国，凭三寸不烂之舌，说得秦王连横，一个又去游说六国，说动六国国君合纵，从而将那个时期的赤县神州，搅动得地覆天翻。鬼谷子更遣学生孙膑、庞涓,手执六韬三略兵家之术,一个助齐国,一个助魏国,演绎了一场令后世津津乐道的孙庞斗智历史大剧。

我的这次江湖行程中,恰逢石泉县鬼谷子研究会,正举办纪念鬼谷子先生诞辰两千四百零六年典礼,一群当地的文化人,还有来自北京、台北的鬼谷子研究者们,聚集一堂,纪念这位闪烁在中华文明板块深处的圣人、贤人、奇人。我在会上向着鬼谷子的牌位,三鞠躬后说,向这位先贤脱帽致敬!立一块牌位在这里吧,让他佑护这一方山水,佑护这一方百姓。佑护中华民族种族不灭香火永续。

会议期间,有研究者的学术报告中,说到鬼谷岭的鬼谷子的庙宇遗址上,搜出石碑石柱上的八个残缺大字。那八个大字是"星宿罗胸,山河寓目",天上满天星宿,罗织于我的胸间,眼前无限山河,愉悦我的眼目,如此吞天吐地般的胸怀气魄,叫人咂舌。那八个字,是当年鬼谷子先生的自况呢,还是后世人们在这里设庙祭祀,为彰显鬼谷子所撰题呢?不得而知。

我想吧,等我的五间房下面那个"两忘湖"掘成以后,灌满水,搭个小桥之后,桥头的这个鬼谷子祠,就将那八个大字,刻在祠庙的门框上吧!

这本我的新作的名字叫《相忘于江湖》。书名来自庄子。这个庄子,大约是鬼谷子同时代的人。什么叫"江",什么叫"湖"呢?我相信由于上面拉拉杂杂的那许多话,读者已经大致了解我说的"江",我说的"湖"的意思了。是的,就叙述者而言,那一汪大水的汉江,那物我两忘的小湖,那高不可攀,深不可测的迷茫远处,正是作者心之向之,神之往之的江湖啊!

"江湖"这个字眼，在中华文明板块中，几千年来，一直闪闪烁烁，它出现在史籍中，和人们的日常语汇中。它到底是什么，实际上很难说清，因了这些年武侠小说对这个词汇的诸多诗意渲染，它更是被蒙上了一层缥缈的，云里雾里的感觉，"路遇侠客须呈剑，不是才人莫献诗"的感觉。

也许与"江湖"相对应的词汇叫作"庙堂"。北宋的范仲淹说"居庙堂之高则忧其民，处江湖之远则忧其君"。这句话大约是说，一个文化人，当他身居朝中，侍奉人主左右的时候，他为天下黎民百姓的生计而忧虑，而当命运将他打发到天边，远离中心的时候，我仍忧虑，为皇家分忧解愁，不敢令自己懈怠片刻。

范仲淹对江湖的说法算一种说法，不过，它似乎还应当更朦胧一些，更深厚一些，更独立化一些才对。

其实，中国的古文化人，几千年来，一直就在这庙堂与江湖两个极点上来回跳跃，充满纠结。而这种跳跃和纠结的根源，是两千五百年前的孔老夫子为文化人带来的。

"学好文武艺，货与帝王家"，这是孔老夫子对他之后的文化人的一种指向和企盼。每一个文化人，当他进入私塾开蒙的第一天起，就抱有这样的志向，文化人将你的笔头子练好，武人将你的武习好，然后像一件商品一样等待帝王家来召唤你，挑选你。如果你有幸登堂入室，那么你应当一直走下去，封王封侯，鞠躬尽瘁。如果帝王家不赏识你，或者中途抛弃了你，那么好了，你终于解脱了，那么就将自己一个金贵的身子，遁迹于江湖，忘情于山水，大隐大藏起来吧。

这是东方文化几千年来的一个士大夫传统。西方文化中没有这个概念。西方古典哲学从孔老夫子死去十年后出生的苏格拉底开始，他们是一种独立文化人传统。苏格拉底是殉道者第一人，在他之后长达两千四百年的时间流程中，有一个长长的殉道者名单。

所以中华文化传统与欧美文化传统，是两种截然不同的传统。所以在中国人的文化叙述中，从未有个独立文化人这个概念，而那些孑然一身，以物我两忘为标榜的大藏大隐，其内心深处里，一直等待着终南捷径上的信使抵达。

一位年轻的编辑家，自北京而来，提出要为我出一本书，市场化运作。这样，我请他坐到我的电脑前，将我这几年来的涂鸦文字一一搜出。这些文章大部分是六十岁以后写的。人到了这年龄段了，自感到来日不多了，所以当说则说，当骂则骂，少了许多的顾忌，往日一些犀利的思想，此刻也不再掩饰，而是口无遮拦一吐为快。

书名最初想的就是《相忘于江湖》。这是庄子的话。庄子前面还有那么几句："泉涸。鱼相处于陆。相呴以湿，相濡以沫，不如相忘于江湖。"庄子真是一个一身都有故事的人，我特别喜欢他。有个《庄子梦蝶》的故事，是说庄生午睡中，梦见了自己变成了一只蝴蝶。醒来后，人还没离床榻，却发现头顶上有一只蝴蝶在翩翩起飞。庄子自言自语道，那只飞翔的蝴蝶是庄子变的呢，还是躺在床第之间的庄子是蝴蝶变的？笔者总觉得，以庄子后来的那些荒诞的行径怪异的思想来看，真的庄子早已变成了蝴蝶飞得不见踪影了，而混迹于尘世间，和我们交流的这个庄子，其实是那只蝴蝶呀！

后来我还想将这书名叫成《左脚在庙堂，右脚在江湖》。之所以选这个书名，是觉得其实笔者自己，一生中也一直在这两端左右盘桓不定。或者用现代人的话说吧，一只脚在体制里，一只脚在体制外。后来编者讨论了以后，怕这个书名有歧义，所以放弃。

编者还曾经想到过个书名，叫作《每一条道路都引领流浪者回家》。这个书名也好极，它是说老高在垂暮之年即将到来之前，以文学的形式，为自己寻找一条通往故乡的道路，通往老家的那一片紫色苜蓿花盛开的乡村公墓的道路。

书名只能有一个，因此这个好书名也只好放弃。最好的书名是什么样的呢？当人们问美国小说家《玫瑰之名》的作者，为什么给他的书取这么个名字呢？他说，不要给书名以太多的负荷，书名的全部的唯一的目的，其实只为一件事，那就是为了引起读者阅读这本书的兴趣。

记得整整十九年前，第八届全国书市在西安举办，一群书商来我的寒舍。说起书名，一位书商对我说，将二百本书平摊在书摊上，那第一个跳出来的书名，就是最好的书名。

以上是我为《相忘于江湖》作的序言。拉拉杂杂地说了许多。戏迷们爱说一句话，叫作（开场）锣鼓长了没好戏，那么我就歇口吧。

至于这个序言的标题《一生挣得五车书》，是我在今年世界图书日，在曲江书城签名售书时，挂在身后的一个条幅上的话。那条幅上联叫"江湖居士闲处老"，下联叫"一生挣得五车书"。这次签名，我签的是新作《我的菩提树》，短短不到三个小时，我签出五百本。读者的热情叫我感动。那一刻对一个文化人来说，宛如是一个节日。书城经理说，这是该书城建成以后，一次签名签出最多的图书。我把这话当作对我的最高的褒奖。

类似"江湖居士闲处老，一生挣得五车书"这样的条幅，签书时，我身后还挂了几个，例如一个叫"有书真富贵"，一个叫"拥书半城，既富且贵"，一个叫"坐拥书城，面南而王"，还有一个叫"十中九人堪白眼，百无一用是书生"，还有一个叫"袖中一卷英雄传，万里怀书西入秦"，还有一个叫"世上数百年老家全在积德，天下第一等好事还是读书"等等，等等。那天，签名售书活动结束后，我将这些字幅，都顺手送给亲爱的读者朋友了。

末了我想说的是，我感恩于文学。文学令我放大。文学令这个卑微的人，无足轻重的人，总是远离尘嚣、害羞地躲在一个角落里的人，在他生活的年代里，向世界发出聒噪之声，并且在他死后，这聒噪之声大约还会在空中回旋上好一阵子吧！

            2017 年 5 月 1 日西安

天地有大美而不言

——致张为国《生为茶人》

我此生注定将会遇到一些重要的人，遇到一些重要的事。于我来说，这本书的作者就是我遇到的重要人物之一，而他为社会提供的东裕茗茶汉中仙毫，就是我遇到的重要事情之一。与人相遇，与茶相遇，既是缘分，亦是福分呀。

我无法想象，假如没有这一杯茶，我的后半生将会多么的寂寞清苦，百无聊赖，无所依傍。每天早晨，从睁开眼睛那一刻起，到晚上睡觉合上眼睛那一刻止，我的手上大部分时间都会捧着一个茶杯。茶之与我，已经不仅仅是一种生理需要了。

我年轻的时候，在一家地方报纸做副刊编辑。我的前面坐着一个陕南人，他教会了我喝茶，我后面坐着一个陕北人，他教会了我抽烟。从此以后，大半辈子了，烟不离手，茶不离口。我一天得三包烟，有朋友说了，幸亏有茶来化解，你才没有被这烟给呛死。

这本书的作者名叫张为国，汉中人，他当是眼下陕西最大的茶老板之一吧，民营企业家一个。他在汉中地面有三处大的茶园，两块在西乡，一块在南郑。我曾经到他西乡境内午子山下的那个茶园去过。茶园近傍有个山头，山的轮廓很美。我对为国说，在那山头立一块石头吧，我给写上几个字，叫"倦鸟归巢"——鸟儿在空中飞累了，在这茶园里歇息一下翅膀。

在东裕茗茶汉中仙毫新三板上市启动仪式上，我说，茶从栽培，到采摘，到制作销售，有个周期性，过去的那种一边滚动一边发展的传统小农业模式，显然已经不适应时代了，得有大投入才行。在西乡茶园，我说，什么时候，你们公司能够带动西乡的老百姓，汉中的老百姓因为种茶而富裕起来，那才是大成功。我还建议说，有一句有名的古话，叫"临洮易马，汉中换茶"，如果你们能将汉中的茶，安康的茶，取一个总名称，叫"易马茶"，那说不定会做成一个类似普洱茶那样的大品牌的。

为国好像是专门为茶而生的。他来到我的工作室，站在那里，静如处子，叫我想起静静的茶树，而一旦他张口说话，顿时是满屋茶香。他是如此儒雅，安静，颇有古君子之风，我说，这都是茶带给他的呀！他的肚子里茶的知识，茶的典故，茶的渊源及流变，装满了一肚子。而这本书，仅是他泄露给世界，报告给社会，奉献给读者的一部分茶文化的余唾而已。

茶的起源大约和我们这个民族一样古老。神农氏尝百草，日中七十二毒，药不能医，得茶而解之。神农氏采茶的地方在哪里呢？史籍上说是在首阳山，而炎帝故里，宝鸡那个地方的人说，终南山第一高峰太白山，它的左边，就叫首阳山呀！

张为国先生说，三个陕西人，对中国的茶文化的起源，发展，推而广之起到了重要的作用。那第一个就是前面提到的神农氏，第二个呢，则是居住在汉中盆地的巴人，是巴人部落首先开始了茶树的栽培，而第三个呢，则是鼎鼎大名的他们汉中老张家的那个张骞。朝廷命官张骞西行时，拜过祖祠，尔后从家门口的茶树上采些叶子，打进行囊，从而踏上漫漫征途。他踩出的这条路，后世叫它丝绸之路，亦叫陶瓷之路，亦叫茶叶之路（或叫茶马古道）。

如是说来，茶叶这个神奇的东方树叶，伴随中国人的行程，已经有迢迢五千年岁月之久吧！在历史上，一定有许多张为国这样的茶人，亦也有我这样的贪饮者，人所具有的我都具有，将心比心，是这样吧！那真是一个长长的茶文化构成的洪流呀！我们都是受茶恩泽的人，或者换言之说，是被茶诱惑和俘获的人。

上一杯茶，咱们悟道。原来呀，道文化就在茶中。上一杯茶，咱们参禅。原来呀，禅文化亦在茶中。上一杯茶，咱们通儒。原来呀，儒文化也在茶中。

天地有大美而不言，世间有茗茶我先尝。不好意思，文章写到这里，我得搁笔，我要去饮茶了。

2017 年 5 月 8 日于西安

六十初度文化宣言
——关于蔡元培、关于雷诺阿、关于大仲马、关于我

蔡元培是北京大学第四任校长，他辞职离开北大时，四望一眼，发了这么几声感慨："我终于得以解脱，从此以后不想说的话可以不说了，不想做的事可以不做了，不想见的人可以不见了。"几年前，我卸去了一个社会职务，欢送会上，大家要我做几句表态发言，于是我端起酒杯，环顾左右、鹦鹉学舌，原原本本地说了蔡前辈这段话，说完以后我说："我终于得以解脱，可以为自己活一活了，我将把自己平民化，将用平民化的视角来写作，来思考问题。"

我还说："中国两千年的封建文化传统是学好文武艺，货于帝王家，我们没有独立文化人这个概念，那么就从现在开始，从我开始吧！"

大画家雷诺阿功成名就以后，说过这么几句饱含人生况味的话，他说："当我终于买得起上等的牛排的时候，我口中的牙齿已经所剩无几了。"作为法国印象派大师之一的雷诺阿，我过去一直不太喜欢他的画，觉得浅显、虚浮，有些媚俗，尤其是描写枫丹白露森林中贵妇人席地野餐的那些画。我觉得他的画较之莫奈的从

容，较之德加的睿智和充满规则，较之凡·高的疯癫、炽烈和反规则，雷诺阿的艺术造化和他们应该不在一个层面上。但是在读到雷诺阿的这段话，我的看法变了，我理解了他，华丽也是一种美，这句话我觉得我可以走进这位艺术家的内心。

雷诺阿在这里说他的牙齿，这叫我想起我的牙齿，大约廿年前，我口中的牙齿就已经所剩无几了，真牙已经摇晃一阵，脱落了，于是我只得再去医院重做，接待我的仍是两年前的那个张教授，世界著名牙科专家，在那一刻我认出了他，他也认出了我，他说那一口牙你戴了二十年。我说是的。我戴了廿年，我还说："劳驾你再为我做一口牙吧！这大约是最后一次做了，因为再有个二十年，我恐怕也就该交代了。"

我说的是实话，张教授听了不知如何作答才好，于是在后来的整个制作过程中，大家都默默无话。

大仲马是《基度山伯爵》一书的作者，法国大文豪，他要死了，躺在病床上，只见他从上衣口袋里摸出三个铜板来，敲敲说："巴黎这座城市真不错，当我从乡下来的时候，身上装了五个铜板，你看花了大半辈子了，还没有花完。"

于我老高来说，也常常有这种大仲马式的感慨。在举办这个名曰"六十初度"的画展的时候，我对人说："西安这座故乡的城市，待我真是不薄，给我饭吃、给我衣穿，还容忍坏脾气的我，提着一支秃笔，四处涂鸦。"

丁酉岁秋月公元 2017 年 9 月 20 日于西安

我从陇原走过

——致《二十四艺》

农业中国已经与我们渐行渐远。在这个瞬息万变的世界上,数千年来,那些赢得人们尊敬的,曾经给我们庸常的生活带来帮助的各种农村手艺人,他们变得越来越像活化石一样存在于给我们怀念、被我们尊崇、让我们作为记忆保存的尴尬境地。所以,这本书的作者,他的前半生就是在这样的农村社会中长大,在这样的手艺人中长大,他用他的笔记录下这些可尊敬的手艺人,记录下他们的手艺、他们的技能,他们的故事、他们的悲欢离合,把这些作为农业中国社会的最后记忆,留给我们,然后向渐行渐远的中国农业社会注目以礼。

陇东、陇中、陇西这实际上指的是关中平原以西、河西走廊以东那一块,群山环抱,山寒水瘦的那么一块辽阔土地。陇东高原十万大山啊!我曾经许多次坐火车、汽车在这块土地上穿越过,其中有几次给我的印象特别深刻。一次是1972年的冬天,12月18号,马上要过元旦了,列车从陇东高原穿过,当行进到定西地面的时候,看到许多饥饿的农民聚集在铁路两边,几乎每一个岔道口上都有,人群簇拥向我们招手。当时我涉世未深,以为他们是在向我们欢呼，欢送我们向北行。后来接兵的老兵告诉我们，他们是希望我们把食品丢下些给他们。我当时无比震撼，我在一篇文章中写到，我就是这一刻从一个浪漫主义者一下子变成了一个现实主义者，从一个乐观主义者变成一个悲观主义者的。还有一次，1998年的10月，我随中央电视台的"中国大西北"摄制组，在陕甘宁青新拍摄，还有北京作家毕淑敏，新疆军旅作家周涛，我们三个做总撰稿。我们先到新疆罗布泊待了十三天以后开车回西安，路过定西高原的时候，那年特别的干旱，用《兰州晚报》总编的说法：整个陇东高原赤地千里，江河断流，老百姓饮水、牲畜的饮水都成了问题。政府用洒水车从黄河里拉水，当洒水车从高原上下来时，乌鸦遮天蔽日地在洒水车上空像云彩一样的飘着，乌鸦们抢水车罐口溅出来的水花。那一年是百年不遇的大旱，超过"民国"十八年。当我们的车走到定西一个断流的裸露的河床时，河叫什么河记不起来了，看到远处的一个山顶上，一个扎满红布条子的小庙正在唱戏，唱的是秦腔，这是在祈雨。那苍凉的秦腔，对生活充满了一种希望和绝望的。那样的秦腔戏，当时我们都被震撼了，我听过无数次的秦腔，我就是在秦腔的氛围中长大的，但是，我对很多秦腔名家说，我听到的最好的秦腔就是我在定西那里听到的秦腔。

这位年轻的作者的书出版了，书名叫《二十四艺》，我向作者祝贺。在这样的，艰苦的，困顿的大自然条件下，这一方人类的族群仍然那样千百年来薪火相传，生命的链条代代延续这样地活着，我向他们表示敬意。他们在伟大的生存斗争中，表现的那种勇敢的精神，那种坚韧的精神，那种渴望自己拔地而起，在这个时代有所表现的精神，叫我很感动。我向这本书的出版表示祝贺。

当我们开着车从陇东高原经过的时候，在路旁常常会遇到粗壮、斑驳的沧桑的一些老柳树，人们把这种老柳树叫"左公柳"。当年湖南人左宗棠率领他的三千湘军子弟兵，从陕西凤翔县的东湖往新疆走，平定新疆的准噶尔部叛乱。从东湖走的时候，叫每个士兵扛一捆柳条，一边栽树一边望乡。他做了一口棺材抬着，誓与叛乱的民族敌人阿古柏决一死战，誓与侵占我国领土的沙俄决一死战。左宗棠先后在东疆、南疆平叛，尔后兵发伊犁，与沙俄签订伊犁条约，遏制了沙俄向中亚的进一步扩张。当我们在陇东高原看到左公柳的时候，我们有义务记住这个为我们国家做出过卓越贡献的湖南人。

唉，我和我的那一列火车上的三百多名关中子弟兵，就是在这左公签订的这1883条约线驻守的呀！我在一根界桩前抱着半自动步枪待了五年。那是我的苍凉青春呀！

我们的当代文学，正在面临空前的危机。癫狂柳絮随风舞，轻薄桃花逐水流。文学正越来越被边缘化，为读者所轻蔑，为社会所不齿。向大地汲取力量吧，向生活本身求救吧！也许呀，目前正在兴起的历史钩沉写作，乡村发现写作，会是带领我们走出困境的一条路径。

2017年10月9日改定

一卷在握读懂中国,一树婆娑度你度我

——《我的菩提树》创作缘起

二千五百多年以前,佛教起源于古印度。尔后,一路走陆路,翻越葱岭,进入塔里木盆地。两位身披黄金袈裟,骑着白马的西域高僧,顺着业已被张骞踩出的丝绸之路,有一天走到洛阳城。东汉的第二位皇帝,将高僧安置在外官招待所性质的鸿胪寺里。一般认为,这是佛教进入中原地面的最初记录。鸿胪寺这个名字不通俗,老百姓见寺院门口拴着白马,于是将它叫成"白马寺"。自此以后,中国人供奉香火的比丘和比丘尼居住的地方,就叫成了寺院。

佛教自海路而来,大约也得力于海上丝绸之路的开通。有确凿记载的是广游五印,西行求法第一人法显,陆去海还,历经十四年。回程时,在加尔各答港口登船,又在今天斯里兰卡滞留两年,尔后,搭载一个五百商贾的商船,用八个月的时间,抵达青岛。法显的晚年,在南国地面四百八十寺弘法,一个寺院一个寺院的挂单。

有意思的是,法显在斯里兰卡,见到一棵树枝斑驳、树型高大的菩提树。传说,这是印度国阿育王的妹妹,当年走海路弘法，乘坐一艘载有一棵菩提树苗的小船，来到这被称为"狮子国"的地方，栽种下的圣树。

"菩提本无树"，或者换言之说，世界上原来是没有"菩提树"这个树名的。那树原名叫"贝罗树"，它的叶子被用来抄佛经，那经就叫"贝叶经"。释迦牟尼尊者在贝罗树下成佛，身后发出万道菩提光，从此贝罗树就被叫作"菩提树"。

印度国在我们的秦始皇的时代，也出了一个伟大的王，他叫阿育王，阿育王建立的王朝叫"孔雀王朝"。王统一了五印大地八十六个邦国，建立了王朝。眼见得大地上血流成河，王望着自己的沾满鲜血的双手，痛苦万分，于是决心放下屠刀，立地成佛。阿育王在释祖当年所经之处，都建立佛塔、石柱，修筑精舍（寺院），并破八塔为八万四千塔，在世界各地起塔，以供奉佛祖真身舍利。

我是一个文化人，一个当代小说家，我都写了三十多本书了。我的长篇小说《最后一个匈奴》，引发中国文坛的"陕军东征"现象。我的长篇《大平原》获得最高国家奖——中宣部"五个一工程"奖，且名列长篇小说榜首。我的另一部长篇《统万城》，则获得另一类国家奖——新闻出版广电总局优秀图书奖，亦名列长篇榜首；该书英文版则获得加拿大大雅风文学奖。

中国的传统文化人，学问做到高深处，年岁熬到老迈时，往往会自觉不自觉地，走近佛陀，走进庙堂，寻找最高智慧，寻找心灵慰藉。这样的例子有很多，而我也没有能够例外。

2013年，是一代高僧鸠摩罗什大行一千六百周年。陕西的草堂寺约我写一部大传，与此同时，一位民营企业家将终南山沣峪口山上的六千亩地征购，筹建恢复唐翠微寺遗址事宜。这里曾是唐朝的皇家寺院，李渊、李世民都是在这家寺院驾崩的。而玄奘西天取经归来，亦是在这家寺院开始他的译经生涯。玄奘译出的第一部经典叫《心经》。

在翠微寺遗址的一棵大树下，大家公推我做这筹建中的翠微寺的主持（当然只个名义而已）。我说，那我得有个法号才对。大家说，就叫答应和尚吧，取"有问必答，有求必应"之意。盛情难却，于是我以一首偈作答，算是应允。"我本西来一沙弥，流落民间年许多。剃去三千烦恼丝，不辞长作岭上客。"

《我的菩提树》是我新近完成的一部重要作品。"一卷在握，读懂中国；一树婆娑，度你度我。"是我为这部书选的副标题。这是对我们有着五千年历史的东方文明板块的一次庄严巡礼，崇高致敬！我们是谁？我们从哪里来？又向哪里去？我们为什么长成现在这个样子，而不是别的样子？在我们之前，这个世界都发生过哪些重要的事情、产生过哪些重要的人物、产生过哪些古老的智慧等。是支撑这本书的主要内容。

它写了支撑中华文明大厦的三根支柱——儒释道的产生及其流变。而其中以主要篇幅写了大教东流、落地生根、佛教进入中国的全过程。重点地写了法显、鸠摩罗什、玄奘的事迹。鲁迅先生称他们为"中华民族的脊梁"，西方哲学家则认为：鸠摩罗什是东方文明的底盘。

《我的菩提树》一书的写作，是从我六十岁生日那天动笔的，到六十三岁生日时完成，也就是说用了整整三年的时间。这本书写作的原因，除了笔者已经有了许多的知识准备，胸中的激情等待夺路而出时，还得于一个直接的起因。

玄奘六十岁生日那天，感到自己时日不多了，而重要的一件事情，翻译他西天取经，从那烂陀寺带回来一部经典《大般若经》，还没有译出。于是前往洛阳，面见唐高宗李治，希望皇家能为他找个僻静的去处，心无旁骛，将这部佛家第一经典译完。这样，高僧来到玉华宫肃成院，开始译经。六十四生日时，经书译完。尔后，高僧双手合十，盘腿危坐，说了句"我早就厌恶我这有毒的身子了。我在这个世界上该做的事情已经做完了。该是告别的时辰了！"说完气绝而尽。

在这些高僧面前，我意识到自己的卑微，意识到了当代人的卑微。是的，六十岁生日一过，我的来日也许就不很多了，我得拣重要的事情来做，我得写一本充满智慧的书，将它像遗嘱一样留给身后的世界。

《我的菩提树》交由北京十月文艺出版社出版后，风靡一时，一印再印，被出版家称为《圣经》体、《史记》体文化读物。

而最叫我感动和最叫我振奋的是，广州的一批民营企业家，对《我的菩提树》一书给予了高度的重视和尊重。他们拿走了该书的港台繁体竖排版授权，从而计划印刷一百万册，以派发的形式免费送读者。这是一。第二，则是在世界范围内栽种一百万棵菩提树。而今天，我们在广东四会六祖慧能禅寺栽种的菩提树，当是这一百万棵菩提树的第一棵，即0000001号。还有第三个大动作，那就是拍摄一百零八集佛教文化专题片《我的菩提树》，该拍摄如今正在进行中。

六祖慧能，令人高山仰止的佛教人物啊！他是南宗的开山祖师，第一尊者。能将这第一号菩堤树栽在这禅宗的祖庭，慧能祖师修持和讲学的一方净土，是一种光荣。

六祖慧能有一个弟子，叫怀让，是陕西安康人。六祖讲经，问众弟子："何以得见我佛？"众弟子皆不能答。唯独弟子怀让答曰："见莲花开如见我佛。"六祖大喜悦，遂传衣钵给怀让。这是六祖和陕西人的一段故事。大家知道，"花开见佛"后来成为佛家著名的一句偈语。

那么，我们在六祖慧能禅寺栽种的菩提树第一号，则是那个美好佳话的又一次延续。当然，较之古人，我们只是一群卑微的小人物。但是，拳拳的向善之心，向佛之心，应该说是相通的。

佛教从大的层面来讲，它不仅仅是一种宗教，更是一种文化，是文化达到高深处、极致性的东西。是前人总结的一种大智慧，是人类共有的文化财富。

三千小千世界，构成一个中千世界；三千中千世界，构成一个大千世界；三千大千世界，为一佛之化土也。——这是佛教经典概念之一，玄奘西天取经取回来的真经之一。北大已故教授季羡林先生则将它译成今文。

今天的人们，将这段佛教原始经典放入电脑，求答案。电脑给出的答案，令人震惊。答案说："三千小千世界，指我们生活的地球；三千中千世界，指的是银河系；三千大千世界，则指的是浩瀚无边的茫茫宇宙。"你看，早在两千五百多年前，佛教文化就这样认识和解释世界了。

儒释道三教合流，像三根支柱一样，支撑起中华文明大厦数千年不倒。在未来的世纪里，它们还将继续源源不断地为我们提供智力支持，佑护我们这个古老的东方民族生生不息，香火永续。

或问高僧："从何处来？"高僧答曰："从来处来！"或问高僧："到何处去？"高僧答曰："到去处去！"来处是娘的肚子，去处是化作尘埃！

丘山适履皆须弥，草树清凉即菩提。晨方问偈无常态，诗来我正拈花时。

2018年元月18日于西安

《大刈镰》序言

我骑着我的黑走马，逡巡北方。我的马蹄铁在沙砾中溅起阵阵火星。我黝黑、消瘦的脸颊上挂满忧郁之色，眉宇间紧锁着一团永恒不变的愁苦。在中国最北方的那根界桩前，我勒马向苍茫的远方望去。远方是欧罗巴大陆，回眸脚下和身后，是栗色的中亚细亚。我在那一刻感到一切都是瞬间，一切都正在过去，包括我刚才那一望，亦已经成为历史凝固。是的，要不了多久，我们都将消失，这场宴席将接待下一批饕食者。

"你知不知道有一种感觉叫荒凉？"这是一首流行歌曲里的词。是的，我当时就这种感觉。我热泪涟涟，那来自地老天荒的远方的歌声响彻我的心头。"荒凉"不仅仅是因为身处一块荒凉地域，而是由于在我的一瞥中，我看到了人类的心路历程，如此的迢遥，如此的荒凉。我因此而战栗以至痉挛。

哦，愁容骑士，以托尔斯泰式的坚持，查拉图斯特拉式的无畏向北方的深处走去吧。苍鹰在高不可及的天空飞翔和鸣啾，大地上掠过它翅膀的黑色剪影。铃铛草在轻风中摇起满地的当当，像一首大地的磅礴音乐。远方是什么？地平线之外还有什么风景？那世界的尽头在哪里？你不知道，我不知道，咱们谁也不知道！但是，勇敢地向深处走去吧，一边走着，一边歌吟，一边俯首采撷你思想的花朵。

你的前方是不可知。你的身后是灯红酒绿的熟悉的城市生活。但是你没有退路，或者说你不屑于回头，或者说你额颅上那命运戳记，命定你将终生流浪与漂泊，命定你是一个独行僧，是的，你是一个在马背上颠簸了太久的骑手，你已经习惯了这种颠簸，无论命运之手将你抛向哪里，你永远在等待坐骑的那一声嘶鸣！命定你在这风一样的行走中才能获得片刻的安详。

今天，我们中有一个男人，要出发去征服世界了，骑着他的瘦马，带着他的长枪。请城市搭起彩门为他送行，请贪睡的少女穿起节日的盛装为他送行，请铁匠们用铁锤敲打着钢铁为他送行。

并且请这城市，为了他出发的缘故，来一点片刻的安静，然后再去进行你们的灯红酒绿。这个旋风般多变的世界，我们总该给它留下一点固定的东西才对。许多许多年之后，当这个世界像我的记忆中的过去而被人们称为"历史"的时候，那时我们的愁容骑士将继续受难。寿终正寝的我们在墓穴里打着呼噜，那时的他，正作为雕像站在白雪飘飘的广场中间，为人类值更。

一个疯子在临死的时候，请人把他抬到户外去。那是一个万籁俱寂的高贵的夜晚，天空高悬着一轮苍白的残月。弥留中的他，从病床上坐起来，用手扒着自己的头发，抓挠着自己的胸腔，用种奇异的、仿佛从地狱的深处发出的，抑或人类那遥远的童年发出的声音，一字一板地吟诵道："我的心头长满了荒草，谁来收割？"

他大约喊了二遍。但是没有得到回应。因为他和我们相隔，我们没有一个能走进他的黑暗深处。这个相隔，一个人和一个人的世界相隔，也许像地球和月球一样遥远。

见没有人回应，疯子深深地失望了。继而，他将下颌抬起，举头向天空望去。月亮，弯弯的月亮，照过故人，照过今人，并且仍将一如既往地照耀未来的月亮，像一把冰冷的镰刀一样悬挂在空中。

这个可怜的人望着月亮，一瞬间泪流满面。他笑了。他再抬了抬腿，想从病床上站起来，但是没有办到。于是乎，他打消了站起来的念头。他只是张开了双臂。

他张开的双臂像一个大括弧一样。另外一个括弧该是月亮。那张开双臂的姿势有点夸张和做作，像诗人的"举杯邀明月"（比如李太白），又像演员的最后的谢幕（比如卓别林）。在张开双臂的同时，他叫道："啊，弯弯的月亮，你像一把镰刀！"叫罢，他轰然倒下，永缄其口。

向北方走去吧，用我的黑走马作你的脚力。在行走的路途上让我们像一个真正的镰刀手一样，边走边挥动着大刈镰收割路边的荒草。

昨天晚上，我夜观天象，看见北斗七星，正高悬在我们头上，今天早晨，我凭栏仰望，看见吉祥云彩，正偏集西北方向。去北方吧，朋友，现在正是上路的季节。

碑载文化的别一种表达
——姚志远《汉画像石拓片精品集》序

我们的古人很了不起。他们先学会了说话。鲁迅先生说，中国人的说话，大约是从"杭育杭育"的劳动号子开始的。会说话了，人们就不满足于过去的那种"结绳记事"了，而是要用文字表达。最初的文字是甲骨文，象形文字，有点像小孩子的玩耍，画个太阳，画个月亮，画个半跪的人，画个招展的旗，等等。这样便一代一代地终于打造成了文字。幸亏有了那些用于占卜，用于记事的甲骨文的被发现，中国人的那个童年时期，中国方块汉字的那个童年期。才被我们的人认识和发现。

肇始于西汉，隆兴于东汉的画像石艺术，当是文字在它的行走和进步，进步和规范化中，另一路表现形式。文取石为纸，以刀作笔，突破商周青铜器上以几何图案为主的表现形式，而是杂取眼前司空见惯的各种人、兽、物，将它们天才地变形。刀斫斧劈，以大写形、大变形、大夸张的写法，将他们落实到石头上和石板上，在当时世俗的用途是服务于墓葬，服务于祭祀，在今日，则是成为弥足珍贵的文化记忆，艺术记忆，民族记忆。这个记忆成为碑载文化的重要组成部分。

举一个小例子来说，当轩辕黄帝陵、黄帝庙需要有一个塑像时，人们翻阅典籍，从汉画像石砖的三皇五帝图中找到了轩辕黄帝的造型。就是它了，专家们欣喜过罢，便以这张图为图样，开始雕刻。如今，海内外华夏子孙，每年清明节公祭，九九重阳节民祭，礼乐响起，香烟缭绕。那顶礼膜拜地，正是这从三皇五帝图中，描下的轩辕躬耕像呀！

这张图在本书的第7页。而类似这种弥可珍贵的汉画像石砖图样，在这本书中比比皆是。例如那幅著名的孔子向礼于老子的那张图样，在这本书中好像出现了三四次。

道教的鼻祖老子，与儒教的鼻祖孔子，他们生前曾有过一次伟大的见面。那地点在东周王朝的都城洛阳城。"年轻人，有一件重要的事情，我得委托你来做。我搜集了三千多首中华民族初时期的民歌，你把它装在你的牛车上，拉回曲阜老家去，将它编撰成一部《诗经》，给我们民族留下一份历史记忆，文化不动产！另外，这是《周易》，夏王朝的《连山易》，商王朝的《归藏易》，都已消失在丰镐二京迁都洛邑的路途中了，但是《周易》还在，你把它拿回去，编一本《易经》吧。另外，再编一本《书经》，再编一本《礼经》，再编一本《乐经》，再编一本《女儿经》。"

这就是当时老子对孔子说的话。说完，他就辞了东周王朝典藏吏这个职务，骑着青牛西出函谷关了。而孔子则在他六十三岁以后，回来曲阜，回到曲阜老家，领着他的学生完成了这老子的嘱托。试想，如果没有《六经》，中华民族上一个两千五百年的历史，会模糊和混沌上许多。那《六经》是中华文化的根基所在呀！

这本书中还有一个汉画石砖图案，是太阳神驾驭着四马高车，在天空走的场景。那四马高车叫"天辇"，帝王专用名词。这幅画那奇特瑰丽的想象，那流畅夸张的线条，甚至整幅作品所表现出的那种几分邪恶几分诡异的情绪，曾引起我深深地诧异。我想起为王尔德作品《莎美乐》、波特莱尔作品《恶之华》所做插图的比亚兹莱。他被誉为20世纪西方美术的先驱者。大约是鬼使神差吧，我把这幅书中的《太阳神驾驭着帝王之辇》一幅用笔墨描下来，用作了我新近出版的一部长篇《大刈镰》的插图，那效果，棒极了。

这本书中还有许多有意思的造型，如果深究起来，每幅都可以写一段长长的文字。那些龙图腾，凤图腾，老虎图腾，麒麟图腾，它们也许是尚待破译的文化密码。篇幅的原因，容我就不在这里聒噪了。

这本书的编撰者姚志广先生，是临潼人，我的乡党。西安城中，无论哪个艺术门类的大家，他都可以踏破门进去。以前我只知道他喜欢收集些字画，收集些古董。例如我家里那两头狮子，就是他送的。他将石狮子放下，说："让狮子的大口对着门外，咬别人，千万不要对着门内，咬咱自己人。"这话说得我大笑。

他敬畏文化。严格地来讲，他其实是一个粗人，但是，他对文化的那种敬畏，痴迷，执着，非常人所能做到。我常想，咱临潼人咋就这么有文化呢？后来我明白了，秦始皇焚书坑儒的地方，就在骊山背后那个坑儒谷里。三万儒生，两千多年阴魂不散，说不定有一条冤魂，就附在这老姚身上了呀！

2018年8月1日于西安

道直一身立庙朝

——致《大清首辅王杰》

自唐以降,科举制度实行的这一千三百多年间,域内一共出了多少个状元呢? 史籍告诉我们,一共产生状元是六百三十八个。 那么咱们陕西,出过几个呢? 不算多也不算少,一说是九个,一说是七个。 唐朝是四个,五代时期是一个,北宋一个,明朝是两个,清朝是一个。

说它不算多,是说较之南方的幽灵水秀,才俊辈出,陕西是显得有些少了。 说它不算少,是说随着中国的政治经济文化中心东移之后,被拔干地气的中国北方一个省份,仍然有俊杰之士出现,是地方的荣耀,是天老爷的垂怜。

这部名曰《大清首辅王杰》的传记体长篇小说,就是说的清朝年间,陕西这块地面,为国家奉献出的这位有经国略世之才的我们的乡党,状元郎王杰的故事。 地有灵气,托花而达。 这位陕西乡党,平民百姓家走出来的时代人物,其行端,其履历轨迹,其政治影响,深深地嵌入中国的这一段历史中,可以说,要说乾隆、嘉庆这一段历史,王杰是一个绕不开的人物。

这部人物传记体小说,纵笔写来,一章一回,循序推进,为我们再现了这位乡党的传奇一生。他的出世，他的中魁，他的一步一险的官宦生涯，他与朝中同僚，大奸大恶和珅的斗智斗勇，他先奉乾隆，再奉嘉庆，居一人之下万人之上，运筹帷幄，鞠躬尽瘁，忠心报誉皇家，达则兼济天下的品质和美德。

伴君如伴虎，古往今来，这样权倾一时的重臣，能全身而退，能全尸还家的没有几人，独王杰先生做到了这一点，全身而退，告老还乡。这其间有他的政治智慧，更与陕西人的厚待、谦让、光明磊落、知进知退、知生知死的大境界、大格局、大智慧有关啊。老百姓说，吉人自有天相。

王杰这个人物已经成为一个乡间传奇，当然也是清史中的一个传奇。乡间有点是关于他的口碑、他的传说，而这些梳理出来，便成了这样的一本书。中国的长篇小说艺术，最初大约就是从传奇开始的，所谓的"非奇不传，非奇不奇"。西方人，英国小说家毛姆也说："传奇是英雄人物通往不朽境界的最可靠的护照"。

这本书的作者是一位老先生，也是王姓。他大约从事了大半辈子的教育工作，为人师表，教书育人。老了，有了闲暇，于是开始著书立说。想来，他大约对历史，对历史人物，有一种与生俱来，挥之不去的心结（大部分的陕西人都有这种深厚的历史感），只有将这个情怀诉之于笔端，落实到纸上，心中才会有一块石头落地。

而在《大清首辅王杰》之前，这位写作者还出版过一部历史小说《大清阁老党荣雅》。那本书我也拜读了，与这本书风格很近似，写的是西府地面出的另一位大清重臣党荣雅的故事。

这位王杰的桑梓之地则是在东府，韩城地面。关于韩城，我这里再多说两句。

因为出过个司马迁，韩城成为文化人的一块顶礼膜拜之地。我每一次去韩城，口里念叨着"一上司马坡，秀才比马多"这句乡言俚语，过芝川，进老城，心中都有诚惶诚恐，高山仰止这样的感觉。司马迁的《史记》之于中国文化，它的重要意义大约在于两点：第一，它的史学价值，试想，如果没有《史记》，中华民族上一个两千五百年的历史便会是混沌一片，羚羊挂角无踪可寻；第二，它的文学价值，中国的叙事体文学，因了《史记》中的对事件的高度概括，对人物精确的白描，为后世的各种文学题材（包括小说艺术）开辟了道路，奠定了高度。

韩城还是黄河从高原向平原过渡的一个重要节点，而黄河滔滔而东，不舍昼夜。

《大清首辅王杰》这本书出版了，谨献上我的祝贺。王杰如果地下有知，他会感谢在这个世界上还有记得他这个老朽的人。而作为苟活着的我们，我想这本书的阅读，会叫我们每每想起"见贤思齐"这个古训。

是为序。

2018 年 8 月 2 日于西安

哦，延安！

——致延安旅游指南书《我要去延安》

亿万年前侏罗纪时代的一场大风，形成这如今的西北黄土高原。而最具地形、地貌特征的是陕北高原。黄河从它的东侧流过，形成深深的晋陕峡谷，形成这黄河第一大瀑布壶口瀑布，陕甘分水岭子午岭则横亘在高原西北，子午岭伸出一支余脉叫桥山，山上葬埋着中华民族始祖轩辕氏，号称天下第一陵。子午岭绵延千余里的陡峭山脊，则托起一条古代高速公路，这条两千多年前的道路，司马迁叫它秦直道。

延安这座古老而声名显赫的城市，位于陕北高原腹心地带。这是一座处于农耕文明与游牧文明交汇线上的城市。向北进入毛乌素沙漠，进入内蒙古高原，地理学上将这里叫鄂尔多斯台地；向南，出金锁关，进入八百里秦川，进入千古帝王之都古长安。

中华文明的形成，让农耕文明为基础，游牧文明辅之。中原地面，是皇城；皇城以外，是广大的农耕文明地面。其边缘地带，是长城，是广大的游牧文化、草原文化地区。环绕着这条交汇线画一个圆，满布一个个地理坐标般的城市。我在北京建城八百年时讲，以北京为出发点，下来是大同、太原、榆林、延安、天水、平凉、固原、银川、内蒙古高原、白山黑水、张家口，这一个个地理坐标，正是中华文明的农耕与游牧交汇线。

　　这样的大文化背景，决定了延安的大文化现象充满了独特性。　我在《最后一个匈奴》中说，历史把民族再造的重任，放在这块高原上，绝非偶然，一定有其中的大神秘存在。

　　这里是腰鼓之乡，这里是陕北民歌之乡，这里以电影《黄土地》拉开新时期电影的序幕，这里以浓烈的西北风为音乐注入时代元素，引领一时风尚。　这里还是小说家、画家、摄影艺术家等大展才华的地方。

　　20世纪30年代中叶，毛泽东率领中央红军来到延安，十三年的光辉岁月，令这里成为中国革命圣地，其功绩当彪炳史册。

　　我在《最后一个匈奴》中说：那横亘于天宇之下，那喧嚣于进程之中，那以"拦羊嗓子回牛声"喊出惊天动地歌声的，是我的亲爱的高原故乡吗？　哦，延安，我们怀着儿子之于母亲一样的深情，向自遥远而来又向遥远而去的你注目以礼。　你像一架太阳神驾驭的车辇一样，自遥远而来，又向遥远而去。　芸芸众生在你的庞大的臃肿的身躯上蠕动着，希望着和失望着，失望着和希望着！

　　哦，延安！

东方与西方是一个汽车轮子的距离

——2018 年 10 月 10 日演讲于法兰克福

我们从东方来,从山的那边来,踩着早晨的第一滴露水来,循着一条古老的名曰"丝绸之路"的道路而来。

我们是用脚步丈量,用车轮丈量,一寸一寸地行走,从古长安城来到莱茵河畔的世界金融之都、德国的金融中心——法兰克福。

掐指算来,此行已经走了四十五天的时间,行走了一万五千公里的路程,是一寸一寸地从大地上碾过呀!仅就河流而论,我们穿越了黄河、伊犁河、塔里木河、锡尔河(张骞时代叫药杀水)、阿姆河(张骞时代叫乌浒河)、赖河、伏尔加河、第聂伯河、多瑙河、莱茵河等。

就我个人的感觉而言,恍惚中,觉得东方和西方是如此之近,是一个汽车轮子的距离!

东方走近西方,或者西方走近东方,是这样一寸一寸地完成它的文化过渡。乍一看有很多的差异,包括肤色、着装、语言,以及山川地貌、文化形态。如是这般的一次行走,或者叫丝绸之路考察,你会发觉大家互为邻里,世界是一个整体。

我们走的是一条古老的道路，这条道路叫丝绸之路。它是迄今为止人类历史上最为重要的一条欧亚非大通道，它是商贸大道、物流大道、文化沟通与交流大道。

公元纪年前一百三十八年，一个叫张骞的中国人，受中国皇帝的委派，开辟出这条通往外部世界的道路，中国人把张骞的壮举叫"凿空西域"，将他叫"凿空西域第一人"。汉武帝封他为"博望侯"，意思是张骞的壮举令中国人的视野变得辽远、变得广阔。

自此，中华文化板块逐步融入了世界。或者换言之，在此之前各个孤立的世界各文明板块，由于这条道路的开通，封闭被打破，相互融入，世界因此成为一个整体。

我们已经无从知道，两千多年前，我们那光荣的祖先，当他翻越雪山、穿越荒漠，撵着每日每日西沉的落日行进的时候，他口里是不是怀着渴望，唠叨着："世界尽头在哪里？山那边是什么样的风景？让我去看看！"这句话。

反正，当上汽大通的汽车轮子风驰电掣地从欧亚大平原一掠而过，我的渴望的心，这样呼唤！

在法兰克福，在这德国的土地上，我突然想起，"丝绸之路"这个称谓，竟然是一百多年前一个德国人为它命名的。这个德国学者叫李希霍芬。

1860年，普鲁士国王派了一个庞大的外交使团，前往中国，商谈建交与通商事宜。使团中有一位二十七岁的年轻学者。使团从广州登岸，前往北京，受到了李鸿章的接见。这位年轻的学者，为清廷大臣李鸿章的风度所吸引，将自己的姓氏也叫作"李"，名字则叫李希霍芬，全名则叫费迪南·冯·李希霍芬。

李希霍芬大约在中国待了一些年头（当然也去过周边国家），1873年才回到德国。使团在大西北考察的时候，李站在祁连山的一个山头，见河西走廊地面，这古老的道路上，驼队马帮川流不息，前不见头，后不见尾，细细一打听，驼的是丝绸。李希霍芬突然明白了，盛行于欧洲中世纪的神奇之物中国丝绸，就是从这条道路上驮运过去的呀！他于是脱口说出"丝绸之路"四字。

　　李希霍芬回到德国后，担任柏林地理学会会长，柏林大学校长。他用毕生的时间写了一本书，这本书就叫《中国》。在书中他正式提出丝绸之路这个概念，且细致地用地图做了注解。

　　中国人则为了纪念李希霍芬为丝绸之路这个地理概念的命名，将祁连山李希霍芬站立的这个地方，德语命名为李希霍芬山脉。

　　这就是一个德国学者与丝绸之路的故事。丝绸之路不独是中国的，也是世界的，是人类共同的财富。当我们站在莱茵河畔，讲述丝绸之路与德国文化这一段渊源时，倍感亲切。

　　允许我在这里，向你们伟大的国家致敬，祝福国家昌盛，人民幸福。向德国文化的伟大传统致敬，向文化巨人歌德致敬，向尼采致敬，向伟大的思想家马克思致敬（我们刚刚从他的家门口——特里尔小城经过）。

　　我们的车轮还将向前滚动，下面还有三分之一的路程。条条大道通罗马，我们将沿着丝绸之路古道，向它走去。

　　其实严格地讲来，道路有许多条，它不是固定的，行走间只取一个大致的方向。戈壁荒原上，人走过去了，这就是道路。中国的伟大僧人玄奘说："哪有道路呀，倒毙在路途上的先行者的累累白骨就是标识。"

我们还将去巴黎，这世界艺术之都，向长人如林的法国古典经典作家们致敬。2014年秋，在西安大唐西市，我曾与诺贝尔奖2008年得主让·克莱齐奥举行过丝绸之路东西两端高端对话。希望这次能见到他。另外，我还想到塞纳河畔，到枫丹白露森林这些印象派画家所描绘的风景中走一走。

最后一站是伦敦。

当初办签证的时候，英国大使馆的签证官问我，为什么要去英国，我说，英国大诗人拜伦的墓地，最近刚从希腊迁回伦敦的名人公墓，我想去为他献上一束花。当年这位有名的浪子，驾一辆奢华马车，在欧罗巴大陆游荡，写作他不朽的史诗《唐璜》。最后，他来到希腊半岛，用他的稿费组织了一支希腊独立军团，自任总司令。后来，害热病死在希腊半岛。

车轮在滚动着。当写下上面的文字的时候，我想说世界很大，世界很小；远方很远，远方很近！

10月10日于莱茵河畔

万水千山走过，归来仍然少年

一

敌方的坦克、装甲车黑压压地，在界河对面集结。轰隆隆的大地在震颤。界河这边中方的一个碉堡里，我肩扛着六九四〇火箭筒，弹头装上，爬在碉堡的一个射击孔前。我是六九四〇火箭筒射手。按照使用手册的说法，一个射手，发射到第十八颗火箭弹的时候，心脏就会因为这十八次剧烈震动而破裂。但是我还是毫不犹豫地为自己准备了十八颗。我把火箭弹从条状的弹药箱取出，擦去上面的黄油，一字儿摆开。在那刻我对自己说，我是一名士兵，我的身后就是祖国，我不能后退半步，我守卫的是左宗棠签署的1883条约线。

所幸的是这场边境武装冲突没有继续下去。由于两国克制和理智，由于中方以人道主义的理由交还苏方的三名机组人员及越境的武装直升机（米格-42）。这场冲突以和谈形式解决。这事过去许多年了，每次提起，我都会叹息一声说，幸亏冲突没有继续，要不，当代文坛也许会少了一位不算太蹩脚的小说家的。而我的业已面目沧桑的战友们，每逢聚会时都会边喝酒边说，如果那场冲突继续，我们现在都会在一个革命烈士陵园里。

那场边界冲突是1974年3月14日的事情。

二

1975年冬天是多雪的冬天，一位老兵乘着吉普车，来中苏、中蒙边界视察。他来到白房子，本来准备只住一夜，第二天离开。谁知夜来下了一场大雪，积雪浅的地方有二尺厚，深的地方多达两米。大雪封路，这样，这位那主任在边防站住了十五天。

一天夜里，我是第一班哨，从晚上11点到12点半。下哨回到营房后，我先在火炉前，把自己冻得失去知觉的两条腿烤了烤，用手把膝盖摩挲了半天，然后趴在桌子上，先在《瞭望登记本》上我写完我上哨时的边界情况，写完后便在一个巴掌大的小本上写诗。我背的半自动步枪，现在在火墙上放着，暖，等枪管枪栓上的冰消了，水从铁中渗完以后，再用干布子擦一遍，再用擦枪油最后上上一遍。

这时营房的门推开了，老兵带着他的干事走了进来。这是一项传统，叫查铺、查哨。老兵问我在写什么，我很害羞，用手掌捂住小本儿。我说我写得很潦草，等明天誊清了给他看。老兵执意要看，他推开了我的手，拿起小本，他说他是政工干部出身，老延安，什么潦草的字都能认得。老兵拿起小本，翻了翻，轻声地念起我正在写的那首诗——

"巡逻队夜驻小小的山岗，

晚霞给他们披上一身橘黄。

远方的妈妈，如果你想念儿子，

请踮起脚尖向这里眺望——

那一朵最美最亮的云霞，
是巡逻兵刚刚燃起的火光！
巡逻队行进在黎明的草原，
草原像一个偌大的花篮……"

老兵在念的途中，面色越来越严峻，呼吸越来越急促，眼眶似乎也有一些湿润，他说，他想不到这么遥远的地方，险恶的要塞，这远离祖国心脏的地方，竟然还有人在搞创作，还有这样的文学冲动。

老兵叫随行的干事，将我的这个小本拿走，明天，用方格纸誊好，寄给《解放军文艺》社。他说，《解放军文艺》社诗歌散文组组长叫李瑛，《红花满山》的作者，编辑还有韩瑞亭、纪鹏、雷抒雁等。他和他们都熟，他们是他的老同事、老部下。

老兵叫那狄，满族，曾经担任过总政治部电影局局长。后来"发配"到新疆。他见我时，是北疆军区政治部副主任，后来又担任主任。据说，后来担任过新疆军区政治部主任，中将。干事叫侯堪虎。他后来转业了，现在就和我生活在同一座城市里。

三

这样，由老兵推荐给《解放军文艺》的那些不成诗的诗，编辑选了三首，标题叫《边防线上》，署名"战士高建群"，发表在第二年的《解放军文艺》八月号上。边疆的邮件来得慢，等厚厚的一沓杂志寄到我的手中时，已经是十月份了。而恰好是举行毛主席追悼会的那一天。

我领着我们班正在菜地里收葵花子。马倌骑着马，飞也似的跑来，站在地头喊我的名字。他叫道："三班长，赶快回站，出大事了！"我问什么事。 马倌说"天塌下来了，毛主席老了！ 一级战备！"我记得，所有人那一刻都有一种自己成了孤儿的感觉。就像林肯去世后，美国诗人惠特曼说"船长死了"，列宁去世后，俄国小说家奥斯特洛夫斯基说"父亲死了"的感觉一样。

我们所有人钻进了地道里。 头剃成了光头，这样一旦受伤便于包扎。 几件换洗衣服，加上一些零碎用品，打成个小包袱，缝好，写上家里地址和你的名字。 这样一旦你战死了，如果有可能，这包袱会作为遗物寄往你那遥远的村庄。

所谓地道，这其实是我们前两年修下的工事。 地道绕整个边防站一圈。 戈壁滩上，先挖个坑道，坑道上再用水泥像箍窑洞一样箍起。 最后再用推土机推上沙土覆盖。 这地道一头通向我们的营地，一头通向那些碉堡（包括最近边界的我扛着火箭筒趴过的碉堡）。

正是在这地道里举行追悼会，哀乐声中，两个人一排，站了有半里长。 连队的小发电机在发着电。 炊事员来送饭，穿着雨衣，对我说，有你的信，兵团的那个邮差，正站在沙包里外面喊你的名字。

我出了地道，翻过沙包里，绿衣邮差骑着马，在那喊"挡狗！挡狗！ 我怕狗！"于是我踢了狗两脚，让它卧下，然后过去，接到那厚厚的包着《解放军文艺》的包裹。

从北京到阿勒泰，已经两个多月了，包裹才寄到，包裹在路途上，最少被重新包裹过两次。 我打开包裹，是载着我的作品的杂志，还有一本解放军文艺社采访本。

这就是我的处女作发表的经过。

我曾经许多次说过，自那开始，我就被文学绑架，一直到今天。

四

我是1972年12月14日,离开那渭河边上的小村子的。一辆铁闷子火车载着我们,一直向西,四天五夜之后,到达乌市,尔后改乘大卡车,五天以后,抵达哈巴河。我曾经说过,这是生活在我没有丝毫心理准备的情况下,塞给我的一本书。

如今,我已经有三十多部著作问世了。我为我长期生活和工作的陕北高原,写出了高原史诗《最后一个匈奴》,我为我的家乡,写出了平原史诗《大平原》;我则为我从军年代的阿勒泰草原写出《大刈镰》。而今年,我又完成了《我的黑走马——游牧者简史》。文学整个地将我的一生吞没,而它的起因,竟是因为有一场雪,一位老兵滞留于白房子的缘故。

万水千山走遍,归来仍然少年。今年,当我在二万两千公里"欧亚大穿越,丝路万里行"行程中,路经额尔齐斯河的时候,我热泪盈眶。在那一刻我突然产生一种奇异的想法。我其实已经死亡于当年,死亡于那座碉堡里,后来回来的只是躯体,而灵魂,它这么些年来一直在中亚大地漂泊。

2019年5月20日于西安

路遇侠客须呈剑

——致高建成《高家将演义》

杨家将有《杨家将演义》，呼家将有《呼家将演义》，这本书的作者高建成先生找到我，手捧他的大作，叫《高家将演义》。他说，咱们高家，在中国历史上，英才辈出，猛将如云，作为高氏种族后裔，是不是应当将先人们的五马长枪，英雄盖世，写成一本书流传。

高氏是一个大姓。最近看民政部门统计出中华姓氏大排名，高氏排在了整个姓氏的第十四位。高姓原来如此兴旺，这叫我老高看了，却有些不好意思。记得前些年建成是拿来他作为编撰者之一的《中华高姓大通谱·总谱》，那时似乎听他说，高姓的排名，在全国是第十七位。你看，短短几年，又有许多高姓后裔诞生，人丁兴旺，已排到第十四名了。

我的老家在西安远郊的临潼区，渭河兜个圈子，从家门口的高高的渭河老崖下流过。这渭河流经的地方，一路撒下一个个同姓同氏族的村子（又叫堡子），高村就是其中之一。高村又分为东高和西高两个自然村。我查阅陕西省图书馆收藏的《临潼县志》。县志共有四种版本，最早的一个版本是明朝嘉靖年间的，那里面就有关于东高、西高的记载了。

这仅仅只说明，远在明嘉靖年间，我们的这村子就形成了。而在此之前，往上追溯，这一支人类族群，是如何聚集到这里，临河而居，并建立起千余口人家的村庄的，去路茫茫，往事如烟，我找不到任何的蛛丝马迹可查。记得我的祖母说，别的村子的人，是腊月二十五日敬灶火爷，我们村的人，是二十四日，因为高家有人在朝廷做官，二十三日还在路上，二十四日可能赶回高村——我不知道我的这条气息颇弱的家族记忆，能不能为我这渭河畔上的高姓家族，寻找到一点寻根问祖的线索。

不过可以肯定的是，渭河岸畔这些同姓同氏族村落的建立，是在大禹治水之后。大禹治水之前，渭河平原（又称八百里秦川）还是沼泽四布，湖泊连连，芦苇丛生，黄河象出没的一个所在。大禹治水疏通了禹门口，渭水直泻黄河，田野才露出来了。又经过许多年以后，渭河平原成为千里沃野，河水收缩成一股，从平原中间地段穿肠而过。撑着河流，两岸建起村庄。这村庄就有我们的高村。

这本书的作者高建成，是陕西华阴人氏。那地方称长安城的东府。我听他说，那块地面的高姓村落很多，而富平一代，也有许多的高姓村落。秦腔易俗社民国年间的老社长高培友，就是富平人。而终南山下的长安区这边，山脚下，有许多的高姓村子，高家堡子，高家寨子，高家庄，高家村等。而在陕北地面，高姓村落亦十分地多。明代的李自成的岳父高迎祥，当代的中共领导人高岗，都是赫赫有名的人物。

记得我曾请教本书作者。我在延安工作时，来了些高家人，曾跟我续家谱，我说我是关中平原上的高家，不是陕北高原上的高家。 现在，我想问一问建成，不知道这其间有什么渊源没有，如果有，高家是从关中走去陕北的，还是从陕北来到关中？

建成回答说，一般的说法，高姓起源于渤海国，即今天山东渤海湾，这话也对也不对。 其实，根子还在陕西，是在武功、岐山一带，后来分封到渤海去的。 这些高姓人家念旧，于是又往回迁，过了黄河以后，长安城正在发生战争，过不去，到不了桑梓之地，于是一部分留在了黄河岸边的东府地面，这就是他的那些村庄的由来，一部分则顺着黄河往上走，想绕着回家乡，结果走得太远了，一不小心走到了陕北，然后落地生根，定居在那里了。

我不知道建成这话里边，真实的成分占几分。 不过他是高氏家谱的编撰人之一，他的话该是权威的吧！ 如是说来，我那位河岸边古老的高村，也该是那时候迁徙到这里的吧！

先生所著——《高家将演义》，我细细地阅读了一遍，感觉像在听一部大秦腔，慷慨悲凉，满纸英雄气。 又感到像读那些古典话本小说，一章一回，一招一式，却笔到心到，字字如玑。

五代十国那一段历史，在我是两眼摸黑。 五胡十六国史，我倒是曾经涉猎过一些。 那里面出现过一个"高"家的皇族。 当时北魏帝国被两个大将取而代之，一个叫高欢，建都邯郸，先称东魏，又称北齐；一个叫宇文泰，建都长安，先叫西魏，又叫北周。 后北周灭北齐，后来老丈人杨坚篡位，建大隋王朝。 这是那一段历史的起承转换。

看了建成先生的《高家将演义》，见到在这个中国著名的乱世中，如是多的英雄人物粉墨登场，而雄赳赳的高家将旌旗招展，铠甲锃亮，英雄辈出。 叫我这个高姓后裔，心中也顿生出一股英雄气来。

可以说，建成先生的描述是基于史实的，我为了写这个序，查了一些资料，算是恶补，又根据我对五代十国的那些肤浅的知识，认为史料详细，人物可信，叙述严谨，颇有古风。

《高家将演义》就要出版了，谨献上我的祝贺。愿它成为每一个高姓子孙的案头读物。建成先生古道热肠，他先是参与高姓氏族家谱的编撰，继而又倡议成立高氏文化研究会，功莫大焉。我想，我们高家的先人，假如地下有知，一定会为这个子孙竖起大拇指的。

是为序。

来日可期，一路向上

——祝贺《延安日报》创刊 70 周年

群山怀抱中的延安城是一座光荣的城。它在中国当代史上，有着重要的、不可取代的特殊地位。

中共中央曾经有十三年在这里建立红色首都，歌曲《延安颂》中唱道，你的英名将万世流芳。

延安城三山环抱、二水交流。这三座山是宝塔山、清凉山、凤凰山。二水是延河、南川河。延安的清凉山是一个重要的所在。十三年时期，中共中央的各种新闻宣传机构，都在这座山上的窑洞里办公。尔后他们离开清凉山，离开延安，走入北京。

当时的中共中央机关报叫《解放日报》。稍后一点创刊的《边区群众报》，当时是陕甘宁边区机关报。进入西安后，易名《陕西日报》。再稍后创刊的《陕北群众报》，主要发行区域是陕北地区。后来延安地委行署成立后，易名为《延安日报》。这是一段历史。

《延安日报》1950 年 4 月 10 号创刊。到今天整整是 70 周年了。而《陕西日报》是 1940 年创刊，到现在已经是 80 周年了。前几天，《陕西日报》举行 80 周年报庆，我给他们写了一幅字，叫

"但凡过往，皆成序章。来日可期，一路向上"，并且根据我的记忆，画了一幅清凉山图画，并特别注明，"如今的新华书店旧址，就是我们家当年住过的地方"。如今，延安报要举行70周年报庆。摄影家、延安报的资深摄影记者王学锋同志，要我给这个画册说几句话。

学锋主编的这本画册叫《延安第一眼》。应当是这位摄影家，从事记者生涯以来的重要作品。我这里向他的劳动表示敬意。学锋谈道，里面有一张我的照片，是他上班的第一天在报社大门口拍的。我回忆了一下，应当是1984年春天的事。当时，我和《陕西日报》记者任佶相约，去延安万花山采访。我在大门口等任佶，学锋过来了，拍下了这张照片。唉！算起来已经整整36年了。记得任佶是一位北京知青，当时驻站延安。

我希望照片中多选一选亲爱的同志们！和他们相比，我的付出是渺小的。例如，当时的地委宣传部副部长兼报社社长高仲田同志，例如著名散文家、报社总编辑师银笙同志，例如编辑部主任苏若望同志。还有我当时的直接领导史子正同志、刘阳河同志。还有我的老部下、散文家杨葆铭同志。他们都为报社的发展，做出了巨大的贡献。延安报那个时期，成为全国地市报纸中大家学习的榜样，与他们以及所有人的付出是分不开的。

我在延安报社整整工作了10年。我的父亲高山，作为老报人，在清凉山时期的《延安日报》工作了大约6年。而我在南关时期的《延安日报》，工作了整整10年，对于这家报纸具有很深的感情。人的一生能有几个10年，一想到我的最好的一段年华是在《延安日报》度过的，我就有着一种双目潮湿的感觉。

我向《延安日报》70年岁月致敬！向每一个光荣的先辈致

敬！向我的同龄人致敬！向继往开来、来日可期的青年才俊致敬！记得我去年回延安的时候，报社赵秉瑜同志来采访我，她说，延安日报社永远是你的家，我听了这话真是感动极了。

大先生的书永远不会过时

——为 2020 全民读书月而作

鲁迅先生是五十六岁头上去世的。老高今年六十六岁了，一想到伟大者如鲁迅先生，五十六岁头上就走了，而愚顽者如我，居然比他多活了十年。多浪费了十年的布帛，多糟蹋了十年的五谷。一想到这里，我就十分地羞愧。我想，我一定要努力地做事，努力地活着。先生是高山，我只是一抔土。

鲁迅先生是现当代文学第一人。这个地位是不可撼动的。鲁迅先生的《狂人日记》是新文化运动的第一本白话文小说。在鲁迅先生的灵堂前，郁达夫先生献了一个挽幛。挽幛说，一个没有天才出现的民族，是愚昧的生物之群；一个有了天才出现而不知道爱惜的民族，是不可救药的奴隶之邦。达夫先生的这段话屡屡被人提及。长歌当哭，这当是全民族的哭声。

鲁迅的骨头是最硬的。他没有丝毫的奴颜和媚骨。鲁迅先生自己说，我的一生都在和无所不至的庸俗做斗争。大地上布满了庸俗，无孔不入。鲁迅先生超乎其上，他在那个年代里，犀利地发出了呐喊，而《狂人日记》以及他的所有的作品，就是他的喊声。如果我们这个民族还要继续走下去，那么永远不要丢开鲁迅。他的书永远应当作为教科书来读。前几年,一些省份的教科书,把鲁迅先生的许多作品去掉了,意思是说鲁迅先生的目光过于犀利,言辞过于激烈。他们的脆弱的弱不禁风的神经接受不了。妈的!

鲁迅先生最初是学医的。他在日本学医时,看了一部电影,电影是一些日本兵在砍中国人头颅的画面。然后旁边站着一群留辫子的中国人在面无表情地看着。这一幕让鲁迅先生受到了深深的震撼。他从此把他手中的医生的手术刀扔了,换成一个名叫"金不换"的毛笔,他要用文学来拯救中国人的灵魂。《狂人日记》就是他拯救中国人灵魂的一件作品。他在日记中悲怆地喊道,救救孩子!

那么时至今日,中国人的灵魂得到拯救了吗?我很怀疑。我在一次会上说,鲁迅先生把他手中的手术刀换成了毛笔,这有用吗?我说,如果他握着手术刀,他还可以感到自己实实在在地救活了几个人。而文学,他实在是无力的啊!

鲁迅先生的文笔,是最好的。很多人不懂,以为他白眼睛仁审视着你,冷峻而深邃。他们不知道那眼神中充满了对中华民族的大爱。先生在出道之前,为了养家糊口,曾经给人写过三年的墓碑。所以他的文字,刀刻斧凿。他的文笔得到了最好的磨砺。

2006年5月23日晚上8点,我在北京师范大学讲学。那个地方叫作京师大讲坛。讲课前下了一阵小雨,我在北师大校园漫步。在一个浅浅的湖边,竖着五四运动纪念碑。另外,还有一块不规则的大石头,大石头上刻着一个大写意的女学生像,那是刘和珍君。而旁边刻着鲁迅先生的《为了忘却的记念》。我脱帽向那一段历史致敬。

8点钟,我走向讲台,我说:老高迟缓的脚步,用了六十多年的时间,才走到大先生当年讲课的地方。让我说的第一句话是,向鲁迅先生致敬,向我们民族光荣的昨天致敬。我的话音刚落,突然北京城一片红光,所有的建筑物都笼罩在这红光之中,学生们都爬到窗户上去看,我也去看,只见雨后的北京城,西边天空升起三道美丽的彩虹,点亮了整个天空和大地上的建筑物。一会儿,红光散去,课堂恢复了秩序,我又重新走上了讲台。我说:老高刚才不过简单的几句话,怎么引起这么大的响动,现在我们开课。

我的那朔北的兄弟

——致蒋仪洁《朔北的风》

这本书的名字叫作《朔北的风》,"朔"既是北方的意思,再在后面加上一个"北",那就是北方之北了。在蒙古族传说中,成吉思汗大行之后,被封为镇守世界北方的神,叫多闻天王。

而关于风,不管你信不信,陕北高原的生成,竟然是由于一场刮了两千万年的老黄风的缘故。事情是这样子的,正像我们的东方有一个太平洋一样,一亿五千万年前的侏罗纪时代,我们的西方亦有一个大洋,它叫准噶尔大洋。是时,一块儿非洲大陆板块脱落,飘过去,猛烈地冲撞欧亚大陆板块,于是引起强烈地震,引起火山爆发。火山凝固后,海水退去,被称为世界第三极的帕米尔高原诞生。而这时候开始刮风,风东南方向而刮。新疆人叫它闹海风,陕北人叫它老黄风,专家则叫它沙尘暴。风把准噶尔大洋洋底的尘沙卷起,吹向大西北,于是形成了今天的西北黄土高原地貌。

而陕北,是西北黄土高原的一部分。

陕北高原在被弥天的黄沙覆盖之前,它也曾经是海。后来产生过许多次的造山运动,从而形成这连绵起伏的山脉。接着便有着黄尘的覆盖。舞台搭好后,最后再有这人类的登场。

这位写作者我见过,好像有一次陕北人聚会时见过。他的家乡在靖边。阅读文章,他谈到曾在治沙英雄牛玉琴那个村,当过驻队干部。阅读到这儿,叫我一时间觉得他很亲切。东坑村我去过,它处于毛乌素沙漠南部边缘,我的好朋友,西影厂编剧张子良先生曾经为牛玉琴写过个电影,名《一棵树》。记得有一次开会时,牛玉琴大姐还将她生产注册的"统万城"牌矿泉水分给大家喝。

靖边出的治沙英雄叫牛玉琴,定边出的治沙英雄叫石光银。老石我也熟,二十年前,我还给他写过一篇报告文学,叫《绿洲万岁》,在《榆林日报》发了一个整版。记得我去采访石光银的时候,当时的县委书记尚洪泽陪着,老石刚从联合国领了个"治沙英雄"锦旗回来,一见我就说:"全国人民都在因我而骄傲,但是我很清醒。我自己不能骄傲!"一句话把尚书记给逗乐了,他说:"这狗日的在绕着弯弯标榜自己!"

哦,这就是陕北,它的地理方位,它的"大风从坡上刮过"的老黄风,它的山川梁峁,它的山形水势,它的男人和女人。

我这其实也是在说本书的作者呀!一方水土养一方人。在那个似乎有些偏僻的地域里,生活着一群粗线条的男人和含辛茹苦的女人。他们千百年来就这样地生存和奋斗着,歌哭与歌笑着。

作者的这本书,我是细细地拜读了。今天是2020年的中秋节，又是国庆纪念日，早晨我爬起来，我把今天这一段时间给陕北，给这位陌生的写作者。

文章很大气，叙事不温不火，看来作者还是有一些功力的。陕北人天生就是诗人，他们世世代代弹着三弦从黄土地上走过。这位作者会不会弹三弦我不知道（陕北人说，最会弹三弦的是横山人），不过他的表达清晰而自然，在他的娓娓道来中，我们看到了一个陕北青年走向大世界的心路历程。

让我把我的赞美献给陕北，献给每一个正走在路上的陕北青年朋友。我在这里着重想说的是，从他们不安于自己卑微的命运，而走出自己家窑院，走向大世界的那一刻，他们就是人生的赢家了。至于能走得多远，那是另外的问题。那得看造化。

2020 年 10 月 1 日于西安

我的这六年

六年中我出了四本书。每本书都是精品，厚重之作。其中，2015年出版《我的菩提树》，2018年出版《大刈镰》，2019年出版《我的黑走马》，2020年，也就是今年，出版英汉对照本《来自东方的船》。文章写到精深处，年龄熬到老迈时，朋友们说，我的创作激情像火山一样爆发了。我回答说，再不疯狂就老咧！

2018年，我还完成了一次壮举，即作为丝绸之路文化大使，参加了由陕西卫视主办的"欧亚大穿越，丝路万里行"活动。十六辆车组成的车队，从西安到伦敦，横穿欧亚十七个国家，行程两万两千公里，耗时七十天。我一步不落，跟着车队走完了全程，其间，在路程上做了十三次演讲。

我新进刚刚写完了一本书，名叫《丝绸之路千问千答》。该书即是这次大穿越的收获。我沿着这条古老道路，一路大写，写这道路两侧曾经发生过的两千多年来的各种重大事件，记录我这次途经的六十二个欧亚城市的过去与现在，我的笔触从各文明板块中穿越。"世界是一个整体，大家都在一条船上。假如有海难发生，每一个乘员都不能幸免！"这是吉尔吉斯作家艾特玛托夫在《待到冰山融化时》一书中的话，也是我的此次丝路十三讲的主题。

　　七十年前的延安讲话，曾经激励出一批优秀作品的诞生，六年前的北京讲话，亦激励出一批优秀作品的诞生。而我的上述创作成果，是这些创作的一部分。

2020 年 10 月 13 日于西安

有些故事还没讲完那就算了吧

　　文稿一旦变成铅字，一旦成为一本装帧得或粗糙或精美的书本，那它就是一个独立的存在了。它将离你而去。它将行走于世间。它将开始它自己的宿命。它或被读者供之于殿堂，视为经典，视为对这个时代的一份备忘录；或被读者弃之于茅厕；或被垃圾处理厂重新化为纸浆，以期待新的人在上面书写新的东西。凡此种种，那就看这本书它自己的命运了。

　　这时，于作者本人来说，倒是没有太大的干系了。于是他成了一个旁观者。他和这本书唯一的联系是，那书本的额头上，还顶着他卑微的名字。

　　知道《一千零一夜》中的《渔夫和魔鬼的故事》吗？渔夫打开铅封的所罗门王的瓶子，于是一缕青烟腾起，魔鬼从瓶子里走出来，开始在世界上游荡，开始在暗夜里敲打你的门扉。渔夫这时候唯一能做的事情，是一手拿着空瓶子，一手捏着瓶子盖儿，傻乎乎地看着他放出的魔鬼，横行于世。此一刻，在这二十五卷本的《高建群全集》（第一集）即将付梓出版之际，我感到我的已日渐衰老的身躯，便宛如那个已经被掏空的——或者换言之——魔鬼已经离你而去的空瓶子一样。此一刻，我是多么的虚弱而疲惫呀。

　　在人生一场大梦，世事几度秋凉。一想到这个名叫高建群的写作者，在有限的人生岁月中，竟然写出这么多的车载斗量的文字，我就有些惊讶。一切都宛如一场梦魇！这是一笔一画写出来的呀！如果我不援笔写出，它们将胎死腹中。但是很好，我把它们写出来了，把它们落实到了纸上。

　　每一本书的写作过程，都是作者的一部精神受难史。

　　建于西安航空学院的高建群文学艺术馆，要我给一进馆的墙壁上写一段话，于是我思忖了一个星期，最后选定将帕乌斯托夫斯基《金蔷薇》中的一段话，写在那上面。那么请允许我，也将这一段话写在这里：

　　是什么东西迫使一个作家，从事这种庄严的但却又是异常艰辛的劳动呢？首先是心灵的震撼，是良心的声音。不允许一个写作者在这块土地上，像谎花一样虚度一生，而不把洋溢在他心中的，那种庞杂的感情，慷慨地献给人类。谎花是一种虽然开放得十分艳丽，但是花落之后底部不会坐上果实的花。植物学上叫它"雄花"，民间则叫它"谎花"。我们光荣的乡贤，以大半辈子的人生履历，驰骋于京华批评界，晚年则琴书卒岁，归老北方的阎纲老先生说：相形于当代其他作家，高建群是一个马拉松式的长跑者，他以六十年为一个单元，在自己的斗室里，像小孩子玩积木一样，一砖一石地建筑着自己的艺术帝国。他有耐性，有定力。喧嚣的世界在他面前，徒唤其何。

　　当我听到阎老的这段话时，我在那一刻真的很感动。感动的原因是世界上还有人在关注着这个不善经营不懂交际的我。诗人殷夫说："我在无数人的心灵中摸索，摸索到的是一颗颗冷酷的心！"现在我知道了，长者们一直作为艺术良心站在那里，为当代中国文学保留着它最后的尊严。

"有些故事还没讲完那就算了吧!"这是一首流行歌曲里的话，如果这个名叫《总序》的文字，需要拿出来单独发表的话，建议用这句话作为标题。我们这一代人行将老去，这场宴席将接待下一批饕餮客! 人在吃完宴席后，要懂得把碗放下，是不是这样？!

2020年10月11日早晨6点写于西安

船开不等岸边人
——《来自东方的船》序言

历史上，中国通往世界的道路有两条。一条是走陆路，一条是走水路。

这陆上道路，自长安城或洛阳城出发，穿越河西走廊，穿越塔里木盆地，翻过帕米尔高原或天山，进入费尔干纳盆地。从号称世界的十字路口的中亚名城撒马尔罕分路三条，主路应当是翻越兴都库什山，进入伊朗高原，进入土耳其，而后进入地中海沿岸。

第二条是翻越高加索山脉、乌拉尔山脉，顺伏尔加河抵达莫斯科，而后四散而开，抵达波罗的海、北海、地中海、大西洋。第三条是从撒马尔罕顺阿姆河谷抵达阿富汗喀布尔，而后进入尼泊尔，而后顺印度河抵达阿拉伯湾，或顺恒河抵达孟加拉湾。

水路呢，最大的商埠港口是泉州，另外还有福州、广州、青岛，内河码头还有扬州、南京、杭州等等。当年广游五印，西行求法第一人法显和尚，就是陆去海还，从长安城草堂寺（草堂寺当时还叫大石室寺，鸠摩罗什入驻之后，作为皇家寺院，易名草堂寺）出发，走我上面说的第三条陆路，而回程，则自加尔各答登五百商人商船，船行八个月后，至青岛登岸。高僧登岸，商船继续行走，入长江口，在南京大码头卸货。昔年，在那历史的迢遥岁月中，中国人的船只，从太平洋而印度洋，而大西洋，叩问世界，向世界带去中国的消息。

2018年的秋天，我用了整整七十天的时间，走完了上面所说的陆路。我是文化大使，这次活动是以陕西卫视为主组织的，名目叫《丝绸之路万里行》。我走的是上面所说的陆路的第二条通道，自西安出发，穿越千山万水，最后抵达英国伦敦。可以说，绕了地球半个圈还要多一点，将丝绸之路走个通透了。

丝绸之路是一百多年前一个叫李希霍芬的德国学者给命名的，后来得到了大家的普遍认可和广泛使用。它之前的名字叫"西域道"。那位凿西域道的大人物是我们的乡党张骞。汉武帝封张骞为博望侯，"博望"的意思大约是说，感谢先生，你的行走叫中国人知道了，世界原来如此之大！

欧洲大陆和亚洲大陆是一个完整的大陆板块，并没有一个明显的地理分界线。大陆板块的最西端在葡萄牙的首都里斯本郊区，那里有一个伸向大西洋的悬崖，悬崖叫罗卡角。罗卡角上树立着一座十字架方尖碑，上面写有"陆止于此，海始于斯"八个大字。广袤的欧亚大陆到这里就停止了，浩瀚的大西洋从这儿开始。大陆板块的最东端，当在斯里兰卡，在南洋诸岛。

那么欧亚大陆的分界线在哪里呢？通常的说法是，伊斯坦布尔郊外有一条河，河上的这座桥即被看作欧亚大陆分界线。另一个地理坐标则是，里海被看作是欧亚大陆分界线。这边是土库曼斯坦的巴什，那边是阿塞拜疆的巴库，沱沱里海横亘在两大陆中间。

不过最新的地质学考察，为我们提供了一个新的说法。现在长达两千五百公里的乌拉尔山脉，历史上是一个凹陷的地槽，后来在六千万年前的时候，地槽突然增高起来，形成一座北至北冰洋、南达黑海、里海，边缘部分抵达哈萨克草原的庞大山脉。那情形，就好像人的身体此处是一道伤口，在痊愈的时候皮肤长出来，反而结好的伤疤高出了皮肤本身一样。

所以地质学认为，欧亚大陆的分界线，应当是这孕育了无数条河流、创造出无数个传说的乌拉尔山脉。

在我的欧亚大穿越、丝路万里行的充满艰辛、充满苦难的行程中，那时还没有获得关于乌拉尔山这个地理知识，因此我一路走来，寻找欧亚大陆的分界线，最后，我在里海边上，确定是它。

在登上从土库曼巴什前往阿塞拜疆巴库的白轮船时，我站在岸边，做了一期视频直播。我自诩是一个世界公民，我把自己站成一个路标，然后挥手指向来的道路东方，告诉人们东方是亚细亚，然后又挥手指向要去的道路西方，告诉人们西方是欧罗巴。

站在亚欧大陆之交的那一刻，我突然产生一种想法。将我的几千万字的文学作品中，精选出一些简短文字，编出一本英汉对照本的书籍，从而献给东方和西方的亲爱的读者。

这本书的名字应当叫《来自东方的船》。船舱里装满了东方人对世界的看法。船鼓满了帆，它从西安出发，驶向世界。在中国人的叙述语境中，船这个字汇，除了世俗的意义之外，在佛教的经典解释中，它叫"般若之舟"，它就是智慧之舟。大乘佛教的"乘"，就是舟船的意思，运载工具的意思。小乘度己，大乘度人，由此岸而彼岸。

我小年的时候在老家居住。老家村子在渭河老崖上。这里是个小小的高家渡渡口。 那一阵子的艄公是我的表叔,穿一件老粗布对襟棉袄,腰里扎一个丈二长的腰缠,裤角扎起。 常常,表叔站在船头上,把镐尖往岸上一戳,镐把往怀里一窝,身子高高地腾空跳起,镐身一压船帮,船身一个倾斜,就开始动了。 表叔这时高叫一声:"船开不等岸边人!"

《来自东方的船》中英文对照本就要出版了。 这艘来自东方的"般若之舟"行将开始它的历程。 祝它好运。 祝这本书在欧美普通家庭的书架上,占一块位置。 我一直确切地知道,在那些书架中,一直留有一块位置,等待一个中国作家的到来。

长歌可以当哭，远望可以当归

——致董小军《我的父亲母亲》

　　老百姓爱说的一句话，叫作"老子不死儿不大"。这话是说，纵然你也有一把年纪了，然而老父亲离世了，一瞬间天塌了，你会顷刻间有一种成了孤儿的感觉。以后头顶上这一方天，得你自个儿独立来支撑了。

　　有娘亲的地方就是家。岐山面，家做的布鞋，热炕头，唠叨的家常话，这等等是人间烟火，是一个母亲带给一个家庭的温馨。而突然母亲离世了，这另一半天也瞬间塌了。你的心灵一瞬间感到无所依傍。

　　父母双亡做两件人生大痛，相隔不久就发生在我们的董先生身上，这带给一个人的打击是沉重的。长歌可以当哭，远望可以当归，这是六朝古歌里的话。所以乎，董先生的悲伤我们是可以理解的，形同身受的，而董先生又出这么一本纪念性质的书，来抒发自己的思念之情，排解自己的无限痛苦，就是一件顺理成章的事情了。

　　这是一种民间纪事。这纪事里充满了人间真情，充满了烟火味。我在不久前给户县一个家族的世谱作序时说，较之专家们修撰的二十四史正史，我更愿意阅读这样的民间纪史。二十四史是朝代更迭的历史，是帝王将相的历史，而这种民间纪史，它更缜密和更真实，它是咱们草根百姓的历史，是家族的历史。而我对后者的敬意甚至超过了前者。

董先生是西府地面的人，周王朝龙兴于此，而支撑起中华文明大厦的周制、周仪、周礼、周乐，亦发源于此。我在阅读这本书时，就强烈地感受到了礼仪之邦的那种强烈的文化传统所在，和关中人的那种孝子贤孙哭坟时的那种长音。

对亡人最好的纪念方法是将自己眼下的事情做好。我看到董先生已经从哀痛中走出，正信心满满地投入到他的新的创业中了，这叫我欣慰。苦难是人生的乳汁，吸吮着苦难，我们在成长。我们不会被击倒，而是变得更加坚强起来。

2020年11月9日于西安
高看一眼工作室

不要叫这些传说走失
——致牛文科《黄龙山匪事》

从清朝末年到民国年间，再到建国初期，黄龙山地面，像开锅的水一样，群雄林立，匪患连连。据说大一点的叫"杆子"，号称有三大杆子；次一点的"股子"，有几十股子；小毛贼聚在一起的，叫"溜子"，有上百个溜子。

前些年有个电视剧，叫《乌龙山剿匪记》。我在看这个电视剧的时候，一边看一边想，如果谁能把黄龙山的土匪故事写出来，再拍成个电视连续剧，那一定会惊险得多，刺激得多。因为这些黄龙山故事，和许多重要历史人物、重大历史事件都有关联，从而也就有了更大的价值和意义。很好，我的朋友牛文科先生集大半生的收集和归纳，终于完成一部四十余万字的长篇小说《黄龙山匪事》，将这块土地的一段历史展现了出来。牛先生曾在黄龙工作，为写这部书，查阅《黄龙县志》及《韩城县志》《白水县志》《澄城县志》《洛川县志》《宜川县志》等，在占有大量资料，走访许多当事人的基础上，写成这本书。

黄龙山过去不设县，以石堡镇为中心，覆盖这一处山高林密地面。后来是将上述周边各县，各划一块，成立黄龙县。黄河花园口决口后,国民政府政务院曾在此设黄龙山设治局,安置难民。 现今的西安城中道北一带居住的河南人,大部分就是先逃难到黄龙山,尔后辗转来西安居住。 该书时间跨度从清末光绪年间到新中国成立,以啸聚黄龙山的数拨土匪的兴衰为题材,在纵横三秦,甚至驰骋中原、华南的广阔背景下,通过逃荒落户到黄龙山红石崖村的沙佑根的荒唐人生,以及沙家与族长卫世道家的恩恩怨怨,巧妙地把发迹于黄龙山的一茬又一茬土匪队伍的兴衰串联起来,再现了靠一支长矛起家的草莽英雄樊钟秀带领黄龙子弟,叱咤关中,长驱五千里,驰援广州,保卫孙中山大元帅等一系列丰功伟绩。 描写了清涧起义失败后,起义的主要领导人李象九隐名埋姓黄龙山,伺机东山再起的历史事实,披露了刘志丹、谢子长、习仲勋创建的陕北红军被"左倾"冒险主义者强令离开根据地,出击渭华地区,全军覆没于秦岭山区的尘封历史事实。 黄龙山土匪胆大包天,制造了伏击周恩来副主席的惊天大案。 卫族长的小老婆江芙蓉阴险狡诈,成为双面间谍,亲带杀手设伏韩城龙门,妄图刺杀朱德总司令,新中国成立后策划叛乱,制造桩桩血案。 书中谈到的郭宝珊将军,他家的村子,就离我家的村子十多里路。 三岔镇的白土窑,住的是花园口决口后,从河南扶沟逃难过来的难民,紧挨着安家塔,住的是鄢陵县的难民,顺西南方向绕着山走上十来里,就是郭宝珊他们逃难的那个村子了。 前些年拍郭宝珊电视剧,在白土窑那棵大柳树下,在那个涝池旁,拍了好几场戏。 郭宝珊当年是那三大杆子之一。 在百姓的口碑中,他是个侠盗、义匪,后来投奔革命。 刘志丹牺牲的时候,他应当是副总指挥的身份。 据他儿子在回忆录中说,眼见得刘志丹将军牺牲了,郭宝珊将烈士背下山去,然后找了个架子车,拉上过了黄河，后来拉到瓦窑堡的一所学校里，将尸首交给当地政府，自己则又回黄龙山当了土匪。当然，后来再重返部队成为高级将领，新中国成立后曾任陕西省军区司令员。

我们家，在黄龙山住过十四年，即从1939年到1953年，住的村子叫白土窑。我们家原来在关中，黄河花园口的难民，拖着长长的队伍，从渭河高家渡渡河，爷爷于是带领全家跟着逃难队伍一起走。去的时候是走的澄城，翻越大岭，在石堡镇登记，然后分到三岔镇的白土窑。回来的时候，则从白土窑过黄连河，走洛川县城，出金锁关，回到关中。那已经是1953年了，黄龙山匪患依然十分严重。爷爷领着全家，顺黄河一路走来，每个山口都有土匪挡路。土匪看着这一家人，死娃病老汉的，穿着比乞丐还乞丐，于是一路放行。爷爷后来常不无自豪地说，他是有硬货的，只是藏得好，土匪没有发现。原来他是将家当全部变卖了，换了几块银圆，临行前，他给手推车的把柄那个地方，凿了个窟窿。那银圆就藏在这洞中。而爷爷的手推车上，就坐着个挺着个大肚子的我的母亲。而母亲的大肚里就装着个很快就要出生的我。

在白土窑居住期间，我们家还经历过一次土匪进窑。我在《大平原》一书中写过这一段儿。爷爷在三岔街上卖了一头牛，回来的时候，几个土匪一直跟着他。夜里，土匪抬开了窑门，进了窑洞。我的祖母是一位女中豪杰。她说："道上的朋友，你们听着，这门没有开，家当是我的，一旦门开了，家当就是你们的了。看上啥拿啥，只是不要伤人！"土匪们听了，倒也仁义，只将爷爷的枕头底下的卖牛钱翻出来，编在腰里，又将家里的细软翻腾了一些，走的时候，揭开锅，将锅里温着的两块红薯也拿走了。边吃边离开。如果这部《黄龙山匪事》要拍个电视剧，这都是上好的剧情。

  我在延安工作期间，单位领导姓李，宜川人，他参加过黄龙山剿匪，后来好像还当过黄龙县公安局局长。他给我讲过许多黄龙山剿匪的故事，而叫我记忆最深的是剿匪最后的阶段，他们围剿一名土匪的故事。土匪被困在一孔窑洞里，四面的军警严严实实布满，他是插翅难飞了。精天晌午，太阳明晃晃的。这匪首，先将自己全身衣服脱光，赤条条的，成了肉色，然后往窑洞门口，扔了一颗轰天雷。轰天雷"轰"的一声爆炸，于是有一团炫目的白光，打得人睁不开眼睛，接着又有浓烟升起，那匪首，这时候从窑里大模大样地走出来，消失在山林中，等到军警们睁开看时，窑洞门早就塌了，而那匪首也影踪全无。

  我想这一幕如果拍成电视剧，一定是精彩的一幕。我祝《黄龙山匪事》一书的出版，作为对《县志》和正史的补充，这本书具有地舆学的意义。而从文学作品的意义上来说，它为我们讲述了旧年的故事，塑造了一群人物。

  行人莫问当年事。如今的黄龙山，已经成为黄河中游地面的绿色明珠，经济日益繁荣，旅游业兴旺，人民安居乐业的好地方了。如今高速路已经贯通，成为环西安旅游圈的一部分了。

  我把我的祝福献给黄龙。

2021 年 3 月 3 日于西安

寻找人类命运共同体的文化意义
——高建群接受《上海文化》访谈录

《上海文化》：您的文学生涯缘起于军旅生活，从关中到北疆，到陕北，这种空间地域上的大跨度转移，对于文学叙事上的时间审美，特别是对于历史情怀，有过怎样的影响？

高建群：感谢您对我的创作有深刻了解，这是精读以后的思考，专家层上的解读。很多东西，连我自己在写作时都是懵懵懂懂的，而您用批评家的眼光一下子就捕捉到了。路遥当年活着的时候，他觉得没人能够评论他，他对我说，能够评论我的人还没有出生呢。作为我自己来说，也常有这种感慨，环顾四海，知我者寥寥。中国的批评家们格局太小，浅尝辄止。很难有人像挠痒痒一样，能挠到你的痛处。所以，感谢鸿召先生。

有个吉尔吉斯斯坦作家，叫艾特玛托夫，他80岁在临去世前，最后一部作品叫《待到冰雪融化时》。他在其中谈到，世界是一个整体，大家都在这一船上。假如有海难发生，每一个乘员都不能幸免。2018年10月，在他诞辰90周年纪念时，当时举行一个国际笔会来纪念他并讨论吉尔吉斯斯坦文学，我原本也要应邀前去参加，但因为参加"丝绸之路万里行"没能成行。说到人类命运共同体，让我想到这桩往事。现在，国家领导人提倡"人类命运共同体"这一概念，我也十分拥护赞同。

1987年，《遥远的白房子》发表，当时《中国作家》副主编高洪波先生在《文艺评论》上写过一篇很大的文章，叫《解析高建群》。他说："高建群是一个从陕北高原向我们走来的，略带忧郁色彩的行吟诗人，弹着六弦琴，一路走一路吟唱进入中国文坛。高建群是一个善于在历史与现实两大空间，从容起舞的舞者。一个善于讲'庄严的谎话'的人（巴尔扎克语）。"我从最初的写作到后来的写作，一直都有一种地域方面随时的转换，穿梭于时间和地域的空间。这些与我的经历有关。我有三个精神家园，出生在家乡八百里秦川的渭河边，当兵又在阿勒泰草原。那里有雄伟的阿尔泰山，还有额尔齐斯河。额尔齐斯河，是一条国际河流，上海作家白桦来到我曾站岗的地方说，额尔齐斯河是中国唯一一条敢于向西流淌的河流。这条河流穿越阿勒泰草原以后，最终在乌拉尔山脉与鄂毕河交汇，流入北冰洋。

英国人类学家阿诺德·汤因比说过这样一段话："假如让我重新出生一次，我愿意出生在中亚，出生在中国的新疆，出生在阿尔泰山山脉。那是一块多么迷人的地方呀，是世界的人种博物馆。世界三大古游牧民族，古阿尔泰语系游牧民族，古雅利安游牧民族，古欧罗巴民族，前两个都永久地消失在那个地方了。而古欧罗巴游牧民族则从马背上下来，开始定居，然后以舟作马，进入人类的大航海时代。而第三个地方是陕北高原，也是一片雄奇的土地，生活着一群奇特的人们，他们固执、天真、善良、心比天高命比纸薄，他们是生活在高原最后的骑士，尽管胯下的坐骑早在2 000多年前走失了。他们是斯巴达克和堂吉诃德性格的奇妙结合。他们把出生叫"落草",把死亡叫"上山",把生存过程本身叫"受苦"。我不停地在这三块土地上行走,每个文化板块都不一样。在这些文化中我不断地适应,碰了很多钉子。由此,形成了我的思想和我的创作方法。

我曾对新疆的作家说过,你们不论是地方上的作家,或是兵团的作家,抑或是军旅作家,不能把自己局限在自身的生活圈子中。你们为什么不能掘地三尺呢?融入大地,走进历史,马上可以看到历史中那一种辉煌绚烂、光怪陆离、应接不暇的大景象。如果说我稍微比其他作家高明一些的话,那是由于我曾经在大地上走过,我一路走着,左手是天山,右手是阿尔泰山,我骑着马从草原穿过,从坟墓中穿过,从一个个草原石人中间穿过,天高地阔让人不由得产生历史的喟叹。那么深重的历史,充满魅力的历史,而我们的作家却视而不见,局限在自己的小圈子里,局限在骑一匹马一天可以抵达的地方,这是一种遗憾,或者说是一种损失。

《上海文化》:从《遥远的白房子》到《最后一个匈奴》,您的文学创作发生了巨大飞跃。后者对于中国现代革命历史的文学叙事,是放置在陕北文化大视野中,时空格局一下子就炸开了,鲜亮起来,由此引发被称为"陕军东征"的文学现象。请问您是如何实现背景置换的,使人物和事件的形象价值和审美意义都发生了深刻变化?

高建群:《遥远的白房子》是一个边界故事,我是作为一个大头兵站在碉堡旁,站到界河边,对着东方升起的太阳,对着夕阳西下,在那种环境下产生的感情。文学作家其实是个感情的物种,夕阳凄凉地照耀着中亚细亚这块栗色的土地,我就要离它而远去了,我挥动着帽子,向我的白房子告别,向我的苍凉的青春告别,这是向我的梦魇般的白房子告别的一本书,向草原致敬的一本书。

1993年5月19日,《最后一个匈奴》在北京举行研讨会,会议上提出一个口号叫"陕军东征",与会记者、散文作家韩小蕙将之作为报道这次会议的标题,发表在第二天的《光明日报》上,这就是新时期陕军东征的由来。 随后陈忠实的《白鹿原》,贾平凹的《废都》,再有京夫的《八里情仇》,程海的《热爱命运》相继推出,一时洛阳纸贵,"陕军东征"随之引发文学界一场大热。 现在回过头来看,这可以说是纸质文学的最后一次辉煌,我们很怀念那个崇高的文学时代。

我完成这一背景转换,是在陕北高原。 我当时在报社担任副刊编辑,我经常背着黄挎包在陕北大地游走采访,走遍了高原的沟壑梁峁。 每到一个地方,历史大事件以及悲壮的故事,带给我的冲击,对我来说是很大的震撼。 英国有位小说家叫司格特,是写历史小说的。 他说过这么一句话:对于刚刚经历了用血和泪写出人类历史上最壮丽一页的这一代人,必须给予更崇高的东西。这句对我是很大的激励,我有必要把陕北高原这段"百年孤独"式的历史写出来。 中国的当代文学没有人能够这样表现,而如果做不到这一点的话,我们将欠下历史一笔债务,欠下我们的父辈一笔债务。 我记录历史,记录革命是怎样在这块土地上爆发的。"民国"十八年大旱以后,陕北高原赤地千里,我看过每个县的县志,满篇记载着一半的陕北历史是战争史,一半的陕北历史是饥饿史,是种悲惨的人类生存图景。 所以一定会有革命发生,我要把陕北高原的二十世纪史写出来,那么一群农民、无产者掀起一场革命。我在书里写道，革命不论将来风行于片刻，还是垂之以久远，那是历史的事。我的着重点是，革命中那些革命者他们的英勇、崇高。我们应该公允地记录下来，像雨果的《九三年》那样记录下来。

实际上，是生活给我带来的这么一本书。我到延水关，对着黄河，看着山西，然后我来到吴起镇，对着洛河，对着子午岭的羊肠小路，当你从这些地方走过，不能不触动你的思考。我自信我在《最后一个匈奴》中，我是真诚地用唱给这块土地的一支咏叹调，来表现陕北高原的"百年孤独"：那横亘于天宇之下，那喧嚣于进程之中，那以"拦羊嗓子回牛声"喊出惊天动地歌声的，是我的亲爱的高原故乡吗？哦，延安，我们怀着儿子之于母亲一样的深情，向自遥远而来又向遥远而去的你注目以礼。你像一架太阳神驾驭的车辇一样，自遥远而来，又向遥远而去。芸芸众生在你的庞大的臃肿的身躯上蠕动着，希望着和失望着，失望着和希望着！哦，陕北！

《上海文化》：《大平原》通过家族历史讲述属于关中地区渭河平原几代人的生存方式，从农业生产到工业化、城市化演变，透视中国近现代社会历史人生的文化价值。革命没有改变的，城市化可以彻底改变。当工业化、城市化彻底改变了人们的生产方式与生活方式以后，生命的价值和意义将如何再造？

高建群：每个中国人都面临着这个过程，充满着痛苦地进入城市化和工业化的进程。每个人在其中进入的方式都不一样，从乡村进入城市底层卑微的人物，进入城市的屋檐下活下来。随着工业化深入，大量的村庄被搬迁，他们被时代裹挟着前行。事实上，城里人和乡里人又是完全不同的两个概念：乡里人往自己门前一蹲,抱一壶茶,旁边再卧只狗,就觉得自己很伟大,一身肌肉;进城里以后,就会觉得自己是弱势群体,没有任何的力量且一无所长,可以说是很悲哀的一群人,一群畸零者。整个民族就是在这样的纠结中,我们走过了城市化进程的四十年。我的《大平原》写得就是我的家族、村庄,那些人怎么一步步走向城市。怎么在时代的大潮中随波逐流,命运各各。《大平原》中,高发生老汉要死了,就在棺材盖即将钉死时,他又活过来了。他欠起身子说:"我的名字为什么叫高发生?我现在是知道了,世界上所有的事情都没有道理。它的发生就是它的道理。"说完他又平躺下来,让人把棺材盖盖上说:"你们把要做的事情继续做完吧。"

我想起,当年(1965年)郭沫若到延安大学演讲时,同学们提出了一些问题让郭老回答。郭老说了一句很有水平的话:你们在提问题的同时实际上答案就在其中,你们自己已经解答了。我现在也有同样的感觉。现在作家、思想家在思考着这么一个问题,我们匆匆忙忙地赶路,奔向不可知的前方,到底这对人类而言是福是祸,现在很难说清。前段我也说过,我们匆匆忙忙走得太快,把灵魂丢在后边了。我们停一停,等等丢失的灵魂吧。而作为一个作家,我只能把我的感受说出来,试图像托尔斯泰那样的解答,我是做不到的。

《上海文化》:《统万城》和《我的菩提树》追溯亚欧大陆更遥远的文明历史,探寻人类文明新生再造的因缘际会。老子说"周礼已死",尼采说"上帝死了",霍金说"哲学也死了",我们这些人类后代子孙们生存的价值和意义是什么?您用小说创作探寻世界三大宗教基督教、佛教、伊斯兰教的发生发展,继而追溯儒释道文化发生、流变与交融,是否希望寻找到人生新意义,开启人类新文明？

高建群：《统万城》写的是，匈奴民族在行将退出人类历史舞台以前，如天鹅的最后一声绝唱。赫连勃勃在鄂尔多斯高原与陕北高原之间的地带建立了统万城。依据这一历史遗迹我们知道一些历史故事。前年，我随着"丝路万里行"，我们的车翻过帕米尔高原，进入费尔干纳盆地，中亚五国就在那片草原上。古丝绸之路上，有一座古老的城市，叫老梅尔城，这是丝绸之路上最古老的城市，古雅利安游牧民族的发生地，而现在是一座废墟。它为谁所灭呢？600年前，中亚出了一个大草原王——跛子帖木儿，他灭掉了这座城市。老梅尔城的形制和统万城居然一模一样，丝毫不差。四边都有城墙、角楼，且有许多的马面。可见，在历史的大空间，人类一直在走着，几乎以相同的步伐。

它行进到今天，包括暗物质的被证实，量子力学理论的提出，让人们脑洞大开。佛教在2 500多年以前，就感觉到这些。佛教里提到，三千小千世界构成一个中千世界；三千中千世界，构成一个大千世界，三千大千世界为一佛之化摄也。这些像谜语一样的话，美国一位专家把这些话放到电脑里求答案。电脑给出的答案是，佛家的小千世界，指的是我们小小的地球；中千世界，指的是银河系；所谓的大千世界，指的是茫茫宇宙。佛家在那遥远的年代里，已经站在宇宙的边缘上来观照世界，解释世界。他们所做的所有的努力，都是为了探索宇宙的奥秘，探索我们人的秘密。老子说"周礼已死"，尼采说"上帝死了"，霍金说"哲学也死了"，他们实际上不断发现，我们人类固有的观念解释不了世界。我们只是盲人摸象一样，看到世界的一部分，以为这就是全世界，不是这样的。霍金为什么说哲学已死？哲学建立在认识的基础上，它是对事物的一种解释。但百分之九十五的世界，是被黑暗遮蔽的，我们看到的只是百分之五。所以说，我们过去所建立的哲学基础就此轰然倒塌。

《上海文化》：中华民族的主体成分炎黄子孙来自黄土地，近现代中国革命历史的发展拐点发生在黄土地上的陕甘宁边区，新中国从延安走来，中华民族几千年的梦想河清海晏的伟大气象，正在变成社会现实。您的文学创作以其鲜明的地域特征、民族特色，呈现着寻找人类命运共同体的深刻文化意义。您说《我的菩提树》是写给孙女的故事，那么，后续的故事您将怎么讲呢？

高建群：近些年，在陕北神木发现了距离现在3 800年~4 200年的石峁遗址。中华民族发展到这个阶段时，按照历史发展的脉络假设，一个个群体部落，可以合成中华民族。在这种情况下，黄帝的部落，或者是黄帝的继任者，在黄河中游偏上的地带建立了都城。从而确保这一古人类族群滚雪球般的发展和延续。这些人类族群后来到哪里去了？我的推断是，随着黄河归槽以后，大河套地面周围没有水了，石峁城孤零零悬在山头上，于是人类逐水草而居，顺着黄河往上走，走到甘肃形成了齐家坪文明。他们在石峁待了500年，又在齐家坪待了500年，然后顺着渭河往下走，走到关中平原，成为周王朝的先民。在这里，凤鸣岐山，在这里筑造丰镐二京，周公制礼，形成了我们中华民族的根基。

陕北高原是一个十分奇异的地方，古人的眼光有限，脚力有限，光知道在游牧线和农耕线，游牧民族以八十年为一个周期越过长城线，侵扰中原。不知道的是，在长安和罗马两万余公里的欧亚大平原之中，生活着两百多个古游牧民族，他们以八十年为一个周期，向世界的东方首都长安或是世界的西方首都罗马的定居文明、农耕文明、城市文明索要生存空间。这是生存的需要，因为八十年中会不断频繁出现战乱、瘟疫、天灾等，他们得寻找活路。从这个观点来解释，就清晰地理解，在中国古代历史中为何会发生与游牧民族的冲突。西方普遍为大家所认可的一个观点是，这些草原人、游牧者，他们是大地之子，是大地的产物。他们的行为是由环境决定的。

再回到陕北。陕北是鄂尔多斯高原边缘地带，这个地方人类族群，在过去一直是在游牧文明和农耕文明建立的政权中间交错生存。我统计过，这片土地游牧文明和农耕文明统治时间各占一半。陕北文化之所以能够给我们很多让人惊讶的东西，有很多原因，譬如当年前秦皇帝苻坚派大将吕光灭掉龟兹城，将鸠摩罗什绑到白马上，经过将近二十年时间到达长安城。到达以后，后秦皇帝姚兴将三万名龟兹的遗民安置在陕北高原上，安置在榆林城再往北三十多公里的古城滩。中华文化里面很多东西，包括龟兹乐舞进入到中原以后，我们才有了真正意义上的舞蹈。陕北的唢呐也是龟兹人给我们带来的，以及闻名遐迩的腰鼓等等，陕北民歌、陕北说书，都与那次三万名龟兹遗民迁移到这里有关。

我曾经写过文章，一个人的一生，三次与唢呐有缘：一次是出生时候，吹奏唢呐，向世界宣告我来了；一个是婚嫁的时候吹奏唢呐，有一对青年男女他们要婚配了，高原新的一代将要诞生了；死亡的时候，抬着棺材打着引魂幡，向山顶上行走，在这唢呐的宗教般的声音中，死亡就不那么痛苦了。《我的菩提树》，是我60岁生日时候开始动笔，写了四年。我的孙女出生了，我看到她那么弱小。我说，我在世时候可以罩着你百毒不侵，遇见什么过不去的坎儿，你来问我，我可以给你人生的建议。大而言之，我们这个走了五千年历史路程的民族，必须有些智慧的人告诉人们怎么避开各种风险，明智地避开这些坎儿。我在写这本书时，用四年才写完，我怀着一种心态，要写一部真诚地为我们这个民族祝福的书。

汤因比说过：人类正在走着他的历程，在这个处处冒烟，处处起火的世界上，找不到一片绿洲，也许经过漫长时间考验至今仍郁郁葱葱的中华文明会是人类的福音。但是，这个古老文明必须警惕不使自己进入过去的那种循环中。而作为我来说，我还在写作，后面又有《大刈镰》《我的黑走马》出版，最近又完成了一部重要的书。前年我作为丝路文化大使，参加丝路万里行活动。这次行程总共两万两千多公里，用70天时间穿越了17个欧亚国家62座城市。这是本关于这趟行程的重要的书，叫《丝绸之路千问千答》，这本书已经完成了，明年即将出版，现在正由陕西卫视给书上配图片。这，是一部大历史、大地理、大文化的书。其实也就是一部丝绸之路的百科全书。我就像带路党一样，从古丝绸之路走过，把丝绸之路几千年来发生的重要的故事讲给大家听。就像法国小说家大仲马说的那样：历史是一枚钉子，在上面挂我的小说。古丝绸之路两旁布满了这种大仲马式的钉子，作者在这钉子上面御风而舞。

从杂货店走出来的陕北女作家
——安小玲小说《守土》序

十年前,我就认识小玲了。她在榆林城里开着个小杂货部,做自己的老板。业余,利用晚上小店关门后的时间,挑灯熬夜,写了一部厚厚的小说《榆钱谣》,由她的哥哥引领,来请我看一看,看我能不能有话要说。我在陕北住过,对陕北的人和事就像对自己的事一样,尤其对陕北的文学新人更有着许多的期待。当时,我是戴着老花镜看完的稿子,看得很吃力,看完却被震惊,文字很干净,很简洁。于是,我就写了《文学是一口强人吃的饭》作为序言。是鼓励,也是期望,更是扶持,一个多吃了几年咸盐的人,对后之来者的应取的态度。

之后,我和小玲有过几次见面——百人计划的课堂上、中哈作家交流的会场上,还有别的一些场合。全是我在台上讲课,她在台下聆听。课间,她会和众多文学新人一样,跑上讲台找我合影。在我的眼里,她就是我的学生,较之其他学生,秀气一些,腼腆了一些,但正因这秀气与腼腆,却让我记住了她。

陕西有个百人工程,小玲是入选者之一。记得在专家评审会总结时,我说,刘小玲是一位有实力的陕北作家,出于对文学的热爱和敬畏，她白天在榆林城中开个杂货店，晚上伏案写作，咱们这项工程，就是为这样的业余作家提供的。给点阳光就灿烂，也许三五年下来，就会给我们抱个金娃娃回来。果然，我的话应验了。四年之后，小玲真就抱着一个金娃娃来见我。她说，她的《守土》入选2019年度中共陕西省委重点文艺创作资助项目，现在要出版了。我高兴啊，为她的成长而高兴。

现在，小玲已不再是榆林城中那个小杂货店小老板了，她现在成为榆林市全民健身的推广大使了，人总是要成长的。她带领着一城榆林人投入到慢跑健身的行列中，并成功举办了数场大小不等的马拉松活动，而她本人也成为一名业余的马拉松选手，北京、厦门、重庆、杭州、敦煌……西安更不必说，她几乎跑遍了全国。就在这样的一种情况下，她依然坚持着文学创作，并且硕果累累，真让我刮目相看了。

我在《文学是一口强人吃的饭》中写道："你相不相信，艺术家是天生的，各个门类的都是！他们天生慧根，他们被上帝打发到这个世界上来，就是来完成一次创造，就是用一己之燃烧来点缀这个平庸的世界。在熙熙攘攘的人群中，你很容易就能发现他们，多愁善感，郁郁寡欢，心不在焉，等待点燃。"现在，我想说，上述这段话对她来说，业已过时。她已经点燃，是被她自己的执着与勤奋，乐观与非凡的经历点燃。

小玲的《守土》较之于十年前的《榆钱谣》，无论从语言的凝练，还是故事的铺排，乃至行文的节奏，都老练了许多，精致了许多，耐读了许多。《守土》是一部集陕北农村发展史、陕北农村水土资源流变史、陕北女人爱情史、陕北男人创业史，于一体的长篇现实主义小说。小说在宏大的历史背景下，以主人公夏小草的成长经历和心路历程为主线，讲述了地处陕北的河川湾村，祖辈手里就会做粉条，并以此为生存之道，但在改革开放初期的一段时期，人们却丢开赖以生存的老手艺，开始了新的致富渠道，但由于不懂科学，又急功近利，最终导致河川湾的生态遭到了严重的破坏，水土资源被严重污染，从而引发一系列令人追悔莫及的事故。值得一读，值得深思。

　　写到这儿，我突然间就想对小玲说：其实，真正好的作家，都有着非凡的人生经历和心路历程。正因为如此，他们才悲悯、豁达、朴实、低调。他们才不屑于名利场上的沉浮，心中始终牵挂苍生。小玲，只要你胸中有情，笔尖有墨，那就让文字如淙淙泉水，尽情流淌吧！拿出你跑马拉松的毅力与恒心来对待文学，总有一天，人间苍生就会如同马拉松赛道上的那些观众，回馈你最诚挚的褒奖，最热烈的鼓掌！

　　就说这些吧！我们这一代人，行将老去，这场宴席将接待下一批食客。

　　是为序。

2021 年 5 月 26 日

每一个陕北人都是一个谜

——致冯学起《黄牛背上的打碗碗花》

世界史的写作者,他们永远绕不开这三个人:这就是有"上帝之鞭"之称的阿提拉、建立横跨欧亚的大帝国的成吉思汗、中亚枭雄跛子帖木儿。

一位西方人类学家以叹喟的口吻说,世界只知道这三个大游牧者,但是他们不知道,还有多少未走出他们那一片草原,便无香无臭,无名无姓的倒毙在路旁的那些人们。

他又说,我们尤其不知道的是,还有多少人,此刻,在他们的家中,正在做着征服世界的梦。他们大约会在明天早晨或后天早晨上路。

这本书的作者我不认识,素昧平生。转了几次手,这一部手稿送到了我的桌上。作者约我写一个序。我这几年序写得少了。陕北的青年朋友们,总希望他们的作品在汇集出版的时候,由我来写个序,从而肯定他们的努力,和他们的文学成就。当然,这也是对我的抬举和信任。

我首先看了这本书的后记。因为我急切地想知道这本书的作者的一些情况。后记告诉我,他是一名教师,供职于延安职业技术学院。他大约应当是语文老师，因为文笔十分地好。他大约应当出生在陕北北部，吴起县的长城沿线的村庄。

这位写作者还在后记中，提到几个陕北重要作家对他的影响。例如路遥，例如谷溪，例如葆铭，例如阎安，等等。这些人的提出，都让我倍感亲切，也勾起我许多的回忆。

记得1983年春（或1982年秋），路遥从西安回延安，坐在我的办公室里，铁青个脸，沉默不语。我说你是怎么了，发生了什么事情吗？他吭哧了半天，憋出一句话。他说，他这些天，脑子里轰轰作响，老是在回旋着一句话：路遥呀，你的苦难是多么的深重呀！

路遥这句话，是用清涧话浓重的鼻音说出的。后来，中午吃饭，我领他到延安市场沟口那个回族人开的羊肉泡馍馆吃饭。那里的筷子很脏，大约几十年都没有换过了。路遥掏出一卷卫生纸，不停地擦着筷子。我说，不好意思，让你这么大个人物，来吃这吃食。路遥听了，长叹一声说：哎，人活低咧，咱就按低的来！

葆铭中途辍学，好像在延安一个叫小南沟的加油站上班。后来自学成才，成为报社一个编辑，再后来成为一位作家。

葆铭讲过他上学时期的一件事，叫我记忆深刻。

1970年深秋，西哈努克访问延安，要组织些学生到宾馆门前欢迎。葆铭当时在延中上学。学校一位擅长搞外事迎接活动的体育老师说，明天早上大家都要把新衣服穿上，咱们去欢迎。葆铭没有新衣服穿，于是他母亲把衣服洗了一遍。

第二天早上，衣服还没有干，葆铭就穿上了。在宾馆门前，这位老师看见葆铭穿的衣服棱个铮铮的，还表扬了他。西哈努克还没有来,但是太阳出来了。太阳一晒,衣服冒着热气,铺塌了下来,贴在了身上。

负责这次欢迎活动的老师这时过来了,说,你这娃就是扶不上墙,一眨眼的工夫,你又换成旧衣服了,你给我出列,躲到一边去!葆铭说,他就是因为这件事退学了。

关于谷溪,关于阎安,他们都是我的好朋友。篇幅的原因,我就不多说了。另外,这本书的后记中,还提到张贤亮先生。张先生这位新时期文学的开拓者之一,建立宁夏西部影视城的"堂吉诃德式"的人物,已经去世快十年了。我最后一次见他,是在影视城里。他当时已经癌症在身,可惜我不知道。悼念他!

这本名曰《黄牛背上的打碗碗花》的书,春节期间,我又叼空看了看。今天是农历正月十六。我决心回避一切杂务,写下这个序言,把这篇文债完成。

书中的这篇《高中纪事》,我是认真地读了,故事也勾起我许多的回忆。我在延安日报社工作期间,第一次下乡,就是去吴起,在那个窑洞招待所里,仕了半个月时间。那座胜利山,那条洛河,长城一线的长城乡、周湾乡、铁边城乡、王洼子乡,我都去过,古老、苍凉、苦涩,是我当时的印象。当我在窑洞招待所里写作的时候,大约这个作者正在上学,说不定我们在路口还碰到过。

关于这本书,我直观的感觉是,作者是有才华的,是有一定的生活积累的。他的语言、他的叙事概括、他的文学性质的思考,叫我想起俄罗斯文坛一件掌故。普希金有一天约见了果戈理,他说:年轻的朋友,我注意到你写的这些随笔式的东西了,你是有才华的。在具有了这样的文学的早期训练之后,你是不是尝试着写一些大的东西了。文学青年果戈理说，他也有这种想法，只是苦于没有一个好的题材。

普希金说：我这里有一个题材，我已经思考了许多年了，是一个奴隶主背着大口袋，在俄罗斯外省，收集死魂灵的故事。你把它写成一个小说吧。这就是俄罗斯文学史上第一部真正意义上的长篇小说《死魂灵》产生的过程。

我还想说的是，积我大半生的写作经验，我突然明白了一个道理。大家都说，真实是写作的生命，这话是对的。但是，从更高的层面上来说，大虚构才是写作的生命。只有在大虚构中，你的那些故事和人物才能得到极端意义上的升华和圆满。

最后我想说，我用了《每一个陕北人都是一个谜》作为这篇序言的标题。我在文中又谈到那么多的人物。古人和今人。

此一刻，我站在阳台上，遥望着冰天雪地中的陕北高原。我不仅把这篇序言献给这位作者，也献给所有拥有梦想的陕北人。

文学是碗强人饭
——致苏世华作品集

这位写作者和我是朋友,是兄弟,或者正如他们所说,还兼有一点师傅和徒弟的关系。 不过,作家是生活本身培养出来的,这是可敬的前辈作家孙犁的话,因此,我愿意在这里更强调前者。

我在延安生活了三十年,我有许多的延安朋友和兄弟。 我把这看作是财富。 记得那一年,我陪路遥从报社往延安宾馆走,短短的也就是两公里的路吧,结果整整走了两个多小时。 每走三步五步,就会遇到一个熟人,然后站着拉几句话耽搁一阵功夫。 路遥在旁边,半是羡慕半是感慨地说:延安街上的狗都认识你!

这位兄弟是个大材体! 当年记得我曾这样说过,今天,看了这厚厚的三卷本文集后,我又一次这样说。 苦难的陕北大地呀,隔三岔五,它总打发一些杰出人物来到人间,像早春的山桃花一样,漫山遍野地燃烧着,用玫瑰色点缀这片荒凉寂寞的土地。

文学是一碗强人吃的饭。 我常常感慨地说,谁选择了文学,谁就选择了悲剧性的命运,他是把自己当作一件祭品,为缪斯之神作祭。 陕北的乡俗,年节了抬着羊抬着猪头,吹吹打打去祭拜山神土地,这叫"献牲"。 而从事于文学的人,他所献牲的是他自己呀!

　　这厚厚的三卷本，我是分三天看了。 第一天看散文卷，第二天看小说卷，第三天看诗歌卷。 看完以后待心情平复了几天以后，然后写这个序。

　　这些散文是当今最好的散文。 对这些散发着浓郁的草原膻味的散文，给予多么高的评价都不算过分。 散文中那种纵笔大写。一路直描，雄伟的风景和浓烈的诗情摇撼阅读者。

　　我几乎每看一篇散文，都要停顿下来，点燃上一支烟，在办公室踱半天步子。 尤其是看到《戈壁滩上的芨芨草》一篇时，突然双目潮湿，热泪盈眶。 这种崇高感，我已经好多年没有在文章中遇到过了。 我当时在想，能写出这样层次文学作品的人，他有理由蔑视当代这些活着的所有的写作者。 同时，我还想起俄罗斯文坛的两件著名掌故。

　　第一件是关于普希金和果戈理的。 当普希金在报章上看到果戈理那些精美散文以后，他约了果戈理。 他对年轻的果戈理说：在拥有了这样的写作才能以后，你不能再浪漫自己了，你是不是尝试着写一些大一点的东西。 说完，普希金说：我这里有一个素材，是一个地主背着个口袋，在俄罗斯大地四处收购那些死亡了的农奴的灵魂的故事，你拿去写吧，祝你成功。 ——这就是俄罗斯文学史上，第一部伟大小说《死魂灵》诞生的起因。

　　第二件是关于列夫·托尔斯泰和高尔基的。 一个衣衫褴褛，身上散发着海洋气息的年轻水手来到富人列夫·托尔斯泰的家中。 水手讲述了他苦难的童年，他先用手在胸前画了个十字，念叨到，圣母啊，你是一只无底座的杯子，承受着世人心酸的眼泪。然后他对这位文学青年说：孩子，你有理由成为一个坏人。我们知道，这个年轻的流浪者，并没有成为坏人，而是成为一名大作家，并且，他将他的笔名叫作"苦难"（高尔基）。

我阅读了第二卷即小说卷，里面的小说，大部分我以前看过，现在看，仍觉得有很大的价值。作者对陕北农村生活的熟悉程度，令人惊讶。而那种感觉和叙事，也完全是小说的。尤其是中篇《远去的黑鸭》，当年编发时在编辑部引起的震动及公开发表后产生的影响都是比较大的。仅因此，在作者面临人生困境和家族灾难面前准备弃文从政时，黑振东老前辈曾将他叫至市委南院，以现身说法进行了劝阻和鼓励；我与西影厂编剧张子良先生专门邀他去安塞乡村谈了一路，主题还是劝他不要放弃，堡垒已经攻破，胜利已经在望，战场不能转移。但彼时作者背负的沉重使我们的说服显得苍白。没能说服他，我们很遗憾。记得最后张子良说："不要劝了，建群，每个人有每个人的境况。世华与我们不一样，目前的他，太难，就让他去另一条战线拼……"

此为闲言。我来继续说他的小说。如果——如果能再舒缓一点，人的铺排一点，像一条河流那样静静地，仪态大方地，以一种命定的节奏流淌下来，会是一件大作品、好作品。

诗歌卷我也看了。诗歌卷大约是两个方面的内容，一个是平时的感怀之作，应酬之作，一个则是对家乡的礼赞，对大地的感恩。我发觉，当作者一旦进入他的感情世界深处时，于是竖琴开始猛烈地弹奏起来。家乡和乡情，土地和高原，那是他熟悉的领域。他在那领域从容而充实。

在西安这个冬天的早晨，出于对朋友的感情，出于对陕北的感情。我回绝了一切事情，提笔写下这些文字。

天气预报上说。延安已经零下五度了。延安的冷，是干冷，那寒风往人的骨头里钻。最高温度，其实只在中午出现一阵子，日头一偏，寒气就起来了。我在延安，有着许多好朋友，借这个机会，向他们问好。有一首流行歌里说："那些花儿呀，他们在哪里呀，他们都老了吗？"每当听到这首歌，我的心里就汪得难受。

最后再说几句吧！

写作者说了，他真的有些后悔，当年为生计所迫，没听我们劝说，将文学丢开了，没有能持之以恒下去。而我在这里想说的是，世华没有错，在陕北这块贫瘠的土地上，生存永远是第一性的。作为男人，有时候，为父母尽孝、为兄弟姐妹牺牲自我都值得我们脱帽致敬。好在世华在紧张繁重的案牍劳顿和行政事务中，从没有搁下手中的笔。他的写作从未停下。在并非轻松的行政生涯中，他为我们捧出了如此厚重且诗意的三本纯文学的东西，这足以说明了人的坚强意志对环境的适应和反抗卓有成效。我每次回延安，都要与世华彻夜长谈。他的思想、感情，他的文学理想，他的创作理念，我们都是少有的知音知己。我知道他在这些年，忙里偷闲，拼命挤出些时间，利用星期天和节假日，几乎走遍了陕北历史烽烟和红色沃学之地，走访了许多当年那场悲惨壮烈的赤色革命的亲历者和知情人，搜集了为数不少的鲜为人知的资料。我深信，随着他渐行渐近的投入，我们深深爱着那块遍布着青石纪念碑的红色圣土上，会有文字的纪念碑高高耸起。我赞成世华老弟的这句话：后者的影响和生命，将远远超过前者。

从这个角度讲，文学这碗强人饭，我这兄弟，他是能够吃了的。

因于此，作为老兄我可以放胆地说，我这兄弟，他其实是个强人。因为他已做过的事和将要做的事，非一般人能够做得了。

是为序。

致李顺午散文集《与岁月握手》

透过这一卷卷沁润着泥土芬芳的样稿,传递出的是作者在对人生展痕的梳理、远去岁月的回望中,流泻的漫漫心路历程,蕴含的层层生命思索。 这些充满朴素而情感真挚的文辞,远离了喧嚣浮躁,远离了矫揉造作,有着直抒胸臆的酣畅淋漓,有着坦荡的独白与深刻的感悟。 这是我在阅读顺午的散文集《与岁月握手》样稿时得出的印象。

文章有思想才能有力量。 作者集二十余载陕北工作的磨砺,汇十多年秦东生活的感触,在如何升华作品的思想性与深刻性,如何写出让人咀嚼回味的篇章上,倾注了大量心血,进行了大胆探索。 他悉心钻研相关史料,掌握更多鲜活素材,在创作尤其是"创造"上舍得下功夫,力图给读者留出更大空间。

延安凤凰山麓,是毛泽东当年在理论探求上费时多、耗神大、著作颇丰的地方。 在《凤凰山麓》中,顺午以大量笔墨集中展开毛泽东与王明在理论上较量的艰辛与执着:"历尽艰辛乃至痛苦煎熬的毛泽东,收获到的不仅是文字上的积累和认识上的升华,更为宝贵的是找到了科学的理论和正确的方法,提升了他在党内军内的思想影响与理论威望。"在《回望南泥湾》中,他这样叙述:"从早年林木参天花草茂盛的葱茏,到三五九旅屯田垦荒发展生产的辉煌,从新中国成立之初劳改场所兵团样板的喧嚣,到'文革'时期'五七干校'部队农场的畸形,从改革开放科技示范镇的火红,到如今封山育林生态基地建设的寂静,似乎这美丽的南泥湾走过了一个历史轮回。"作者这些有益的尝试,大大增加了文章的思想性,给读者思考留出余地,在情、事、理的把握上也比较得当。

长期基层工作的积累,使顺午深感文学作品在启迪思想的同时,还应当在传播知识、愉悦心境上延伸空间增加含量。在《豆腐坊》里:"早在20世纪60年代初,曾被誉为'中共第一支笔'的胡乔木在大连棒棰岛休养时,工作人员礼貌地问:'首长想吃点什么?'胡乔木随便说了句:'那就吃点豆腐吧!'这一下麻烦了,不缺海味山珍的大连,偏偏就是找不到豆腐。"在《王家坪散记》中:"颇具讽刺意味的是,1971年9月下旬,柬埔寨宾努亲王访问延安时,当地陪同的党政军官员硬要让客人参观'林副统帅'的旧居。此时林彪叛逃的'九·一三'事件已过去10多天。"这些史料的巧妙运用,既提升了文章的厚重感,又增加了可读性。作者这样的探索,在时光的打磨中也会更具价值。

真实是散文的灵魂。从样稿的字里行间,可以读到顺午对亲人、对朋友、对同事的真挚情感,对现实生活的感恩感思。在《秦东朗月》这一卷里,作者用真人真事真山真水,讴歌了企业最底层的员工,把他们敬业奉献的品格写得入情入理生动感人,传递出的是让人懂得感恩和奉献,让人体味温暖与幸福。一个企业乃至整个社会的发展与进步,都离不开如同这样员工的人们。

顺午深爱着自己的故乡,也眷恋他乡。他把对自然、对文化的敬畏，把对域外山水的留恋，视为增加心灵慰藉，拓展文化视野的途径，在文化汇聚上常常打破地域的樊篱。他回溯过去、回望历史，没有仅仅停留在简单的回忆和回放，而是既倾注深情，又满怀理性。这些理性的思索，关照了过去，又关注了未来。

在顺午的脑海里，"储存""叠加"的影像最多的是黄土高原和秦东大地的山水与人物，是扯不断理还乱的浓浓情结。他在延安工作生活了二十多年，把人生最美好的年华献给部队、献给革命圣地。秦东是他出生的故土，又是如今生活的地方，其"节奏"已完全融入这里的"轨道"。他把对圣地和故土的挚爱都倾注在文章中，诚恳地捧给读者。

我和顺午认识已近三十年。那时他在延安军分区政治部作宣传干事，我在延安日报文艺部当主任，工作上常有联系，我俩还一起在吴起镇采写过稿件。近几年，我又多次参加中国电力作协组织的活动，参与中国电力文学奖的评比，也了解一些顺午在工作和创作上的情况。作为他的朋友，我为他这部散文集的成功出版表示诚挚的祝贺！

顺午曾从事公文、新闻写作几十年，难免在文学创作中落入套路留下痕迹。这些，都丝毫不影响他作品的"原生态"，不影响他的散文风格。我相信，凭着多年的积累，又肯花气力下功夫，顺午一定会在散文创作的独特发现和表达上取得新突破，也一定会以新的文学成果回报读者，回报多彩美丽的生活。

是为序。

飞翔吧，年轻的鹰
——致米宏清诗集《野山花》

  陕北的地域文化，保存最完整的，当属安塞。这里的剪纸、民间画、腰鼓、民歌等艺术，就偌大的中国地面而言，是先秦两汉之间的文化痕迹留存得最重的地方（要知道，中间间隔了一个两千年跨度的漫长封建时代）。前些天我有幸观看了安塞剪纸和农民画展览，我在留言簿上写道：因为这块地域的存在，中华民族的古老文化，才得以像活化石一样，重见于现代时。

  我这话不是过誉。剪纸我已经说得多了，这里不再赘述，仅就农民画而言，我想说，古典精神同时又是现代精神，我从这些原始的人类童年景象、人类童年思考的有形之物上，看到了20世纪风格，看到了毕加索和马蒂斯。我想，一个聪明的中国画家，他只稍微地向民间靠拢，向这些没有受到现代文明污染的精神靠拢，那他将成为一个不可遏制的大家，他将同时掌握未来。

  生活在这块地域是幸福和幸运的。我想，这就是我给本书作者想说的话。机缘、灵感、神灵的启示，取之不竭的生活源泉，这些都从门里窗里向你涌来。如果你是一个艺术家的话，你将为之疯魔。

自然，这是一块贫瘠的、偏远的土地，因此，从另一个方面来说，即便是些微的成功，也要付出比别的地方的人们更大的代价。

但是，这是一块出现大家的地方，因此我想，我们的努力是值得的。

我与本书作者相识已有四五年了。他的愈来愈显露的才华令人惊异。造物主也许觉得它对这一方人类太残酷和严厉了些，所以，隔三过五，总要在荒山野洼开一枝或几枝奇异的花，来点缀这一块凄凉的风景。

飞翔吧，年轻的鹰！你那么年轻，而世界那么大。天生一物为竟一物之用，作为社会来说，社会有责任扶持和支持这位小才子；作为这位中学生来说，他则有责任对得起自己，对得起贫瘠的山乡和卑微的父母，对得起这块名叫安塞的土地。

北方是悲哀的。这句艾青和郭小川都说过的话，总让我流泪。这悲哀一半来源于贫困和荒蛮，另一半则是在这贫困与荒蛮之上，偏生出一群心比天高、命比纸薄的家伙（例如我的朋友路遥）。但是，没有梦想的浑浑噩噩的一生，岂不更见其悲哀么？所以该梦的还是去梦，该想的还是去想吧。

王行舟写字

——致王行舟《王行舟书法集》

"王行舟"这名字起得好。一个为王者站在船头上,船在水中行着,真是好令人神往的一幕。这一幕让我想起电影《李时珍》的开头,船在行着,纤夫喊出苍凉的号子,李时珍的父亲对十一岁的李时珍说:孩子啊,你想学医的话,那么,你就得像这条船一样,一生都在逆流中,可是,一生都得前进。

相形之下,我这名字,就一般般了。我的事大不了,大约也与这名字太普通有关。著名作家毕淑敏说:老高,你的名字像个乡长的名字,而我的名字,则像个居委会大妈的名字。

以上是笑谈。

行舟是我的老同事、老部下,他为人敦厚,在人心不古的今天,这样敦厚诚恳的人,弥足珍贵。我总把他当老弟看待。文联是文学艺术界的最高殿堂,在这样的单位工作,最起码应当做到的,就是热爱文化,敬畏文化,努力地潜入文化深层去,学习、提高、升华自己。记得四十多年前,我一步三哆嗦,走入省作协的大门时,我是多么的诚惶诚恐呀!

行舟不但人好,字也写得好,笔锋所向,大气老辣,目送手挥，苍凉豪迈。中国人有一句老话，叫作"字如其人"，我看行舟的用笔，总觉得就像他的肢体一样，高身大量，扎胳膊甩腿。他善写一个"马"字，那"马"字怎么看，都像一匹激情四射，飞扬跋扈的马。关于马，我算是一个权威，我曾经有五年的时间，骑在马背上，我是骑兵这个辉煌了两千年的兵种，它的最后的终结者之一。行舟的奔马图字，深得社会的喜爱，他是西安人，据说挂在网上，求字者络绎不绝。我想说，读者的喜欢是有它的道理的，那"马"字确实有一种天马的感觉，奔驰的感觉。

行舟的书法，得力于深厚的家学。据说六岁的时候，父亲就把一支笔蘸上墨，塞到他的手中，旁边摆上颜体。行舟后来当兵，据说在部队的时候，就是全军的先进文化工作者了。他的书法的成形和发展，大约部队这所大熔炉，曾给了他许多的锤炼，后来到了地方，宽松的文化环境，更适宜于张扬他的艺术个性。

中国的方块汉字，行到今天，可以说旮旮旯旯的美，都让人触及了。魏晋南北朝时期，书法的走向可以往二王的唯美主义倾向走，也可以往二爨（爨宝子碑、爨龙颜碑）的方向走，也可以往石门颂的方向走，后来历史选择了前者。历史的选择大约是对的，但是这种唯美倾向后来发展成俗美、恶美，尤其在明清年间成僵死的馆阁体，于是乎今人又从它当年的分野处，去向二爨，向石门颂寻求帮助。这个寻求中就有于右任先生。于先生的变法，就是石门颂带给他的震动。

行舟的书法集要出版了，谨真诚地献上我的祝贺。他在努力地张扬自己，他的每一幅字，都能看出这种张扬和挣扎的痕迹。他不允许自己平庸，他要把他的学养，他的性情，他对书法美的理解，融入他的造型中去。向行舟祝贺，祝他继续这一场人生苦旅。能谈艺术是一件快乐的事情,在西安这个冬天,我用笔为我的这位老弟献上最美好的语言。他们还年轻,应当有更大的前途。

张兴源在自家窑洞打呼噜，半个世界都听到了
——致《张兴源选集》

兴源和我认识得很早了。早在我在延安日报社编副刊的时候就知道他，见到他。他出道很早，而且一张口就语惊四座。那首当时给他带来声誉的朗诵诗《献给青年》，就是今天读起来，仍然热血沸腾。写作时间是1991年3月27日。那阵子是舒婷的风头刚过，汪国真正预热着他即将的风靡。记得我一九九二年去北京交稿，见到我的责编朱珩青女士，朱老师说，她的一个老部下小汪，突然给火了，火得一塌糊涂。还记得我一九九五年去大连开会，参观时和舒婷坐在一起，我说，向你致敬，你将载入百年新诗史。舒婷说，你是说我老了吗？我说，误会，我是说你将成为历史人物。我是在赞美你。今天我在阅读这首名叫《献给青年》的长诗时，想起上面那两个诗坛旗帜性人物，我想兴源也许在那个时候再扑腾扑腾，会进入那个档次的。

我给很多朋友说过，人是环境的产物这个观点。我说，当年西安城里有两个大书法家，一个叫于右任，一个叫王雪樵。于右任往远处走，往南京走，往上海走，往日本东京走，往台湾走。王雪樵是往近处走，往榆林走，往神木走，往二郎山走。后来于右

任成了一个世界格局的书法家，王雪樵则成了家乡的一个乡贤。当然我这也只是一种说法，人的命运各有不同，不过大抵规律是这样的。

兴源后来上了北京鲁迅文学院。那是中国作协办的。一九九四年十月中旬我去北京送稿，鲁迅文学院领导得到我到京的消息后，委托兴源邀请我为他们高研班去讲了一堂课。他说，在我讲课之前，阎纲先生来鲁院讲课时已经说了，当学员课堂上问及阎纲，浪漫派文学一路，在中国当下还有血脉传承吗？阎老回答，有的，至少我们还有个高建群，还有个张承志。人都是爱听好话的，爱听肯定自己的话的，所以我听了这话，心里满足了好几天。

兴源大约在鲁迅文学院上完学，就又暂别京华缩回陕北，他那邮票大小的地方去了。他好像不善与人交际（这也是我的弱点），别的上过这个文学院的作家总是拉扯来一大帮，而兴源静悄悄地在独立做事，行走着他的命运。

二零零三年年底前，西影厂准备改编筹拍《最后一个匈奴》，女一号将由著名演员史可扮演。史可想提前进入角色，于是，我们去了延安。去时，已经调到延安日报社的兴源和葆铭他们都来了。当晚，我们聚在一起，度过了一个左拉、莫泊桑式的"梅塘之夜"。

我们这又断了联系许多年。但我知道他还在写作，他好像还出过一次车祸，等等，等等。不过，他那脚蹬旅游鞋，一身牛仔服，蓬松着头发的形象，总叫我时时想起。这好像已经成为他的固定形象，我第一次见他时，他就是这身装束，最近这次他背着厚厚的四大本文集，来约我写这个序时，亦是这身装束。

陕北人的脸上，永远带着一种愁苦，而兴源，除了愁苦之外还有一种恍惚，一种被文学这个梦魇般的东西死死缠住、无法挣脱的表情。那情形，仿佛是白雪公主被施了魔法，锁在一座塔里一样。

这次兴源来到西安，当他把那四卷本文集递到我的手中时，我抚摸着封面，百感交集。我痛彻地感觉到了，他一直在努力，这是一位被雪藏，被社会忽视和怠慢了的作家。我长叹一声，铺开宣纸，为这部文集写下这么一段话——

"在陕北高原通往外部世界的道路上，横七竖八躺倒着许多的失败者。但是一代又一代，仍然有最勇敢的人们踏上道路。他们相信奇迹会在自己身上出现，他们愿意把自己当作祭品，为缪斯之神献上。

"这是宿命。一代又一代陕北人的宿命。而我在这里着重想指出的是，从他们仰望星空，产生这种梦想的那一刻，从他们战战兢兢，从自家窑院迈向大世界的那一刻，他们就是胜利者了。

"谨以此，寄语《张兴源选集》，并延安、榆林的所有文学同仁们。"

这段话后来在网上引起一片赞声。一位凤凰卫视的编导在网上说，你的"他们仰望星空，产生这种梦想的那一刻，他们就是胜利者了"这段话，让他们这些"在路上"的人们，听了热泪盈眶。

延安要开个"张兴源作品研讨会"，请我写个贺信。于是在楼下面的丰庆公园里，一条石凳上，我用手机短信，写了下面的话。

"兴源是从志丹，从延安走出来的作家。志丹县是中国文联、中国作协的前身之一、全国文艺抗敌协会（简称'文抗'）的成立之地。所谓的'保安人物一时新'。而延安,则更是以他的历史地位,当年从中走出过一批文艺大家。我想,延安之所以代有辈出,与这些前辈的文学感召有关(他们告诉给了后来者一个高度),与这块土地深厚的文学底蕴有关。而作家张兴源,正是这陕北作家群中,佼佼的一个。

"他出道应当有三十多年了吧!三更灯火五更鸡,笔耕不辍,勤勉有加,自己给自己施加压力,写了这么厚的多卷本文集,且具有较高的质量,这些都叫人感动。一个社会的人,他同时还得承担着养家糊口的职责、社会的人生俗务。兴源能将这一切都做得这么好,实属不易。

"当年兴源上鲁迅文学院时,还是一个翩翩然追风少年,一身牛仔,英姿勃发,走起路跳跃着。如今已经六十初度,都有些老意了。岁月啊,且让我们诅咒它。最后呀,借这个机会,问候所有延安的同道好!"

研讨会上宣读了我的贺信,同时也宣读了国务院参事忽培元先生的贺信。培元也是一位从延安走出来的作家,当年他上延大时,他在行署当秘书时,他后来又回来挂职时,我们没少踢搅过。他能写很好的小说,当年也曾经踌躇满志,视天下为无物呀!

想来爱英、翠琴、厚夫、小溪、世华、葆铭、志旺、侯波等这些延安文坛的大佬们也都来了。一地一域,总有一些人物存在,他们自觉或不自觉地担负着文化传承的责任。我在许多场合讲过,支撑起中华文化大厦的,正是散布在广袤大地上的这些可敬的人们。

兴源以他四十年的诚实劳动,收获了这厚厚的四卷文集,如今请我写序,我不能敷衍,尽管我很忙。于是我把这四卷本砖头一样的书从工作室搬到家里，一篇文章一篇文章地看，一本书一本书地读。

文集四卷，第一卷是《张兴源诗选》，第二卷是《张兴源散文选》，第三卷是《张兴源报告文学选》，第四卷是《张兴源通讯特写选》。

我认真地读了这些文章。我真的很忙。前年电视台组织欧亚大穿越，丝路万里行，我是文化大使。最近出版社给我配了个编辑，每天我连写带说，要出稿三千字。书名叫《丝绸之路千问千答》。如今我写这篇文字，就是每天完成那本书的工作量以后，下午来写它。

我是依次来看兴源的作品的。我还是喜欢他当年写的那些诗的。这一点读者从本文开头我对《献给青年》的夸赞有加就可以看出。那一阵兴源的诗写得真好，捧着这些诗稿像捧着一团火。陕北人心气高，在志丹那个山旮旯打呼噜，他希望全世界都听到。他的写故乡的诗，他的对杏子河的赞美，他的长诗《岁月》和《土地》，这些都是真正的诗，一流的诗。他是一位天生的诗人。读完诗集，再读散文集。他的那些怀乡思亲的散文，那些作家论，都是些可读的好文章。尤其是那组文言散文和文言小说，写得真好呀。我知道，那是很不容易，很吃工夫的。由此我真诚地感觉到了，他像一个魔术师和阴谋家，在他的斗室里，一砖一石地建立着自己的艺术帝国的故事，他希望得到理解和肯定。他相信，我是一位长者，是多年的朋友，是他命中应该出现的那个人。

印象派画家雷诺阿说，当终于买得起上等的牛排的时候，我口中的牙齿已经所剩无几了。于我，常有这样的感慨，于六十初度的兴源老弟来说，大约亦会有这样的感慨。比如，我在写这篇文字的时候，就觉写得很慢，文笔很滞涩。

不过还有一段日子的，我们还可以做许多事情的。苍龙日暮还行雨。也许我们在不经意间，又会抱一个大部头出来。

我最后再说一遍，张兴源，他在自家窑洞里打呼噜，半个世界有耳朵的人都听见了！

丑美·狞厉的美
——听王炎林先生谈画

> 在非洲最高的山——乞力马扎罗山的山顶，雪线之上，有一只豹子的尸体。这只豹子跑到这既寒冷，又没有食物，且没同类的地方干什么来了，没有人能做出解释！
>
> ——海明威

我懂一点画。我写《最后一个匈奴》时，案头上必备的两本书，一本是拜伦的长诗《唐璜》，一本就是《印象派的绘画技法》。这两本书教给我叙事框架和规则，教给我将艺术的某一特征逼到极端，然后在极端的峰顶重造和谐。

在谈王炎林先生的绘画前先让我谈两件事。

其一，那一年我在北京中国美术馆看了一次"世界名画展"，莫奈的《睡莲》，德加的《舞女》令我强烈震撼。记得我在德加那四个系鞋带的舞女面前，整整站了半个小时。

其二，今年，中国画双年展来西安，我怀着期待去看了一次。当我在圆状的展览大厅里转了一圈以后，我很失望。满目都是如雷贯耳的名字，但是他们并没有带给我强烈的视觉冲击和心灵震撼。记得只有两幅画，叫我心动了一下。一幅是齐白石的《寿桃》，那么大胆地用色，甚至用到艳俗，但是其间又灌注了那么多的民间精神，仿佛一道亮光，打破了这死气沉沉的双年展的庙堂气和霉味。另一幅则是林风眠先生的一幅袖珍的山水画。他用蝇头小楷将那山水叠叠相加细密勾出，那么雅致，那么和谐，那么充满了规则。

两个画展的比较，叫我强烈地感觉到了中国画表现力的虚弱和绘画语言的贫乏。在这里我不敢对这些大家巨擘们有三两微词，我只能说这两种绘画方式确实存在着差异，而我则更喜欢后者。那时我就想，能不能有一个学贯中西的绘画界的强人出来，给中国画注入一些精神，注入一些激情，注入一些想象，注入一些强悍，让它的表现语言更丰富和更有穿透力。

这个人现在是出来了，他叫王炎林。我在八十年代初的时候，就听人说过，长安画坛有一个反叛者，立着一杆大旗，身边围绕着一群青年画家，反对中国美院美学教学系统中水粉画的死板、固有色和不重视感情的做法，试图变法。这人就是王炎林先生。

第一次见到王炎林先生的画，是在作家张敏的家中。那时，王先生正处在从油画向国画的改变中，我能看出画中那苦苦挣扎的痕迹。创造者的心中有一种美——大美，惊世骇俗的美，狞砺之美，他要把它们借画笔表现出来。

今年在电视上，我又见到了王炎林先生的画。我、我们全家，都被画为我们带来的那种大美所震撼。世界原来是这么美的，女人原来是这么美的。在面对的那一刻，我想起拜伦的一句话：将全世界美女的美，都集中到一个人身上，然后让我去爱这一个——紧紧地去拥抱她。

从求变到最后的化蛹为蝶，达到圆熟，我不知道王先生经历了一种怎样的艺术磨难期。 文学和绘画是相通的，我瞎想，他的艺术追求中，有一种至高的美，其美在骨，他要把他的美学观点向世人表现。 那情形，就像一个做梦的人，被"魇"住了，使劲呐喊，却呐喊不出来。

在后来省文联的会议上和王老师的多次接触中，我明白了，从油画转而开始中国画的创作时，即20世纪80年代初，王炎林先生即开始了他的一场长达二十多年的梦魇。

在他的中国画的变法中，有两个姐妹艺术给他以支持，成为他前行的拐杖。 一个是他最初的本业——油画。 一个是中国的民间艺术。 在王先生的几乎每一件作品中，我们都能看到这两种艺术传统对他的影响。

"我从民间艺术中学会了创造，懂得了什么是艺术的真实。西方人从毕加索开始才知道艺术可以变形，中国的民间剪纸几千年以前就这样做了！"王炎林先生说。"现在的正统观点认为文人画才是传统，是国粹，这是不对的！民间艺术才最中国，才是国粹！"王先生还说。

在王先生的客厅里，我见到墙壁上的一幅画，叫《小车站》。倾斜的车站建筑，倾斜的道路和道旁树，杂乱的人群，整个画面充满了一种不安定感，但是又有一种大和谐在里面。 王先生说，这是在湖南长沙画的，马上要坐车走了，在候车室里，他在疯狂的状态下一挥而就。 这幅画是八十年代初画的，应当说是他兴趣转向中国画，开始中国画变法的一个标志性建筑。 这幅画令我想起莫奈的《车站》。 好像印象派也就是从那时候开始踏上那凶险的道路的。

为了写这篇文章，我在一个初秋的日子来到鼎鼎大名的西影厂，在王老师的家中采访了他三个小时。他讲了很多重要的话，例如"独创性决定一个画家的地位"，例如"我是一个活在幻想中的人，不愿守成。出于一种心态的需要，相对地守一段时间后，我可能还要变！"例如"丑美和狞厉之美"等。我原先想将他的话分段录出即可交差了，而我的文章只是一个引言。谁知笔一落到纸上，就说了这么多，而篇幅又有限制。那么，王先生的话，则只好在另外的文章中写了。

下面我说说对王炎林先生的印象。

他坐在长沙发的一头，我在另一头。我感到他像一头雄狮或豹子。非洲原野上的野生动物保护区门口常常竖着这样的牌子："有危险性，别靠近它！"我在谈话的当中就有这样的感觉。我那一刻还想起海明威关于豹子的一段话，我将那段话放在本文的引言里。

我们无缘得见印象派大师凡·高、高更，但是在和王炎林先生的对话中，我不时地想起这两个艺术的殉道者。医生认为，王炎林有严重的精神障碍。我完全同意医生的话。一个一场长梦二十年的人，没有病才怪哩，所幸的是王先生除了油画这一根拐杖外，他还有中国民间艺术作为另一根拐杖，而中国民间艺术中有一种大苦难之后而大释然的东西，因此相信王先生不会像凡·高、像高更那样悲壮地走向祭坛，而是有一天大梦醒来，热泪滂沱，回到东方文化的大释然中的。

王先生的夫人皇甫，是一个小巧的袖珍美女。制服一头雄狮正是需要这样的小女人的。我去采访时正是皇甫女士的生日，因此我端起一杯酒，向她敬礼，我说："和一位艺术家做伴侣是要做出巨大牺牲的，在西方有这样的传统，中国则不太有！"皇甫说，她嫁给王先生时，连根葱都不会剥，现在，已经被生活改变成一个全职保姆了，因为王炎林连今天是几月几号都不知道，连自己的工资是多少都不知道，连亲戚家孩子的名字都记不准，完全是个废人。

就说这些吧！容后再谈。

最后想说的是，《读者欣赏》将要发表的王炎林先生的十六幅画，我都看了。感觉上还不能尽兴，不能淋漓尽致地反映王先生艺术的全貌。编辑出于国情考虑，将一些惊世骇俗的安格尔风格的作品割爱了。这是一件遗憾的事情。

鄂邑地面温氏家族源流考
——致《温氏世谱》

中国是一个农耕为主体的国家，五千年来香火绵延，传承有序。生存的需要，繁衍的必然，在中国广袤的大地上，聚集着众多的同姓同氏族的村镇。他们是谁？他们经历了怎样的流连颠簸，最后选定这一块祖穴之地，定居在这里，生于斯，长于斯，劳作于斯，寿终正寝后葬埋于斯？他们有着怎样的家族故事，他们如何避开这中国历史上一次接一次的兵火、战乱、饥荒、瘟疫，侥幸地活下来，从而形成这一个一个大潮汐过后的积水洼地。

我神色肃穆地打开这本《温氏世谱》。这是一个位于西安附近（自西安钟楼至鄂邑区政府所在地约四十公里），鄂邑区及其左近地面的温氏家族后人，怀着一种敬畏之心，为其家族修撰的跨越六百年时间历程的家族世谱。

在阅读中，我就这样仿佛走入一座花园一样，走入一个村镇、走入一段历史，走入一个家族那生存和繁衍的伟大斗争的过往中。

六百年是一个不算太短的时间概念。六百年前，温氏一族是居住在草堂寺那一带的，后来为避战乱，大部分族民遂移居秦岭脚下的周至县蒋（夏）村。战乱结束后，温氏族人在这里定居下来。族谱给我们显示的信息，这秦岭山上，以及山下面的一大块沃野，是当时温氏族人逐渐买下的。先封山七十年，待山中的林木长得可以做椽、做檩、做大梁时，才开始采伐利用，之后在村中不断地盖房，并修建祠堂、戏楼，置买田地，日益扩大家业。

《温氏世谱》显示，六百年前那一次温氏家族的迁徙中，还有一部分户族，继续留在草堂寺地面，如今成为独立的一支，且香火绵延，人丁兴旺。一支迁徙到淇水村（具体地址不可考）；另外，在渭河对面的三原县，亦有温姓人家居住，其中有的当属从这一较大族群流落到那里去了；一支来到了蒋（夏）村，这里原属周至县管辖；后来，秦岭之南的汉中市西乡县，亦有这支族群流落到那里户里的人丁。

读着这些，我像在完成一次历史穿越。我不知道这些温氏后人，这些《温氏世谱》的编撰者们，是如何将这些久远的历史记忆，庞杂的历史记忆搜集到一起的。书中所示，他们尽可能搜集到那些最古的族谱，以及在温氏祠堂里，在各个温姓人家家中，搜寻、整理、归纳这些弥可珍贵的历史信息。《温氏世谱》编撰者温小兵先生对我说，最为遗憾的一件事情是，20世纪六七十年代，族人们将蒋村地面的《温氏世谱》（老通谱和东户世谱）藏进红薯窖里，后来这红薯窖进了水，见了水的纸便成为纸浆。这一段弥可珍贵的碑载的家族记忆，便就此割断了。

我在上面用了两个"弥可珍贵"。其实，对一个家族来说，它的家谱、世谱弥可珍贵，而同时对我们这个国家、这个民族来说，家谱、世谱亦是弥可珍贵的。我一直想在自己晚年，做这样一件事情，即写作一本名叫《大长安地舆志》那样的书，围绕西安城一圈，选一百个村庄，追溯这些村庄的来历，这些姓氏的来历，这样，也许可以追溯到中华民族的初民时代去。

那将是一本信史，一本最为可靠的沿着这条线索攀缘而上，直追源头的信史。它的价值甚至超过二十四史。二十四史是帝王的历史，是走马灯一样的朝代更年史，而一村一族所建立的族谱和世谱，则是草根百姓的历史，是民间行为写作成的二十四史。在这里说一句，我更看重于后者，我对千百年生于斯、长于斯、劳作于斯、死后葬埋于斯的普通百姓，具有更高的敬意。

《温氏世谱》修撰工程完成了。我为这本书的完成献上我的祝贺和敬意。我感到它更像一本温氏家族源流考。我想，中国的每一个有来历的家族，都有必要来修这样的族谱和世谱，以强化我们的民族记忆和国家认同。村庄是一个国家的最小行政单位，大水漫过，它将永远是存在的。

我想，当我从秦岭山北麓走过时，我会说，将脚步放轻，这里有个蒋（夏）村，不要惊扰了地下的亡灵。而关中平原的每一个同姓同氏族村庄，大约也是这样子的。所以我的敬意同时适宜于每一个村庄。

为张春生书法专版题写序语

方块汉字在书法家的笔下，历朝历代都在挖掘其间的内在美，结构美和形式美。张春生的书法作品，我认真地看了，有功力，有传承，有自己的美学追求。我能看出他长期地沉湎于魏碑境界，崇尚古风，拟古而不泥古的创作意图，他试图用笔墨营造出一片庙堂气、书卷气的良苦用心。秦篆是一个高度，像始皇帝泰山封禅碑的雄霸之气。汉隶是一个高度，如封龙山碑、石门颂之气魄豪迈。魏碑是一个高度，这里面名碑名帖很多，就不一一列举，甚至于于右任先生推崇的龙门十三品，康有为推崇的二爨，当在此列。二王承前启后，将中国方块汉字的结构美，渲染到一个高度，从而给后世立了一个典范。

张春生是陕西富平淡村人，毕业于中山大学中文系，目下是西北工业大学的副研究员，应当说，小日子已经过得有几分滋润了，不料却迷恋上了书法，把自己整天弄得迷迷糊糊的，在笔墨纸砚中追求一种人生快乐。我想说这是性情使然，人生使命使然。他有一天突然发现自己是个大人物，于是叫一声"尴尬"，从而肩负起这个有几份苦涩的营生。我有迷魂招不得，雄鸡一声天下白。张春生的书法努力，让我们充满期待。

等风来

——致季风《皇帝之后》

季风这个笔名，是我给取的。他的第一件作品，中篇小说《无法逃离》，也是我给发的，是发在《延安文学》上，还是发在《新大陆》杂志上，我记不清了（我曾先后担任过这两家杂志的主编）。该小说写得棒极了。阅读中，我的头脑中始终嗡嗡地回响着一位左联诗人的诗句——我在无数人的心灵中摸索，摸索到的是一颗颗冰冷的心。季风那年还不到二十岁吧，作品中都充满了人生的况味。发表前，他说他想起个笔名，我说，那就叫"季风"吧，春夏秋冬，每个季节都在文坛掀起它一场风暴。

季风和我是亲戚。他们村子和我们村子相隔有二里路，都扒在渭河河南的老崖上。渭河这一段流程，从新丰镇往下，两岸老崖上密密麻麻地堆满了村子。湾李村、樊村、胡村、刘村、赵村、南阳村、北阳村、季家村、季堡、东高村、西高村，往下还有圣力寺，还有马军寨。大约会一直铺排到潼关地面、黄河老滩去。

我说季风是个有些来历的人，这里主要指的他的爷爷曾做过国民党少将军长。后来解放战争中率部起义。这事，这一块地面的人都不知道。我则更不知道了。我的记忆里，季村有个高身量的老头，留着胡子，不苟言笑，不与人搭话，走起路来腰板挺得笔直。这个回到乡间的旧军人，很早就去世了。

老军人的女儿嫁给了我的三叔。换言之，季风的姑姑成了我的三妈。农村把这叫"姑表"，好像是一门重要的亲戚。

季风的祖母，或者换言之，老军人的妻子，是这块平原上的一个人物。我见到她时，她已经是老太太了。但是腰板挺得笔直，皮肤白皙细腻。上身穿一件大襟的黑平绒宽大衣服，下身的黑裤子，裤角用布条缠起，头上永远顶着一顶黑灯芯绒做的无沿的帽子，脚下半大的解放脚上，虽穿着的是家做的布鞋，但是鞋面上常常会绣上一朵花——当这样一个奇怪的老女人拄着拐杖，摇摇晃晃地走在季家村通往高村的土路上时，田野上劳作的农人，会停下手中的劳作，喝一声彩。

季风这以后又写了很多的书。我因为忙碌，都没能细看。有时偶然见一次他，听他说，现在辞去一切社会俗务，以写小说挣一点菲薄的稿费为生，养家糊口。现在这文学环境，现在这边缘化了的纸媒，靠稿费能活下来吗？我总觉得他的话语中，有许多的无奈，并且还有一点点虚张声势。

季风的又一部新的长篇完成了，名字叫《皇帝之后》。昨晚上半夜的时候，他给我发来该书的电子版，并且请我写个序言之类的东西。电子版我老眼昏花，看了几页就停下来，不过躺在床上，翻来覆去，就想起许多关于季风的故事。我想，将这些写出来，从而帮助读者认识这位作者，进而认识这本书，也是可以的呀！

我的三叔已经过世。我的三妈，也就是季风的姑姑，尚且健在，正在老家的村子里安度晚年。昨晚浏览完季风的新书，关手机睡觉前，我顺便翻了一下抖音。有一条抖音，是村子里的人们，坐在渭河边上，正在唱秦腔的情景。那吼着嗓子唱《下河东》的是我的堂弟，而旁边坐在一个小凳上，陶醉其间的正是我的三妈，这个写作者的姑姑。

玛雅人一出生，就有一个苦涩的使命，那就是仰望星空，渴望有一天有外星人来，将他们带回故乡。"等风来！""等风来！"对于这位执着的、有才华的写作者来说，风会来吗？好运会来吗？这部小说会将文坛冰冷的大门敲开一条缝吗？我不知道！我真的不知道！

2021 年 8 月 11 日于西安

万物都在寻找生命的出口

——致风信子《看不见的宫殿》

这位陕北女诗人的笔名叫风信子。 风信子是一种花的名字，百度上说它属于百合属，就是"野百合也有春天"的百合，亦是陕北高原名花山丹丹的那个百合属。 百合大约是一个大系，里面分许多的属科吧。 这个风信子，像水仙一样的茎根，上面顶着一嘟噜仿佛鸡冠花那样的花穗，粗一看，给人以奇异的感觉。

"每一朵花都有开放的权利，至于这花儿开得大与小、艳或素，那是另外的问题。"这句话，是我二十年前，说给上海宝贝棉棉和卫慧的。 棉棉到西安来，在一个叫恒河沙的沙龙里与我文学对话，她问我如何评价他们这一代作家，尤其如何评价这些"宝贝"们的创作，于是我说了上面的话。 记得这姑娘很感动，感谢前辈作家的包容和理解。

那么今天，我把这话重新说一遍吧，说给《看不见的宫殿》的作者，说给我们的风信子。 同样意思的话，好像一位叫契诃夫的俄国小说家也说过。 他说："大狗叫，小狗也要叫，既然来到这个世上，上帝就赋予了它叫的权利。"

女诗人在吟唱，站在陕北高原一个苍凉的硷畔上吟唱。 风撩起她的头发，黄河水在不远处呜咽着顺着十里龙槽滚过。她说："以一朵花的模样迎接我的春天！"她的诗作里充满了一种悲恸的味道。几乎每一首诗都有一种柔肠寸断的感觉。只有深刻的女人、执着的女人才能写出这样的诗。

"万物都在寻找着自己命运的出口"，是的，这句话说得好极了。我们来到这个世界上，我们像迷失的孩子一样，茫然无助，我们的额头顶着命运的残酷的印戳，我们的一切都已被注定。不！应当有出口的，世界万物都在百觅千寻，寻找突出重围的出口，寻找超越自我，即抵达人生境界的路径。

天已经十分冷了。这几天西安吼了一场大雪。陕北高原的雪应当更大些吧。不时有些摄影发烧友扛着相机，说他们要到宜川壶口去，拍摄壶口瀑布冰凌悬挂、波涛喷溅的壮观景象。也许呀，当他们路过壶口附近时，会看见一个陕北女子站在山岗上吟诵诗句的情景。在凛冽的寒风中，她为自己而歌。

诗集的名字叫《看不见的宫殿》，共分为六部分。为什么是"宫殿"呢？大约每个女人，都有一个灰姑娘的梦，都在等待着白马王子那哒哒的马蹄，她为自己臆造了一座雍容华贵的宫殿。她站在宫殿门口倚门而望，等待归人的消息。

"为自己而歌"是孔夫子的思想。孔老夫子说芝兰生在幽暗的山林中，有人欣赏就会开得很芬芳，没人欣赏依然开得很芬芳，因为我是为自己而开。我想，孔夫子大约是在周游列国时，不断用这个理念来支撑自己前行的。

说起宜川，我想起一个叫朱琳的北京女知青。这姑娘高挑的个儿，脖子上围着一条紫罗兰颜色的大羊毛围巾。当年她在宜川文化馆做文学辅导老师，带出来一批人。我在延安日报社做副刊编辑时，还为她发过文章，标题叫"他们不应该被遗忘"，是写一个北京女知青，穿着塑料底布鞋，晚上开完社员大会回来，走山路，因踩到很滑的白草而掉进沟里不幸死去的故事。

就说这些吧！希望这位年轻的女诗人继续她梦魇一般的路途吧！前几天在陕北横山一位女诗人的诗集发布会上，我说了两段话。第一段话是："路遥当年活着的时候常说，他小时候上学路过一个硷畔，畔上垂下来一个瓜蔓，上面吊着一颗南瓜。刚一入秋，这南瓜就红了，红格旦旦的。过往行人指着这南瓜喝一声彩。殊不知道，这时候，真正的大南瓜，正在叶子底下默默生长。等到下霜，霜一杀，叶子蔫了，真正的大南瓜露出来了。"

我真诚祝贺《看不见的宫殿》出版。新人的涌现就像韭菜一样，一茬割过又长一茬。因为年轻，因为稚嫩，所以才有更多的希望所在。慢慢来，不要着急，生命毕竟还有一大段充裕的时间可资利用。

所以说有点小成就，不要骄傲，登一山又见一山。我的另一段话是说了柳青的一句名言，这就是："文学是以六十年为一个单元。"

那么就到这里了。

是为序。

能做到的我们都做到了

——为陈平社《弘道养正——大学工作笔记》作序

平社先生谦和低调，其实他的家世还是有一些来头的。他的过世的老父亲，是老革命、老红军，1935年在延安桥儿沟的天主教堂加入中国共产党，而在新中国成立以后，担任过甘肃省平凉市的首任市长。

桥儿沟天主教堂，是个著名的所在，它后来成为鲁艺的所在地。而在毛主席和中央机关进驻延安前，它曾作过东北军的仓库，中共代表周恩来和张学良谈和平进驻延安一事，就是在这里进行的。而1935年，平社先生的父亲入党举行宣誓仪式时，陕北大地闹红正闹得十分红火，肤施那时候还是"国统区"，因此这宣誓应当是秘密进行的。

平社的祖籍则是佳县，有着白云山的地方。佳县、横山、子洲，以及绥米一带的大规模移民，应当是在1944年。著名歌曲《东方红》，就是佳县移民奔往南老山（甘泉）的途中，一个叫李有源的移民唱出的。平社的家族，移民可能当在更早，起码在1935年以前，就移民到延安城外三十公里的青化砭了。

看来这陕北北部山区向南老山的移民，历朝历代一直在进行着。佳县那地方我去过许多次，还给白云山题过"陕北灵根"的牌匾。青化砭我也多次去过，就在咸宋公路的边上，往上走是蟠龙、元龙寺、张坪，往下走是姚店、李渠，然后到延安。

记得去年延安来了一位领导，邀请平社书记到延安桥儿沟鲁艺园区去看一看。我说了他的家世，并且，顺便我作陪，再到青化砭家乡，佳县家乡去看一看。平日不苟言笑、处事严谨的平社，见提到桥儿沟，提到青化砭，提到佳县，脸上露出难得的笑容。

平社2015年年底，受省委委托，从省教工委领导的岗位上，来到西安航空学院，担任党委书记，直到2021年8月，年龄到站，光荣退休。

宣布退休的前一天，他来到我的工作室，一是告别，二是感谢。我说咱们永远是朋友，难得地遇见您这么一位长者风格的领导。再就是我更应该感谢西安航空学院，觉得我还有一点用处，在我退休以后在这里发挥发挥余热。平社书记则说，他和校长商量了临退前给高老师把续聘合同签了，他把这件事落实了，可觉心安。

平社先生其实我认得的也有一些年头了，只是交往不多，后来他到了西安航空学院，才时常碰面。1992年到1995年，我挂职黄陵县委书记，当时，省政府将黄帝陵祭祀活动收归省上直接管理，平社就是省祭陵办的第一任主任，每年清明节前后，要来黄陵忙活上一阵子。

读者读到的这本书，是大学同仁的一番美意，要将他这六年来的讲话、工作汇报，以及一些带有个人色彩的文章，汇编成一本书，既是对西安航空学院工作的记录，也是于个人而言的一种纪念。而他们说，这个序，由我来写。

我认真地拜读了这本书。书名叫"弘道养正"，书的副标题则叫"大学工作笔记"。由于学校的一些活动，我也偶然参加，因此，书中的那些讲话类汇报的文字，我也现场聆听过，所以此刻读来，倍感亲切。

这本书按内容分为五个篇章，一是履职篇，二是尽责篇，三是立德篇，四是树人篇，五是感悟篇。

不当家不知柴米贵。我能感觉到，这六年来，平社书记以及校长和班子成员，为西安航空学院的建设和发展，所做出的不懈努力和贡献。在此，我向他们致敬。

平社先生说："我从1982年大学毕业参加工作，第一个工作岗位就是大学思政课老师。从1987年从政，先后在省高等教育局、省政府办公厅、省委组织部、省委教育工委当干事、当处长、做部长，2016年初到西安航空学院任党委书记，一路走来，不变的是善良和执着，更有幸的是有高先生这样的如同兄长的贵人相助。大学做书记五年多，最使自己感悟的就是做人做事的大德和情怀，就是对知识、对人才的尊重，对教育事业的敬畏，对党委书记岗位的敬畏。"

"五年多工作的状态是用心、用力、用情。在岗时代结束，但弘道养正的情怀依旧，因此，我把拟编的小册子定名为'弘道养正'，副标题是'大学工作笔记'。只是留个念想，记下自己的努力。"又感他内心的真诚。

陕北民间爱说一句老话，叫"门里出身，自导三分"，意思是说家教家规家风的熏陶，是说父辈的影响。这种大户人家出来的孩子，有老人的榜样，自身的朴实与勤奋，说话做事都有板有眼，有规有矩的。每当有人夸赞平社先生有水平时，我就用这句话来告诉他们个中原因。

我年长平社先生八岁。八年前，我告别省文联我的办公室时，我说，我们成为主角的年代已经过去了，肩上的这个"沉"得换换肩了，这场宴席将接待下一批饕餮者。从此以后，我逐步地把自己民间化，艺术上一砖一石地建立着自己的艺术帝国，精神上一步一步走向自我道德完善。

平社先生咱们都应该这样。能做到的我们都做到了。从父辈直到你自己，佳县、青化砭、桥儿沟，一直到大西安，再到西安航空学院完成这浓墨重彩一笔的告别演出，能做到的，你都做到了。于生无憾。

当我写下以上文字的时候，正是西安的秋天。且让我们相约，找个机会，磨合个时间，咱们一起走陕北。

2021 年 9 月 26 日 于西安

后　　记

　　汉语言文字特别神奇，有些词的含义从小学开始你可能就已经烂熟于心了，可是对它实质性的蕴意却始终不是很明白，甚至还有点琢磨不透、想象不来，直到有一天，当真实可见的事实场景出现在你面前时，心里一下子通透清爽起来了，这才恍然大悟，哦，真实的含义原来如此这般。在与作家高建群先生共事的这么多年，我对"德艺双馨""责任担当""初心使命"的真正理解正是如此。

　　这么多年来，我见证了文学大师高建群"每闷着头三年，就会有一部大作出来，而且是厚重之作，超过上一部"这样一个"高建群现象"（引自鲁迅文学院原常务副院长白描）。高先生的每部作品都在用情、用心、用功地述说发生在历史和现实中的故事。在与他交流交往过程中，他的真诚厚道、淡泊名利更是感动了我，他对文学爱好者热情接待、对文学新秀悉心指导，给他们讲古今中外文学家艰辛的奋斗事迹，激励扶植他们，我打心底里敬佩不已。高建群先生屈降尊笔给他们的作品写序，读着他写的序作，我觉得自己有责任将这些序作整理出来。

　　有了这个想法，可收集整理还是费了相当工夫的。一来因为高先生的厚道，不计得失，他把写好序的手稿直接给了作者，自己根本就没有保存，特别是那些文学新秀，网上也没办法查询；二来高先生给写过序的人范围很广，涉及的行业又特别丰富。我们成立了整理、编辑小组，发挥大家的人脉资源，通过书店查询、网上淘宝、朋友圈、粉丝群、走访宣传等渠道，挂一漏万现整理出来这些篇章，以飨读者。

全书收录了高建群先生所撰写的序言近90篇。其中，大部分是高建群先生为他人著作题写的序言，也有高先生为自己作品所撰写的序。高建群先生之序文，意蕴丰厚，感情真切，如泉水般自然流露。有与故人、乡党诚挚的情谊，有对青年作家殷切地期盼与提携，以及对每一本作品客观、中肯的评价，更有在自身见闻基础上的所思所悟，亦不乏对广袤的大西北地区风貌民俗的虔诚礼赞。序言者，卷首语也，全书精华之所在。先生题写之序文，对这些著作来说，既是画龙点睛的阐释，也是引导读者开卷的益语。将先生散佚的序文结集出版，一是对先生几十年来的真情付出表示敬意，是对其文学殿堂的又一次扩充；二是让文学未来之光再次闪耀，激励文学爱好者，增强坚守文学家园的信心和力量。此书的出版，对高先生、对诸位作者、对文学乃至社会皆有深远且不可磨灭的意义。

今年高先生的《高建群全集》出版，最近又完成了42万字的关于丝绸之路的"百科全书"《丝绸之路千问千答》，前几天他跟我交流时说到了他接下来的打算，说今后自己慢慢年纪大了，总有一天要行将老去，剩下的时间就是要多指导指导年轻人的创作，为他们的作品写写序，多给他们鼓励和支持，把文学新人扶植一下，让他们尽快成长起来，以接替自己。文学创作没有最好，只有更好，要把文学的第一把交椅留给后起之秀。这也正是我们将整理出来的序作命名为《虚位以待》的缘故。

高先生一如既往地践行着一个文学人的责任和担当、初心和使命，因此，我们对先生序作的整理永远在路上。

整理、编辑的小组成员有文杰、张笛、任哲成、宋亭宇、刘星雨、孟思冬，在此，一并表示感谢。

刘华阳

2021年7月18日